Ich danke

Jutta Donsbach, Christine Parr, Chantal Reyhn, Elmar Drossmann und Dr. Lili Seide für Unterstützung bei der Überarbeitung des Manuskripts sowie Sabine Heyer und Nik Schumann für Tipps und Informationen zu den Cuxhavener Schauplätzen. Kriminalhauptkommissarin Barbara Kunze und Oberstaatsanwalt Dr. Wilfried Ahrens für Hinweise zu polizeilichen und ermittlungstechnischen Fragen, Prof. Dr. med. Steffen Berg für rechtsmedizinische Informationen. Mit freundlichen Auskünften zur Organisationsstruktur der Polizeiinspektion Cuxhaven und den örtlichen Aspekten kriminalistischer Arbeit hat mich Polizeioberkommissar Jürgen Seeger unterstützt. Jan-Hinrik Dircksen verdanke ich die Übertragung ins „Wurster Platt" und Erhard Rosenhagen und seiner Familie alle Informationen zur Krabbenfischerei. Nicht zuletzt danke ich meiner Frau Kristine für liebevolle Ermunterung und kritische Hinweise, besonders aber für den Freiraum zum Schreiben.

Prolog

Sommer 1695

Das Schwert des Henkers blitzte in der Mittagssonne und sandte grelle Reflexe über die Köpfe der Menge, die sich auf der Amtmannsweide in Ritzebüttel eingefunden hatte, um das seltene Schauspiel der Hinrichtung zu erleben. Bald würde die Gerichtsstätte auf einen Hügel zwischen Stickenbüttel und Sahlenburg verlegt. Dort wurde ein Galgen errichtet, und dann würde die Todesstrafe nur noch durch Erhängen vollzogen werden – ein weit weniger erregendes Schauspiel.

Gelegentlich zuckte ein Zuschauer zusammen, wenn der vom Schwert reflektierte Sonnenstrahl seine Augen traf. Doch blinzelnd riss er sie wieder auf, um nur ja nicht den Hieb zu verpassen, der den Kopf des Mannes vom Rumpf trennen würde.

Auch Katharina kniff die Augenlider zusammen, doch das geschah aus dem unbewussten Gefühl heraus, die Figuren der Szene dadurch besser erkennen zu können. Obwohl sie sich am Rande des Platzes in größtmöglicher Entfernung vom Geschehen hielt, war ihr, als ruhte der Blick des zum Tode Verurteilten nur auf ihr. Und in seinen Augen glaubte sie die Gewissheit eines Mannes zu erkennen, der mit seinem Leben abgeschlossen hatte und dem das Gefühl der Furcht Zeit seines Daseins fremd geblieben war. Der weder Tod noch Teufel und schon gar nicht den Gottesmann fürchtete, der ihn zum Gebet anhalten wollte. Mit wüsten Flüchen verscheuchte er den Schwarzrock.

Zu den Klängen von Trommlern und Pfeifern trat nun der Barbier auf das Blutgerüst, um dem Mann die wild wuchernde rote Mähne zu stutzen und seinen Nacken freizulegen. Der Todgeweihte ließ sich bereitwillig das Hemd vom Oberkörper nehmen und fiel auf die Knie, was die Menge mit einem halb erstaunten, halb bewundernden Raunen quittierte. Während die Schergen dem Mann die Hände auf dem Rücken fesselten, begann der Barbier mit ausholenden Bewegungen die Prozedur des letzten Haarschnitts.

Regungslos beobachtete der Henker aus einigen Schritten Entfernung den Vorgang, das blitzende Richtschwert in den Händen haltend. Er trug eine blutrote Pluderhose über schwarzen Beinlingen, dazu ein schwarz-rotes Wams und einen dunklen Umhang. Über der Schulter lag eine Kapuze, die in der gleichen Farbe wie die Hose leuchtete. Katharina fragte sich, ob er sie über den Kopf ziehen würde, um sich vor dem bösen Blick zu schützen, der ihn im Augenblick des Todes aus den Augen des Hingerichteten treffen würde.

Der Barbier hatte sein Werk vollendet und verließ das Gerüst. Während die Henkersknechte den Mann aufhoben und zu einem Schemel stießen, gesellten sich zu den Klängen der Pfeifer und Trommler die Fanfaren der Trompeter.

Erneut ging ein Raunen durch die Menge, als der Henker mit einer knappen Bewegung der Schulter seinen Umhang abwarf.

Die Pfeifen wurden schriller, die Trompeten lauter, die Trommeln hektischer. In gemessenen Bewegungen näherte sich der Henker dem Delinquenten, zog die Kapuze über den Kopf und hob sein Schwert.

Die Menschen hielten den Atem an.

„Was wird dem Mann vorgeworfen?", fragte eine Stimme neben Katharina. Sie wandte den Kopf. „Das ist der Rote Claas", flüsterte sie, als würde das alles erklären.

In diesem Augenblick brach die Musik ab. Katharina richtete den Blick rasch wieder nach vorn. Blitzartig führte der Henker das Schwert in einer einzigen Bewegung zuerst in die Höhe, dann in die Waagerechte und ließ schließlich die Spitze zu Boden sinken.

Katharina blinzelte. Was war geschehen? Hatte er den Hals des Opfers verfehlt? Der Kopf des Roten Claas hatte sich nicht bewegt. Mit Getöse setzte das Spiel der Musikanten wieder ein, und der Henker griff in das leuchtende Haupthaar seines Opfers. Er hob den abgetrennten Kopf in die Höhe und rief dem Richter zu: „Habe ich wohl gerichtet?" Der Richter nickte. Seine Antwort ging im Gelärm der jubelnden Menge unter. Katharina wusste, dass er die Frage zu bejahen und den Henker von der Blutschuld freizusprechen hatte.

„Wer ist der Rote Claas?", fragte der Fremde neben Katharina. „Und warum wurde er nicht gehenkt?"

„Das Gerüst auf dem Galgenberg ist noch nicht vollendet", antwortete sie. „Und er ist ..., er hat ..." Ihre Stimme versagte. Eilig schulterte sie ihr Bündel und stürzte davon. Die Tat des durch das Schwert Getöteten war jedermann bekannt. Mochten andere dem Fremden Auskunft geben. Sie würde nicht über den Roten Claas sprechen können. Über den anderen vielleicht, den geheimnisvollen, zärtlichen Claas, den Claas, der sie zum Lachen gebracht hatte. Der sie verzaubert hatte. Mit dem sie ein Geheimnis teilte – geteilt hatte. Die Erinnerungen ließen sich nicht verbannen. Mit tränenverschleiertem Blick stahl sie sich abseits der Wege von der Ritzebütteler Amtmannsweide an Häusern und Siedlungen vorbei und machte sich auf den Weg nach Lüdingworth, wo sie die Nacht bei Leuten verbringen würde, die ihr gewogen waren.

Am Morgen würde sie weiterziehen. Vor ihr lag eine ungewisse Zukunft, denn bei ihrer Herrschaft in Sahlenburg konnte sie nicht bleiben. Man würde sie vom Hofe jagen, wenn ihr Zustand sichtbar wurde. Und ihre Eltern würden sie verstoßen, wenn sie von der Schande erfuhren.

Während Katharina mit tränenblinden Augen auf sandigem Weg den schrecklichen Ort verließ, fand der Fremde einen mitteilsamen Bürger, der bereitwillig von der Untat des Roten Claas berichtete.

1

Sommer 1984

Birte Hansens letztes Lachen würden sie niemals vergessen. Ihr Vater nicht, der kopfschüttelnd etwas von Dickkopf gebrummelt hatte. Die Großmutter nicht, die sie ermahnt hatte, sich vom Wernerwald fernzuhalten. *Do geiht de Rode Claas üm.* Erst recht Birtes Mutter nicht, deren Lebensinhalt ihre Kinder waren und deren ältestes im Begriff war, das Haus zu verlassen, um in Bremen oder sogar in Hamburg – jedenfalls viel zu weit weg von zu Hause – zu studieren. Sie würde sich vorwerfen, in das Lachen ihrer Tochter eingestimmt und mit ihr verschwörerische Blicke getauscht zu haben. Sie lachte gern mit Birte. Und seit sie ein kleines Mädchen gewesen war, hatten sie gegen Vater und Großmutter zusammengehalten.

Sie wollte joggen, hatte Birte erklärt. „Keine Sorge, Oma. Wenn ich den Roden Claas treffe, lege ich ihn aufs Kreuz." Seit einem Jahr trainierte sie mit einer Freundin Wen-Do.

Zum Finkenmoorteich würde sie laufen, dann zur Himmelshöhe und zum Wolfsberg, schließlich am Watt entlang ins Deichvorland. Jenen Weg, auf dem sie an der Hand des Großvaters die Welt kennen gelernt hatte. Schilfgras und Strandhafer, Lach- und Silbermöwen, Austernfischer und Rotschenkel. Am Watt hatte er ihr die Seefahrt und ihre Lichtzeichen erklärt, aus Wolken und Windrichtung das Wetter gelesen und ihr die Sterne gezeigt.

In dieser Zeit war das Deichvorland vor dem Arenschen Außendeich ihre geheime Zuflucht geworden. Hier, wo Erde, Himmel und Meer zusammentrafen, wo Wind und Wellen, Sonne und Regen alle Sinne erfüllten, wurde der Kopf klar und die Seele weit. Hier fand sie zu sich selbst, wenn niemand sie verstand, wenn Erwachsene ungerecht, ihr Bruder garstig oder Freundinnen unausstehlich gewesen waren.

Einmal hatte der Großvater sich hinreißen lassen, vom Roden Claas zu erzählen. Dem rothaarigen Fischer, der seit fast dreihundert Jahren keine Ruhe fand, weil er eine schwere Sünde auf sich geladen hatte. Lange hatte Birte nicht verstanden, worin die Sünde bestand, denn ihr Großvater erging sich in Andeutungen. Mareike Petersen. Eine Jungfrau. Dem Jungen von Kapitän Harms war sie versprochen gewesen. Und der Rode Claas hatte sie geschändet. Geschändet und ins Watt geschickt. Aber wer ließ sich ins Watt schicken? Jeder wusste doch, wann man ins Watt gehen durfte und wann nicht. Für die Tat war er hingerichtet worden. Auf der Amtmannsweide in Ritzebüttel. Aber kurz darauf war eine weitere Jungfrau geschändet worden, und so hielt sich das Gerücht, der Rode Claas, ein kräftiger Rothaariger im besten Mannesalter, ginge noch immer um. Auf der Suche nach Mädchen wie Mareike Petersen.

Die Sehnsucht nach Meer und Weite bewegte Birte, ihre gewohnte Strecke zu ändern und zuerst am Strand entlang zu laufen.

Trotz der klaren Luft war die Insel Neuwerk, deren unverkennbares Profil sich bei guter Sicht am Horizont abzeichnete, heute nicht zu erkennen. Wahrscheinlich näherte sich eine Front mit feuchter Luft und hatte die Insel schon erreicht.

Niedrigwasser ließ das Watt als glänzende Fläche erscheinen, in der es weder Priele noch schlickige Löcher gab. Für den arglosen Betrachter zum Wandern einladend. Immer wieder verliefen sich Menschen im Watt, weil sie die Gefahren unterschätzten. Im Watt war im Laufe der Jahrhunderte nicht nur Mareike Petersen ums Leben gekommen. Mancher Einheimische, in der Neuzeit auch der eine oder andere Tourist, war dort verschwunden.

Warnhinweise lagen in den Kurverwaltungen aus, klebten an den Wetterkarten in den Schaukästen an der Strandpromenade. Schilder wiesen auf die sicheren Wege. Trotzdem gab es fast jedes Jahr einen Todesfall. Ertrank ein Badegast, weil er nicht rechtzeitig aus dem Watt zurückkehrte, trieb die Strömung seinen Körper ins Meer hinaus.

Ein Trampelpfad führte Birte zum Badestrand. Um diese Jahreszeit, dazu am frühen Vormittag, war er kaum wiederzuerkennen. Im Sommer bedeckten hier Badematten und Sonnenschirme den Sand. Ein Gewirr von tausend Stimmen, Kinderlachen und Musik übertönte das Rauschen der Wellen.

Heute gehörte der Strand den Möwen. Ihre heiseren Schreie waren die einzigen Hinweise auf lebende Wesen. Elegant schwebten sie über der Uferlinie, schossen hin und wieder pfeilschnell auf die Wasseroberfläche oder ließen sich am weißen Saum der Brandung nieder, um eilig hin und her zu tippeln.

Einmal hatte sie das Gefühl, beobachtet oder verfolgt zu werden. Doch weit und breit war kein Mensch zu sehen, und der Wald stand dicht wie eine Wand. *Das kommt von diesen Erzählungen.*

Im tiefen Sand versanken ihre Füße. Birte war das gerade recht. Ein wenig Anstrengung konnte der Figur nicht schaden. Und würde sie erwärmen. Der Seewind wehte kühl von Nordwest. Sie stemmte sich dagegen und hoffte, die frische Luft würde Klarheit in Gedanken und Gefühle bringen.

Mehr aus Trotz als aus Überzeugung hatte sie sich für Hamburg entschieden. Mutters Besorgnis und Vaters Kopfschütteln hatten sie getrieben. Dabei wäre sie vielleicht doch lieber in Cuxhaven geblieben. Jedenfalls noch ein Jahr. Bis sie sicher war. In der Genossenschaft hätte sie ein kaufmännisches Praktikum machen können. Oder eine Lehre. *Studieren kannst du hinterher immer noch.* Das sagte nicht nur ihr Vater. *Und erstmal hast du was Richtiges.*

Noch etwas ließ sie zögern. Aber das konnte sie nicht zugeben. Schon gar nicht ihren Eltern gegenüber.

Hauke Harms kannte sie, seit sie denken konnte.

Erst im letzten Winter, während des Tanzfestes, waren sie sich näher gekommen. Ganz plötzlich hatten sie einander entdeckt. Mit klopfenden Herzen, aber unsicher angesichts der überraschenden Gefühle, waren sie sich aus dem Wege gegangen, um dann doch – wie zufällig – zusammenzutreffen. Der erste Schritt war schließlich von Birte ausgegangen. Unter den frühen Strahlen der Märzsonne, an diesem leeren Strand, im Windschatten des Wernerwaldes, hatten sie sich zum ersten Mal geliebt. Zärtlich und leidenschaftlich. Inzwischen wussten alle, dass Birte und Hauke ein Paar waren.

Ihre Mutter war nicht gerade begeistert, fügte sich aber in ihr Schicksal. Neuerdings erwähnte sie Hauke, wenn Birte von ihren Plänen sprach. Und traf damit den wunden Punkt. Hauke, der zwei Jahre vor ihr Abitur gemacht und den Ersatzdienst hinter sich hatte, absolvierte eine Banklehre bei der Sparkasse Cuxhaven. Sie würde ihn nur selten sehen können, wenn sie nach Hamburg ging. Später wollten sie zusammen in einer Stadt studieren. Aber bis dahin? Sich so lange trennen?

„Nein." Birte zuckte zusammen, schüttelte dann den Kopf. Sie selbst hatte laut in den Wind gerufen.

Plötzlich spürte sie ihre Beine. Die Waden schmerzten von der Anstrengung. Sie lehnte sich gegen den Wind. Ein scharfer Stich schnitt ihr ins linke Bein. Birte schrie leise auf. Wadenkrampf. Sie schüttelte den Unterschenkel, versuchte aufzutreten. Langsam ließ der Schmerz nach. Sie drehte den Rücken zum Wind und setzte sich in den Sand, um das Bein zu entlasten – und erschrak. Ein Mann im roten Jogginganzug, die Kapuze tief im Gesicht, lief auf sie zu, war nur noch wenige Meter entfernt.

Der Rote Claas, schoss es Birte durch den Kopf. *Ich muss aufstehen. Im Sitzen habe ich keine Chance.* Hastig richtete sie sich auf.

„Kann ich dir helfen?" Der Jogger sprach hochdeutsch. Wieso duzte er sie? Sie musterte den Mann, der sich bis auf wenige Schritte genähert hatte. Er lief auf der Stelle und schob die Kapuze nach hinten.

„Ach, du bist's, Jenno." Birte seufzte erleichtert „Ich dachte schon ..."

Er lächelte. Perlweiße Zähne, meerblaue Augen, rotblonde Haare. Ein gut aussehender Junge, dachte Birte, aber auch ein Mensch mit dunklen Seiten. Manchmal, wenn er sich unbeobachtet glaubte, erschien sein Blick beängstigend. Lange hatte er vergeblich um Birte geworben. Einmal hatte er ihr aufgelauert, sie in eine dunkle Ecke gezerrt und sich an sie gepresst. Sie hatte sich ihm entwunden und ihn ausgelacht

Er musterte sie prüfend.

Birte spürte, wie sie errötete. Offenbar war er schon länger in ihrer Nähe gewesen. Und sie hatte ihn nicht bemerkt.

„Vielen Dank", wiederholte sie, „es ist alles in Ordnung." Wie zum Beweis trat sie ein paar Mal auf der Stelle.

Er wies zur Seeseite. „Trotzdem solltest du nicht zu weit rauslaufen. Wir bekommen Nebel."

Birte starrte aufs Meer. Eine weißgraue Wand verdeckte den Horizont und schob sich vor das Blau des Himmels. Seenebel. Gefährlich für Wattwanderer. Minutenschnell konnte die feuchtkalte Luftmasse den gesamten Küstenstrich einhüllen.

„Ich laufe nur noch bis zum Bauhof. Von dort durch den Wernerwald zurück", sagte sie und wies mit einer Kopfbewegung in die Richtung. Plötzlich fühlte sie sich unwohl. Warum lief er nicht weiter? Sein kalter Blick, der in seltsamem Kontrast zur lächelnden Miene stand, schien sie zu durchbohren.

„Also dann", sagte sie, „auf Wiedersehen. Ich glaube, ich kann jetzt weitergehen."

Jenno nickte. „Wernerwald", sagte er und wandte sich ebenfalls zum Gehen. „Denn man tschüß, Birte Hansen."

In lockerem Laufschritt entfernte er sich Richtung Waldrand. Kurz bevor er in das Dickicht tauchte, wandte er sich um und warf ihr einen kurzen Blick zu.

Mit festem Tritt setzte Birte ihre Wanderung fort. Jeder Schritt verringerte den Wadenschmerz ein wenig. Je weiter sie vorankam, desto härter wurde der Untergrund, weil der Sandstrand hier in festen, glatten Boden überging.

Für einen Augenblick erwog sie umzukehren. Wenn der Nebel das Festland erreichte, wurde es ungemütlich. Aber es war nicht nur der Nebel, über den sie sich Gedanken machte. Wieso hatte sie Jenno nicht früher bemerkt? Woher war er so plötzlich aufgetaucht? Sie sah sich um.

Hatte sich dort am Gebüsch etwas bewegt? Unvermittelt blieb sie stehen und starrte auf die grünen Blätter. Nichts rührte sich.

„Du spinnst, Birte", schalt sie sich. Erstens war Jenno nicht der Rode Claas, und zweitens war er längst verschwunden. Welchen Grund also gab es, sich zu fürchten? Keinen.

Doch der Kopf konnte das ungute Gefühl nicht verdrängen. Wie er sie angesehen hatte, und wie er beim Abschied ihren Namen genannt hatte ... Birte fröstelte.

Erneut musterte sie den Waldrand. Ohne Ergebnis.

Sie beschleunigte ihre Schritte. Wenn es Nebel gab, war das Joggen kein Vergnügen mehr. Ein Grund, schneller nach Hause zurückzukehren.

Objektiv der einzige, redete sie sich ein.

Sie fiel in einen leichten Trab und ignorierte den Wadenschmerz. Als sie den Waldboden erreicht hatte, waren die Beschwerden verflogen, und sie kam schneller voran.

Ein Geräusch aus dem Unterholz ließ Birte zusammenzucken. Sie stoppte und sah sich um. Nichts.

Zögernd setzte sie ihren Weg fort.

Plötzlich knackte es hinter ihr.

Birte fuhr herum.

Jenno.

Ärger und Erleichterung hielten sich die Waage. Der Mann hatte sie zu Tode erschreckt. Wütend funkelte sie ihn an. Gleichzeitig war sie froh, dass ihr kein Unhold gegenüberstand. Sie öffnete den Mund, um ihm zu verstehen zu geben, dass sie sein Anschleichen nicht witzig fand, doch die Worte blieben ihr im Halse stecken. Mit kaltem Blick und zusammengepressten Lippen trat er dicht an sie heran. In der rechten Hand blinkte ein Messer.

Reflexartig schoss Birtes Knie nach oben. Der Junge riss Mund und Augen auf, das Messer stieß ins Leere. Mit aller Kraft rammte sie ihre Faust gegen den Kehlkopf des Angreifers. Die Wucht des Schlages ließ ihn rückwärts taumeln. Sein Fuß verhakte sich in einer Baumwurzel, und er stürzte auf den Waldboden. Auch Birte kam aus dem Gleichgewicht, fing sich aber rasch. Blitzschnell ergriff sie einen Ast, der am Wegrand lag. Schon war Jenno wieder auf den Beinen und stürzte auf sie zu, das Messer zielte auf ihren Hals.

Birte wich aus und schwang den Knüppel gegen den Angreifer. Es krachte dumpf, als das Holz auf seinem Nackenwirbel zerbrach.

Plötzlich lag Jenno reglos auf dem Boden.

Zitternd, zwischen Bestürzung und Fluchtinstinkt hin- und hergerissen, starrte Birte auf den reglosen Körper. Ob er noch lebte? War er nur betäubt? Oder stellte er sich ohnmächtig, um sie erneut anzugreifen, wenn sie näher käme, um nachzusehen, ob er schwer verletzt wäre?

Schließlich gewann der Drang zur Flucht die Oberhand. Sie rannte. Ohne Ziel. Nur weg von hier, war der einzige Gedanke, der sie beherrschte. Erst als ihre Lungen streikten, hielt sie inne. Heftig atmend und von Schwindelgefühlen begleitet, sah sie sich um.

Sie rieb sich die Augen, um wieder klarer zu sehen. Ohne Erfolg. Was sie für Sehstörungen durch Schweiß und Tränen gehalten hatte, war Nebel, dichter, feuchter Nebel.

In welche Richtung war sie gelaufen, wie lange war sie gelaufen? Sie wusste es nicht. Und sie wusste nicht, wo sie war. Angestrengt versuchten ihre Augen, die Nebelwand zu durchdringen. Vergebens. Nicht einmal der Stand der Sonne ließ sich erkennen.

Langsam beruhigte sich ihr Atem. Langsam kehrte auch die innere Ruhe zurück. *Wenn ich nichts sehe, kann auch mein Verfolger nichts sehen. Wenn er wieder zu sich gekommen ist. Und wenn er mir gefolgt ist.*

Allenfalls dem Geräusch ihrer Schritte hätte er folgen können. Aber dann musste sie auch seine Schritte hören. Sie lauschte. Ein leises Plätschern war alles, was an ihr Ohr drang. Es kam von unten. Sie sah an sich herunter. In dem Augenblick, in dem sie das Wasser sah, spürte sie Nässe und Kälte an ihren Füßen. Die Schuhe waren durchgeweicht.

Sie war ins Watt gelaufen.

Also befand sie sich nordwestlich oder westlich des Waldes. Wenn die Flut kam, wurde es im Watt gefährlich. Sollte sie entkommen sein, um im Meer zu ertrinken? Sie musste zurück. Aber welche Richtung sollte sie einschlagen? Unentschlossen sah sie sich um. Es gab keinen Anhaltspunkt.

Dann hörte sie die Schritte.

Zuerst war es nur ein gleichmäßiges Platschen, das sich kaum vom Plätschern zu ihren Füßen unterschied, doch dann sah sie ein

Bild vor sich: Ein Mann mit einem Messer näherte sich Schritt für Schritt ihrem Standort. Jedes Mal, wenn er den Fuß aufsetzte, platschte die Sohle auf den nassen Wattengrund. Birte unterdrückte den Impuls, davonzurennen. Das Geräusch ihrer eigenen Schritte würde ihm den Weg weisen. Unbewusst den Atem anhaltend lauschte sie in den Nebel. Plötzlich brachen die Schritte ab. Sekunden später vernahm sie sie erneut. Aber sie kamen nicht näher. Birte triumphierte, als sie sich entfernten und schließlich ganz verloren.

Das Gefühl des Triumphes wurde rasch verdrängt. Angst kehrte zurück. Schlagzeilen aus der Zeitung tanzten vor ihren Augen. *Wattwanderin von Flut überrascht. Wieder junge Frau ertrunken. Bei Nebel im Watt verirrt – Hilfe kam zu spät.*

Sie fröstelte und schloss ihre Jacke bis unter den Hals.

Hier stehen bleiben kann ich auch nicht, besser in irgendeine Richtung gehen als hier auf die Flut warten. Noch einmal horchte sie angestrengt in den Nebel, dann setzte sie sich in Bewegung. *Irgendwo werde ich schon ankommen. Ich darf nur nicht im Kreis laufen. Und nicht ins offene Meer.*

Davor, hoffte sie, würde sie ihr Gefühl oder ihr Schutzengel bewahren.

Zum dritten Mal hob Birte den Arm vor die Augen, um die Uhrzeit abzulesen. Zum dritten Mal zeigten die Zeiger halb zwei. Sie blieb stehen und klopfte mit dem Knöchel des Mittelfingers auf das Glas. Dann entdeckte sie den Sprung, der sich quer über das Zifferblatt gebreitet hatte.

Sie hielt die Uhr ans Ohr. Nichts. Seit wann standen die Zeiger still? Um elf war sie aufgebrochen. Sie war also länger als zweieinhalb Stunden unterwegs. Aber wie viel länger? Wann war die Uhr stehen geblieben? Wie lange irrte sie schon im Watt umher?

Mindestens eine Stunde, schätzte sie. Das Gehen strengte zunehmend an. Als sie auf ihre Füße sah, durchfuhr sie ein eisiger Schreck. Bis zu den Knien reichte das Wasser schon. Wenn sie zwei Stunden unterwegs war und noch immer nicht die Küste erreicht hatte, lief sie im Kreis. Oder in die falsche Richtung. Sie zitterte vor Angst und Kälte. Mühsam unterdrückte sie die aufsteigende Panik. *Sie werden mich suchen. Sie müssen mich suchen.*

Wenn nur der verdammte Nebel verschwinden würde. *Bitte, lass den Nebel verschwinden. Ohne Nebel wird alles ganz einfach. Man sucht sich ein Ziel und marschiert darauf los.*

Als habe eine höhere Macht ihre Bitte erhört, lichtete sich plötzlich der Schleier vor ihren Augen. Geisterhaft zerflatterte der Nebel in hastig davonschwebenden Schwaden. Neue Geister kamen nach, folgten ihren Geschwistern, ließen für Sekunden das Meer aufblinken und deckten es wieder zu. Hektisch sah sie sich um. *Nur einmal die Küstenlinie sehen, nur einmal kurz. Damit ich die Richtung finde.*

Wieder wurde ihr Gebet erhört. Wie von einer göttlichen Hand bewegt, glitt der Vorhang zur Seite und gab die Sicht frei. Gebannt starrte sie auf die Erscheinung vor ihren Augen.

Wenige Schritte vor ihr. Ein menschliches Wesen. Die Rettung. Birte öffnete den Mund, um zu rufen.

Jetzt hatte der Mann sie entdeckt. Er hob die Arme, kam auf sie zu.

Jenno!

Schwindel erfasste sie, ihre Knie wollten einknicken. *Jetzt einfach fallenlassen, Kälte, Angst und Schmerzen vergessen.*

Sie wandte sich um, begann zu laufen, stürzte ins Meer, schluckte Wasser, hustete, wollte aufspringen.

Doch er war schon über ihr, seine Fäuste drückten sie nach unten. Verzweifelt versuchte sie, die Hände abzuschütteln, bewegte Arme und Beine gegen den Widerstand des Wassers, wollte Luft holen, atmen, leben.

Wie in einem bösen Traum zerflossen ihre Kräfte, schwarzer Nebel stürzte auf sie ein, drang in Augen und Ohren und erstickte alles Fühlen und Denken.

2

Sommer 1994

Ein einmaliges Erlebnis hatte er ihr versprochen. Unvergesslich. Barbecue am Strand. Romantisch. Warme Spätsommertage luden dazu ein. Er wusste eine einsame Stelle, kannte sich ja aus in Cuxhaven und im Land Wursten. Sie ahnte, dass es unvernünftig war. Gleich bei ihrer Ankunft am Bahnhof hatte sie ihn kennen gelernt. Er hatte sogar ein Zimmer zu vermieten. Gut und preiswert. Er war wirklich nett, kümmerte sich um sie. Hatte ihr das Meerwasserfreibad Steinmarne in Döse, das Wellenbad in Duhnen und den Strand von Sahlenburg gezeigt, wo er sie zum Stracciatella im Eiscafé an der Wernerwaldstraße eingeladen hatte. In Duhnen hatte er ihr schließlich bei einem der Strandkorbvermieter einen günstigen Strandkorb vermittelt. In bester Lage, gleich gegenüber der Duhner Strandstraße.

Am Strand hatte sie ihre ersten Urlaubstage verbracht. Zwischen unzähligen anderen gelben Strandkörben. Mit jungen Leuten, Familien mit Kindern und Großeltern mit Enkelkindern. Menschen in Urlaubslaune.

Kindergeschrei, eine Durchsage aus den Lautsprechern der Strandwächter oder das Klingeln der Cuxi-Bahn auf der Kurpromenade hatten hin und wieder die fröhliche Geräuschkulisse übertönt. Einmal hatte sie ein Kurkonzert erwischt. Volkslieder, Marschmusik und Operettenmelodien. Musik, bei der sie gewöhnlich das Radio umschaltete. Aber seltsamerweise hatte sie ihr hier gefallen.

Zwischendurch war sie zur Bäckerei Böhn unter dem pyramidenförmigen Haus mit den weißen Balkonen geschlendert und hatte sich einen Pott Kaffee und ein Stück Kuchen geleistet. Oder ein Fischbrötchen von der *Fischpfanne*. Manchmal auch beides. Und hinterher ein Eis, das sie auf einer Bank vor der Eisdiele –

oder an den Dorfbrunnen gelehnt – genossen und dabei die Urlauber beobachtet hatte. Obwohl noch Vorsaison war, drängten sich die Menschen vor den Schaufenstern und in den Geschäften und Restaurants.

Abends hatte sie sich Schinkenplatte in der Schinkenstube, Kutterscholle im Veermaster oder Fischerfrühstück in der Krabbenhütte gegönnt. Alles war teurer, als sie erwartet hatte, und darum war es ein Glücksfall, dass sie so günstig wohnte und sich ihren guten Appetit leisten konnte.

Sie waren mit dem Auto bis nach Sahlenburg gefahren, waren die Kurpromenade entlang geschlendert und hatten sich abseits des Hauptstrandes niedergelassen. Er hatte gegrillte Hähnchenschenkel und gekühltes Bier, Käse und Rotwein mitgebracht.

Der Sonnenuntergang war wie im Kino gewesen. Sie hatte zu viel gegessen und getrunken, fühlte sich schwer und träge. Mit der Dämmerung kroch Kühle vom Wald her über den Sand. Aber sie fror nicht. Das Essen und der Rotwein hatten sie erhitzt.

Sie hätte nicht sagen können, wie lange sie dort gesessen hatten, versunken in das Farbenspiel des Himmels und das Rauschen des Meeres. Irgendwann hatten sich die anderen Strandspaziergänger verlaufen, der Nordstern glitzerte über dem Wasser, kein Geräusch aus dem nahen Ort durchdrang das Raunen der Wellen. Es war, als habe sich die Menschheit schlafen gelegt und als gäbe es nur noch das Meer und sie.

Und ihn.

Plötzlich waren seine Lippen an ihrem Ohr. „Zieh' dich aus", flüsterte er.

Sarah kicherte. „So ist das also. Ich hätte es mir denken müssen." Sie schüttelte den Kopf. „Sie sind wirklich sehr nett. Und wenn Sie brav sind, gibt es nachher einen Abschiedskuss. Aber mehr ist nicht drin."

„Ich meine es ernst." Plötzlich war seine Hand an ihrer Bluse, seine Finger zerrten an den Knöpfen.

Irgendwie erschien ihr die Situation albern. Sie schob die Hand weg und musste wieder lachen.

„Das geht doch nicht", gluckste sie. „Sie und ich. Hier. Machen Sie das öfter, dass Sie ..."

„Du ziehst dich jetzt aus", sagte er. „Sonst mache ich es."

Sarah fuhr zusammen. Etwas in seiner Stimme ließ sie frösteln. Und sie spürte plötzlich die Gefahr.

„Ich möchte jetzt gehen."

Sie versuchte aufzustehen, aber er zog sie in den Sand zurück. „Du bleibst hier. Jetzt kommt der gemütliche Teil des Abends. Du hast es auch gewollt. Darum sind wir doch hier."

„Lass den Scheiß." Sie hatte unwillkürlich ihre Stimme erhoben und versuchte sich aus seinem Griff zu befreien.

Doch plötzlich war er über ihr und legte ihr die Hand auf den Mund. Sie wollte schreien, brachte aber nur einen unartikulierten Laut hervor. Sein Bieratem kroch in ihre Nase, als sich sein Gesicht dem ihren näherte.

Sarah versuchte den Kopf zur Seite zu drehen. Aber er hielt ihn fest, presste ihn in den Sand. Sie strampelte mit den Beinen und schlug mit den Händen auf ihn ein. Panik erfasste sie, denn sie bekam nicht genug Luft, hatte das Gefühl, ersticken zu müssen. Jetzt lag sein ganzes Gewicht auf ihr. Seine freie Hand umfasste ihren Hals und drückte zu. *Er will mich umbringen. Hilfe. Warum hilft mir denn keiner. Warum ...* Etwas explodierte in ihrem Kopf und ein Schleier legte sich über ihre Augen. Rot. Violett. Schwarz.

Dann spürte sie nichts mehr.

3

Frühjahr 2005

Es war ein Frühjahrstag wie jeder andere. Über Cuxhaven und dem Land Wursten erhob sich allmählich die Sonne und tauchte die Landschaft in ein rötliches Licht. Wenige Wolken warfen längliche Schatten auf Wiesen und Felder und erzeugten auf dem noch blau erscheinenden Meer türkis schimmernde Flecken.

Auf den Fischkuttern des kleinen Hafens herrschte um diese Zeit bereits Betriebsamkeit. Die Gezeiten bestimmten den Tagesablauf, und weil das erste Hochwasser auf den Morgen fiel, begann für die Fischer der Arbeitstag nur wenig früher als für die meisten anderen Menschen. Jahreszeit und Wetterlage versprachen einen guten Fang, und so waren die Männer damit beschäftigt, Schiffe und Ausrüstungen für die Fahrt auf die Nordsee vorzubereiten. Einige rauchten, ohne die Selbstgedrehte aus dem Mundwinkel zu nehmen. Andere nahmen hin und wieder einen Schluck aus der Thermosflasche. Niemand verlor viele Worte. Die Männer verrichteten ihre Arbeit mit der Sicherheit und Selbstverständlichkeit, die aus langjähriger Erfahrung erwuchs. In ihren Gedanken waren sie noch beim Fang des Vortages oder bereits auf hoher See.

Wie immer, wenn Harry Oltmanns den schweren Diesel startete, erzitterte das Schiff ein wenig. Doch noch während die Maschine zum Leben erwachte, gingen die Erschütterungen in ein beruhigendes Vibrieren über. Oltmanns kontrollierte die Anzeigen der Instrumente und steckte dann den Kopf aus dem Steuerhaus. „Schmiet dei Lien'n los, Macker. We föhrt loos."

Jungkeerl Hannes Butt, der Moses auf dem Krabbenkutter, warf einen Blick auf die Uhr. *Volle zwei Stunden vor Hochwasser. Der Alte hat's mal wieder besonders eilig heute. Aber was soll's. Er ist der Schiffer.* „Okay", rief er und hob die Hand, „Leinen los!" Dann zog er die schweren Taue über die Poller und sprang an Bord, um sie rasch einzuholen.

Gespannt blickte er zur Fahrrinne. Würde die Wassertiefe ausreichen? Sie brauchten mindestens eineinhalb Meter. Viel mehr dürfte der Wasserstand noch nicht hergeben. Oltmanns ging gern an die Grenzen. Aber bisher hatte der erfahrene Kapitän sein Schiff noch nie aufgesetzt. Oder sonst irgendwie in ernste Gefahr gebracht.

Behutsam bugsierte der Schiffer die Wiking in die Mitte der Fahrrinne, die noch kaum breiter war als das Schiff selbst. Aus den Augenwinkeln beobachtete Hannes die anderen Fischer, die mit verschränkten Armen auf der Pier standen und das Manöver ihres Kollegen beobachteten. *Wahrscheinlich rätseln sie jetzt, wohin wir fahren.*

„To'n Hexenloch", hatte Oltmanns geknurrt, als die Fischer über den Zustand der Fanggründe gemutmaßt und einander gefragt hatten, wohin sie heute führen. Natürlich hatten sie wieder gepokert. Keiner verriet, welches Gebiet er wirklich aufsuchen würde. Hannes rechnete damit, dass sie tatsächlich zum Hexenloch vor Knechtsand fahren würden. Denn die anderen würden sie überall vermuten, nur dort nicht. Da mussten sie zwar an den Kanten fischen, weil der Grund stellenweise zu tief war, aber Hannes rechnete mit einem guten Fang. Der Alte hatte eine gute Nase.

Die Wiking hatte die Fahrrinne erreicht. Vorsichtig und mit niedriger Maschinendrehzahl steuerte Oltmanns das Schiff an den übrigen Kuttern vorbei in Richtung offenes Meer.

Die Luft roch nach Nordwest, der Wind brachte ein frisches, jodhaltiges Aroma aus dem Nordmeer mit. Im Licht der aufgehenden Sonne wirkte die See eher blau als grau, ein Eindruck, der durch die weißen Schaumkronen auf den Wellen noch verstärkt wurde.

Im Schritttempo passierten sie die Parkplätze für die Kurgäste, die Yachten und Sportboote der Freizeitkapitäne im vorderen Bereich des Hafens und schließlich das Wellenbad mit dem Nationalpark-Haus. Am Leuchtturm Eversand erhöhte der Schiffer langsam die Fahrt. Sie folgten den Pricken zum Hauptfahrwasser. Schließlich waren sie frei und nahmen Kurs auf Knechtsand. Hannes Butt wandte den Blick zurück zum Dorumer Tief. Jetzt machten auch die anderen Fischer ihre Kutter klar. Aber Oltmanns und er waren wieder einmal die ersten. Inzwischen dröhnte die Maschine unter Volllast, und das Schiff stampfte in gewohnter Weise gegen den Wind. Der Wind blies schwach aus Nordwest und sollte auch tagsüber nur mäßig auffrischen und deutlich unter der kritischen Grenze von vier bis fünf bleiben. Wenn der Seewetterbericht Recht behielt, würden sie gute Bedingungen vorfinden.

Bis sie die Fanggründe erreichten, hatte Hannes Zeit, sich um das Fanggeschirr und um den Kessel zu kümmern.

Dabei konnte er in Ruhe nachdenken. Wenn die Netze außenbords gingen, hatte er richtig Stress, und erst recht, wenn der Fang an Bord kam. Da musste er aufpassen, dass jeder Handgriff saß. Ein Fehler konnte ihn über Bord werfen oder den Fang verderben.

Hannes Butt war die Krabbenfischerei in die Wiege gelegt. Schon sein Vater und sein Großvater waren Tidenfischer gewesen. In einem Jahr würde er den Kutter seines Vaters übernehmen und zu den Fanggründen steuern. Als Schiffer und Eigner in einer Person. Als sein eigener Herr. An diesem Ziel hatte er nie gezweifelt. Doch in letzter Zeit war er nicht mehr so sicher. Die Hauptfanggebiete standen unter Naturschutz, die Kutter mussten immer weiter hinausfahren. Bis unter Helgoland und Amrum. Doppeltiden, bei denen sie vierundzwanzig Stunden auf See blieben, waren keine Seltenheit mehr. Die Betriebskosten stiegen, aber die Erlöse aus der Fischerei wurden immer geringer. Und nun sollte auch noch ein Offshore-Windpark vor der Küste entstehen. Nordergründe. Der das Gebiet ihrer Fanggründe weiter einschränken würde. Ohne den schuldenfreien Kutter seines Vaters hätte die Krabbenfischerei für ihn wohl keine rechte Zukunft. Wenn überhaupt. Die schleichende Verdrängung der Fischkutter war wohl nicht aufzuhalten. Und mit den Fischern würde auch der Tourismus eingehen. Keine rosigen Aussichten für das Land Wursten.

Hannes wurde aus seinen Gedanken gerissen, als Oltmanns Gas wegnahm und das energische Brummen der Maschine in ein dunkles Grollen überging. Sofort begann das Schiff stärker zu stampfen und zu rollen.

„Kloarmooken to'n Fieren!", rief der Schiffer, und Hannes löste die Bäume aus ihren Verankerungen und begann die Kurrleinen über die Winde am Steben laufen zu lassen. Dabei behielt er die Schlitten, auf denen die Netze über den Meeresboden gleiten würden, sorgfältig im Auge, damit sie sich nicht verhakten. Als die Kurren über Bord waren und die Bäume auf beiden Seiten des Schiffes über dem Wasser tanzten, ließ Hannes weiter Kurrleine nach und verfolgte die Markierungen an der Winde, bis sie ihm eine Leinenlänge von zehn Metern anzeigten. Langsam versanken die Netze achtern im Wasser. Dann zog er die Bremse an und sah zu seinem Schiffer hinüber. Der hob den Daumen, ohne den Blick vom Echolot zu wenden, und schob den Gashebel auf Volllast. Die Leinen spannten sich, und die Bäume ächzten in ihren Verankerungen. Dröhnend brachte die Maschine ihre Kraft auf die Schraube und schob das Schiff gegen die Wellen und den Widerstand der Schleppnetze.

Eine bis zwei Stunden würde der Kutter nun zu kämpfen haben, um die Netze über den Meeresgrund zu ziehen. So lange hatte Hannes noch ein wenig Ruhe. Er würde Oltmanns einen Pott Kaffee kochen und sich dann in die Koje hauen, um weiter seinen Gedanken nachzuhängen.

Der Klang der Maschine signalisierte ihm, dass die Netze voll waren. Hannes Butt sprang auf. Zeit für den ersten Hol.

Während der Alte die Maschine auf Leerlauf zurückfuhr, nahm er seinen Platz an der Winde ein und hob den Daumen. Vorsichtig löste er die Bremse, und der Schiffer ließ die Winde anziehen. Langsam rollten sich die Kurrleinen auf, bis die gefüllten Büdels an der Wasseroberfläche erschienen. Hannes stellte die Bremse fest, und der Schiffer ließ die Maschine hochdrehen. Schwerfällig nahm die Wiking Fahrt auf, um die gefüllten Netze im Seewasser durchzuspülen.

„Kloarmooken to'n Hieven!", rief der Schiffer und ließ die Maschine stoppen. Hannes löste für kurze Zeit die Bremse der Winde, schließlich schwebten die Büdels neben der Bordwand über dem Wasser. Er nutzte die Bewegung des Schiffes, um die Bäume nach vorn zu schwenken. Der Steert des ersten Büdels landete genau über dem Aluminiumtrichter, der den Inhalt auffangen würde.

Rasch riss er den Knoten auf, und die schlammige Masse ergoss sich in die Spülwanne.

Auch der zweite Büdel ließ sich problemlos öffnen. Zügig und konzentriert verknotete der junge Fischer die Enden der Netze für den nächsten Zug. Von den Knoten hing alles ab: Sie mussten halten, wenn der Kutter die Netze über den Meeresboden schleppte, sich aber leicht öffnen lassen, wenn der Fang an Bord genommen werden sollte.

Während die Netze wieder außenbords gingen und der Kapitän die Kurrleinen über die Winde laufen ließ, griff Hannes nach dem Schlauch, um den Fang aus dem schwarzen Brei zu spülen. Anschließend sammelte er den brauchbaren Beifang – ein paar kleine Plattfische – in einen Eimer und warf alles andere – Muscheln, Krebse, Unrat – über Bord. Die verbleibenden Krabben mussten weiter gespült und dann gesiebt werden, bis sie schließlich im kochenden Seewasser gegart werden konnten.

Hannes arbeitete aufmerksam und rasch. Jeder Handgriff war ihm längst in Fleisch und Blut übergegangen, und nichts hätte ihn aus dem Gleichgewicht bringen können.

Es geschah beim vierten oder fünften Zug. Jedenfalls sollte es der letzte sein, darin waren Harry Oltmanns und Hannes Butt sich einig. Nach zehn Stunden Arbeit waren die Aluminiumkästen gut gefüllt. Es wurde Zeit, den Hafen anzusteuern, um das Hochwasser für die Rückkehr nicht zu verpassen.

Schon beim Hieven hatte Hannes das Gefühl, dass mit dem Büdel auf Backbord etwas nicht stimmte. Unzählige Male hatte er die auftauchenden Netze gemustert, und stets hatten sie ihre charakteristische Form gezeigt. Doch diesmal hing das Netz schief, ein länglicher Gegenstand hatte sich darin verfangen und ragte seitlich heraus. Erst in der zweiten Sekunde erkannte er die Form des Gegenstandes. Nein, kein Gegenstand. Etwas Menschliches. Ein Paar Beine. An einem Körper. Leichenfahl und nackt. Die Knie waren grotesk gewinkelt und obszön gespreizt, der dazu gehörende Rumpf hing mit nach hinten gebogenem Kopf im Schlamm des triefenden Netzes. Die Haare waren mit Tang zu einem wirren Gestrüpp verfilzt, das rechte Ohr fehlte. Hannes Gehirn weigerte sich, die Botschaft seiner Augen anzunehmen. Vergeblich. Er spürte, wie sich Übelkeit in der Magengegend ausbreitete.

„Verdammter Schiet", brüllte Oltmanns vom Steuerhaus. „Sütt ut wie'n Liek. Mook denn Büdel butenbords fas. Dat Ding droff nich an Board."

Mit fliegenden Händen zog Hannes das Netz bis an die Bordwand und verzurrte es am Poller. Aus der Nähe war nicht zu übersehen, was in den Fang geraten war. Ein menschlicher Körper – unbekleidet, bleich, weiblich.

„Hol denn annern Büdel an Board. Fix." Harry Oltmanns griff zum Mikrofon, und Hannes sah, wie der Schiffer eindringlich hineinsprach.

Wie in Trance verrichtete der Moses seine Arbeit. Automatisch folgte ein Handgriff dem anderen. Seine Gedanken kreisten um die Frage, was nun geschehen würde. Sie mussten die Tote an Land bringen, durften sie aber nicht an Bord nehmen. Leichen mussten außenbords transportiert werden. Dafür gab es nur zwei Möglichkeiten. Sie konnten sie – so wie sie war – im Netz an der Bordwand mitschleppen. Oder aus dem Büdel ziehen und in eine Persenning wickeln, die sie dann außen an der Reling befestigen würden.

Vor der letzten Möglichkeit grauste es Hannes Butt wie noch nie zuvor in seinem Leben.

Und dann fiel ihm noch etwas ein. Der ganze Fang war hin. Zwölf Stunden harter Arbeit für nichts und wieder nichts. Auch wenn sie die Leiche nicht an Bord holten, durften sie nicht eine der Krabben in den Handel bringen. Eine ganz und gar unverständliche Vorschrift. An die er sich gut erinnerte, weil sie in der Berufsschule heftig darüber gestritten hatten.

Oltmanns rief etwas Unverständliches aus dem Steuerhaus.
„Was hast du gesagt?"
„Clasen kummt mit dee Poseidon vorbi und übernimmt den Fang."
Eine verwegene Hoffnung keimte in Hannes. „Die Leiche?"
„Doa weer hei ganz scheun dösig, du Döskopp. Nee – dee Knootkissen. Oder schöt wi denn ganzen Fang butenboards schmieten?"

Konrad Röverkamp sah auf die Uhr. Eigentlich war Feierabend. Im Dienstgebäude, dem Siebziger-Jahre-Kasten aus rotem Ziegelmauerwerk an der Werner-Kammann-Straße, war es ruhiger geworden. Das Wochenende stand bevor. Aber was bedeutete das schon in seinem Beruf! Jederzeit konnte die Hektik erneut ausbrechen. Kriminaloberrat Christiansen wollte ihn sprechen, und Röverkamp wusste, worum es ging. Der Chef erwartete eine Entscheidung.

Und dann würde er umziehen müssen. Auf Dauer mochte er nicht als Untermieter einer Kapitänswitwe leben.

Und hier muss auch mal Ordnung geschaffen werden. Der vielfache Tausch von Büroräumen innerhalb des Hauses hatte dazu geführt, dass sich seine provisorische Unterbringung über Wochen hingezogen hatte und zahlreiche Akten in Kartons gelagert wurden, die ungeordnet herumstanden.

Er wandte den Blick aus dem Fenster und beobachtete den Verkehr auf dem Karl-Olfers-Platz. Ein silbergrauer Astra hatte sich falsch eingeordnet und verursachte nun – bei dem Versuch, nachträglich die Spur zu wechseln – eine Kettenreaktion aus Brems- und Ausweichmanövern. Schließlich verklumpten sich die Fahrzeuge zu einem kleinen Stau, und den Fahrern blieb nichts anderes übrig, als die nächste Grünphase abzuwarten.

Wahrscheinlich wieder ein Tourist, der sich verfahren hat. Ist ja auch nicht so einfach, wenn man sich nicht auskennt.

Die unübersichtliche Verkehrsführung war nicht das Einzige, was Röverkamp an Cuxhaven missfiel. Anfänglich, als er noch wöchentlich über die B 73 gekommen war, hatten die Absonderungen aus den Faultürmen der städtischen Kläranlage ihm regelmäßig signalisiert, dass er sein Ziel fast erreicht hatte. Nur die fischige Duftschleuse an der Grodener Chaussee war noch zu passieren. Und die unzähligen Werbeflächen und Hinweisschilder, die zwischen Tankstellen und Fastfood-Imbissen die Zufahrt vom Kreisel bis zur Wernerstraße säumten, waren ihm ebenso wenig einladend erschienen wie die Hundekothaufen in der Nordersteinstraße. Dennoch erwog er ernsthaft, auf Dauer in der Stadt zu bleiben. Denn die erfreulichen Seiten eines Ortswechsels überwogen. In Stade hielt ihn nicht mehr viel, seit seine Tochter geheiratet hatte und nach Dortmund gezogen war.

Zwar würde sich seine Arbeit kaum von der in der Kleinstadt an der Unterelbe unterscheiden, aber im Gegensatz zu den Chefs, die er bisher erlebt und mit denen er sich regelmäßig angelegt hatte, war Christiansen ein umgänglicher Vorgesetzter. Das sprach für einen Wechsel.

Und hier, in der Seestadt zwischen Elbe- und Wesermündung, hatte er das Gefühl, freier atmen zu können. Er genoss die Meeresluft, wenn er in freien Stunden am Grünstrand der Grimmershörn-Bucht entlang zur Kugelbake wanderte oder mit dem Fahrrad nach Döse und Duhnen und weiter nach Sahlenburg fuhr. Jedenfalls von November bis März. Als während der Sommermonate Strände und Kurpromenaden von Touristen bevölkert wurden, hatte er manchmal sein Fahrrad aufs Autodach gepackt und war nach Berensch gefahren, um am Deich entlang nach Dorum oder Wremen zu radeln. Gelegentlich hatte er am Wege bei Bremer oder bei Kocken angehalten und sich frische Krabben mitgenommen, um sie am Abend bei einer Flasche trockenen Weißweins zu genießen.

Die Ausflüge entlang des Wurster Wattenmeeres hatten eine überraschende Wirkung. Sie halfen ihm, den Kopf frei zu bekommen und die Bilder der getöteten Kinder loszuwerden. Anfangs hatte ihn nur sein Gewissen aufs Fahrrad getrieben. „Wenn Sie weiter so viel arbeiten und sich so wenig bewegen," hatte der Arzt gesagt, „nähern Sie sich unaufhaltsam dem Infarkt. Oder dem Schlaganfall. Sie sind schließlich keine dreißig mehr."

Wie wahr. Er war auch keine vierzig mehr. Nicht einmal fünfzig. Bis zur Pensionierung hatte er nur noch wenige Jahre. Und die Vorstellung, in einem Krankenhausbett zu landen, auf Hilfe angewiesen zu sein oder gar die Pension durch vorzeitiges Ableben zu verschenken, hatte ihm überhaupt nicht gefallen.

Inzwischen war ihm die Bewegung an der frischen Seeluft zur unentbehrlichen Gewohnheit geworden. Und nicht nur deshalb wurde es Zeit, eine Entscheidung zu treffen.

Röverkamp hatte sich freiwillig nach Cuxhaven abordnen lassen, als zusätzliche Ermittler für eine Sonderkommission gesucht wurden. Er hatte mit drei oder vier Monaten gerechnet. Daraus war fast ein Jahr geworden.

Inzwischen war ein Täter gefasst, der wohl nicht nur ein kleines Mädchen, sondern mindestens auch noch einen Jungen ermordet hatte. Die Soko war neu gegliedert worden. Es ging nicht mehr allein um die Kinder, sondern um die Frage, welche Taten ihm noch anzulasten waren. Die neue Sonderkommission war im Kreis Osterholz untergebracht worden, und Kriminaloberrat Christiansen hatte ihm eine Stelle in Cuxhaven angeboten, die infolge der Umstrukturierung frei geworden war.

„Ich würde Sie gerne hier behalten, Röverkamp", hatte er gesagt. „Aber für eine endgültige Versetzung brauche ich Ihre Zustimmung. Überlegen Sie nicht zu lange, sonst ist die Stelle womöglich wieder weg."

Christiansen war ein angenehmer Chef. Er ging auf seine Mitarbeiter ein, verstand es, die individuellen Fähigkeiten jedes einzelnen für die gemeinsame Arbeit zu nutzen. Die Kolleginnen und Kollegen waren hoch motiviert, weil er Eigenverantwortung stärkte und weitgehend darauf verzichtete, sich in ihre Ermittlungen einzumischen. Und er schätzte den Eifer der Jungen ebenso wie die Erfahrung der Älteren.

Das Telefon auf dem Schreibtisch riss ihn aus seinen Gedanken. Auf dem Karl-Olfers-Platz floss der Verkehr wieder normal. Er nahm den Hörer ab. „Der Chef hat jetzt Zeit für Sie", sagte die Sekretärin. „Kommen Sie?"

„Ja", antwortete der Hauptkommissar. „Bin schon unterwegs."

Auf dem Weg zu Kriminaloberrat Christiansen überfiel ihn wieder dieses plötzliche Ziehen im Unterleib, das ihm in letzter Zeit zunehmend zu schaffen machte, und ihn öfter zur Toilette zwang, als ihm lieb war. Rasch bog er in einen Seitengang ab.

Beim Händewaschen musterte er sein Spiegelbild und studierte seine Augen. Das Netzwerk aus roten Äderchen, das ihn gelegentlich wie nach einer durchzechten Nacht aussehen ließ, war heute kaum zu erkennen. Die kleinen Falten um die Augen empfand er nicht als störend. Zumal die Haut zwischen Haaransatz und Bart und von Schläfe zu Schläfe noch straff gespannt war. Er öffnete den Mund und zeigte sich ein albernes Grinsen. Die Zähne entsprachen nicht gerade dem Bild der Blendweiß-Werbung, waren aber gleichmäßig und gerade. Als er die Lippen schloss und unbewusst zu einem Kussmund formte, spürte er einen Stich im Herzen. Nein, es war wohl eher ein Stich in der Seele, geboren aus dem andauernden Versuch, seine Sehnsucht zu verdrängen. Die Sehnsucht nach weichen, lebendigen, warmen Lippen, nach Nähe und Wärme eines begehrenswerten Körpers und einer anziehenden Seele.

Seit er Ingrid verloren hatte, war er engeren Beziehungen aus dem Wege gegangen. Über einen Mangel an Interesse konnte er nicht klagen. Aber gelegentliche Episoden hatte er nicht als Erfüllung empfinden können, zumal ihm mit der Zeit gutes Essen wichtiger geworden war als Sex. Und er hatte alle Beziehungen abgebrochen, wenn sie verbindlich zu werden drohten. War er beziehungsunfähig geworden?

Für Mitte fünfzig war er eigentlich ganz gut erhalten. Zwar hatte seine Vorliebe für Bratkartoffeln und andere kalorienreiche Speisen an Bauch und Hüfte Spuren hinterlassen, aber andere in seinem Alter waren nicht nur dicker, sondern auch kahl, hatten breite Gesichter bekommen, mit Tränensäcken unter den Augen und rot geäderten Nasen.

Die Haare waren eher grau als schwarz, aber noch ohne Lücken. Und seit er sich den Bart hatte stehen lassen, der die etwas schwammig gewordenen Konturen verdeckte, galt er in den Augen seiner Tochter Iris als „attraktiver Oldie".

„Das ist der Sean-Connery-Effekt", hatte sie behauptet. „Das Grau macht dich nur interessanter."

Trotzdem fühlte er manchmal sein tatsächliches Alter, hatte gelegentlich das Gefühl, in seinen Bewegungen langsamer und im Denken starrer geworden zu sein. Vielleicht wurde es wirklich Zeit für einen Ortswechsel. Und was Iris mit den Augen der Tochter sah, war vermutlich auch nur Einbildung. Er schnitt seinem Spiegelbild eine Grimasse und wandte sich zum Gehen. Es gab Wichtigeres als das Selbstmitleid eines alternden Polizisten.

Kriminaloberrat Christiansen war in Röverkamps Alter, aber deutlich größer. Und sehr schlank, fast hager. Durch seine den Menschen zugewandte Art hatte er sich eine gebeugte Körperhaltung angewöhnt. Freundliche Augen unter buschigen Augenbrauen vermittelten seinen Gesprächspartnern möglicherweise den Eindruck eines gutmütigen Großvaters. Aber sein scharfer Verstand wurde rasch deutlich, wenn jemand versuchte, ihn an der Nase herumzuführen.

Christiansen stand neben seinem Schreibtisch, als Röverkamp das Büro betrat. Erst nach der Begrüßung registrierte der Hauptkommissar, dass noch jemand im Raum war.

„Darf ich bekannt machen? Das ist Kommissarin Janssen – Hauptkommissar Röverkamp. Kollegin Janssen tritt am Montag ihren Dienst bei uns an."

Die junge Frau streckte ihm die Hand entgegen und sah ihn aufmerksam an. „Marie Janssen. Freut mich, Sie kennen zu lernen."

„Herr Röverkamp, Oberkommissar Wilckens fällt aus gesundheitlichen Gründen für unbestimmte Zeit aus", ließ sich Christiansen vernehmen. „Darum würde ich Ihnen gerne diese junge Kollegin anvertrauen. Sie kommt frisch von der Fachhochschule. Aber sie bringt einen unschätzbaren Vorteil mit. Sie kennt sich hier aus, denn sie ist in Cuxhaven aufgewachsen. Das wiederum könnte auch für einen alten Hasen wie Sie nützlich sein. Und von Ihnen kann sie was lernen." Sein Lächeln war echt, Röverkamp kam es dennoch hintergründig vor.

Verblüfft ergriff der Hauptkommissar die ausgestreckte Hand. Sie war kühl und trocken, der Händedruck fest.

„Ich weiß nicht", murmelte er und musterte mit zusammengezogenen Brauen die blonde junge Frau, die neben Christiansen sehr klein und sehr zierlich wirkte. „Es ist ja noch nicht einmal entschieden, ob ich überhaupt hier ..."

Der Kriminaloberrat hob die Hände. „Darüber reden wir gleich. Frau Janssen wird so freundlich sein und einen Moment draußen warten."

Nachdem die junge Kommissarin mit einem vorsichtigen Blick auf Röverkamp den Raum verlassen hatte, atmete dieser tief durch.

„Das ist doch wohl nicht Ihr Ernst, Herr Christiansen. Dieses Mädchen ist kaum über zwanzig. Und dann diese Ausbildung heutzutage. Kommen direkt von der Schule und nennen sich Kommissare. Was soll ich denn mit so einer ...?"

„Setzen Sie sich", unterbrach ihn sein Gegenüber und ließ sich hinter seinem Schreibtisch nieder. Christiansen beugte sich über die Akte, die aufgeschlagen vor ihm lag. „Ich habe hier die Personalakte. Lesenswert. Die junge Frau bringt beste Beurteilungen mit. Außerdem können wir froh sein, wenn überhaupt noch junge Kollegen eingestellt werden. Auf Dauer kann die Polizei nicht vernünftig arbeiten, wenn nur noch ein paar alte Knacker wie wir die ganze Arbeit machen. Wir brauchen den Nachwuchs. Aber dazu gleich mehr. Erst möchte ich Ihre Entscheidung hören. Bleiben Sie bei uns?"

4

Im kleinen Saal des Badhotels Sternhagen in Duhnen hatten sich Honoratioren aus Cuxhaven und Umgebung versammelt und warteten gespannt auf den Vortrag, der ihnen angekündigt worden war. Das Verhalten der Herren in den dunklen Anzügen war zunächst ein wenig von Unsicherheit geprägt. Obwohl sich die meisten untereinander kannten oder zumindest wussten, welche

Funktionen die jeweils anderen bei der Stadt oder den Gemeinden, bei den Tourismus-Gesellschaften oder beim Landkreis innehatten, gaben sie sich alle Mühe, den Eindruck zu erwecken, allenfalls zurückhaltendes Interesse an dem Projekt mitzubringen, das ihnen vorgestellt werden sollte.

Man begrüßte einander reserviert und erging sich in unverfänglichen Redensarten und Smalltalk über das bisherige, das aktuelle und für diese Saison noch zu erwartende Wetter. Und man versicherte einander, ganz inoffiziell an dieser Zusammenkunft teilzunehmen.

Heinz Bollmann hatte viel Zeit und Aufwand investiert, um die Veranstaltung zu Stande zu bringen. Der schwergewichtige Bauunternehmer aus Hessen wusste aus langjähriger Erfahrung, dass er die Herren, auf deren Wohlwollen er angewiesen war, an ihrem politischen oder persönlichen Ehrgeiz packen musste. Und er musste sie alle gemeinsam vor seinen Karren spannen. Das war immer schwierig, aber die Norddeutschen waren ganz besonders schwerfällig gewesen. Dennoch war es ihm gelungen, sie für sein Vorhaben zu gewinnen. Jeden Einzelnen hatte er – durch unterschiedliche Versprechungen – überzeugt. Jeder Einzelne hatte bereits in seinem Bereich die Risiken und Chancen des Projektes eruiert. Nun ging es darum, der Vision Form und Farbe zu geben. Und er musste ihnen klarmachen, dass niemand den ganzen, sondern jeder nur ein Stück des Kuchens bekommen würde. Seine Taktik bestand jedoch darin, jedem vorzugaukeln, dass er am meisten profitieren würde.

Die gediegene Eleganz des Hotels, in dem er regelmäßig eine Suite bewohnte, wenn er sich in Cuxhaven aufhielt, schien ihm das passende Ambiente dafür zu sein. Maritime Gemälde an den Wänden und Vitrinen mit edlen Schiffsmodellen verbreiteten in den Räumen des Hauses eine Atmosphäre hanseatischer Noblesse. Das war gut so, denn je vornehmer der Rahmen, desto besser liefen die Gespräche.

Bollmann lächelte breit. *Ihr werdet eure Zurückhaltung schon noch aufgeben. Denn wenn ihr nicht spurt, gibt es keine Kohle. Weder für Arbeitsplätze noch für eure Taschen. Für mich allerdings auch nicht.*

Er hob sein Glas. „Meine Herren, ich heiße Sie herzlich willkommen und danke Ihnen für Ihre Bereitschaft, an dieser Informationsveranstaltung teilzunehmen. Mein Mitarbeiter wird Ihnen das Projekt CaribicWorld präsentieren. Und ich kann Ihnen schon jetzt versprechen, dass Ihre Erwartungen nicht enttäuscht werden. Wenn Sie bitte so Platz nehmen würden, dass Sie freien Blick auf die Leinwand haben." Er wies zur Stirnseite des Raumes, an der eine Projektionseinrichtung vorbereitet worden war.

Das Licht wurde gedämpft, und aus unsichtbaren Lautsprechern ertönten karibische Klänge. Passend zur Musik erschien ein weißer Strand auf der Leinwand, mit türkis-blauem Wasser im Vordergrund und Palmen und exotischen Blüten im Hintergrund. Kaum bekleidete, braungebrannte junge Frauen räkelten sich auf eleganten Strandliegen, sportliche Männer spielten Beachvolleyball und kleine Kinder planschten im seichten Wasser. Erst langsam, dann mit zunehmendem Tempo, wanderte die Kamera durch die Idylle. Nachdem sie – zur verhaltenen Erheiterung der Zuschauer – zunächst die Brüste der Sonnenanbeterinnen näher ins Bild genommen hatte, erhob sie sich aufwärts und öffnete den Blickwinkel in die Totale. Vor den Zuschauern breitete sich das Panorama einer vielfältigen Bade- und Freizeitlandschaft aus. Hinter dem Strand gab es Tennisplätze und Minigolf-Anlagen, einen Vergnügungspark mit bunten Kinderkarussels und ein Erlebnisbad mit Wasserrutschen, Saunen, Solarien und Whirlpools. Weiter flog die Kamera. Sie streifte mehrere kleine Restaurants, erfasste einen Abenteuerspielplatz, eine Wellness-Oase und eine Wildwasserbahn. Schließlich kehrte sie zum Ausgangspunkt zurück und nahm eine der barbusigen Schönheiten in den Blick. Ein Mikrofon erschien im Bild, und eine Reporterstimme begann, die Sonnenanbeterin nach ihren Eindrücken zu dem Freizeitparadies zu befragen. Sie könnte sich keinen schöneren Urlaub vorstellen. Hier würde alles geboten, was man zur Erholung und zum Vergnügen brauchte. Und das bei jedem Wetter. Dafür müsste man doch sonst Tausende von Kilometern weit fliegen.

Junge Männer wurden befragt, schließlich kamen Mütter und Väter zu Wort, deren Sprösslinge im Sand mit Schaufeln spielten.

Alle waren voll des Lobes für diese moderne Art der Feriengestaltung. Die letzten Worte gingen im Rauschen der Wellen unter, in die die Kamera in der Schlusseinstellung zu tauchen schien. Jemand klatschte, sofort fielen die anderen ein.

Während die Helligkeit in den Raum zurückkehrte, erhob sich Heinz Bollmann. „Meine Herren", sagte er, „es freut mich, Ihren spontanen Beifall zu hören. Was Sie soeben gesehen haben, ist die niederländische Variante unseres Projekts. Sie scheint mir besonders geeignet, die Vorzüge von CaribicWorld deutlich werden zu lassen, denn wir haben in Holland ähnliche Verhältnisse wie hier. Die Saison ist zu kurz, weil der Sommer zu kurz ist. Das betrifft besonders die zahlungskräftigen Gäste. Die wollen nämlich nicht im Friesennerz durch den Regen wandern. Und da wir das Wetter nicht ändern können, müssen wir es eben aussperren.

Unser Konzept beruht auf der Erkenntnis, dass Urlauber heute alles zugleich verlangen: Sonnenschein und Wärme ebenso wie Erlebnisgastronomie und Unterhaltungsangebote auf hohem Niveau. Um das zu finden, nehmen sie die Unbequemlichkeit und Kosten eines Langstreckenfluges auf sich. Eine Umfrage vor der Flutkatastrophe in Südostasien hat ergeben, dass ein Drittel der potenziellen Fernreisenden ein Angebot, wie wir es mit CaribicWorld bieten, wahrnehmen würden, wenn es das in Deutschland gäbe. Inzwischen dürfte sich der Anteil noch erhöht haben. Voraussetzung ist allerdings, dass es sich in der Nähe einer realen Küste befindet, damit auch die sinnlichen Eindrücke eines realen Meeres wahrgenommen werden können. Im norddeutschen Raum und im Ruhrgebiet gibt es demnach genug potenzielle Urlauber für ein CaribicWorld-Center in Cuxhaven.

Wie viele Feriengäste haben Sie hier? Fünfzigtausend? Hunderttausend? Wir kalkulieren mit über zwei Millionen Besuchern pro Jahr. Der Tourismus in Cuxhaven wird einen dramatischen Aufschwung erleben. Es ist ja kein Geheimnis, dass vergleichbare Seebäder im Ostseeraum eine wesentlich dynamischere Entwicklung nehmen. Ihre eigene Analyse für ein neues Tourismuskonzept hat die Defizite deutlich gemacht. Vom dürftigen Internetauftritt bis hin zu fehlenden sanitären Einrichtungen reicht die Mängelliste.

Alles wegen fehlender Investitionsbereitschaft der klammen öffentlichen Haushalte. Ein Großprojekt wie unsere CaribicWorld schafft die Wertschöpfung, die Sie hier dringend brauchen. An die hundert Millionen Euro bringen wir damit ins Cuxland. Als Investition. Und noch mal fünfzig Millionen jährlich durch den Betrieb. Davon werden alle profitieren. Und denken Sie auch an die Berichterstattung der Fernsehsender und Printmedien. Alle werden über CaribicWorld berichten. Cuxhaven wird selbst im tiefsten Niederbayern jedem Zeitungsleser und jedem Fernsehzuschauer ein Begriff werden. Wir beabsichtigen, als Moderator für die Eröffnungsfeier Thomas Gottschalk zu verpflichten. Allein dieses Ereignis wird in ganz Deutschland für Gesprächsstoff sorgen."

Mit innerer Genugtuung registrierte Bollmann das Raunen unter seinen Gästen. Zufrieden schweifte sein Blick über die Versammlung. Einer der Vertreter des Landkreises meldete sich zu Wort.

„Das ist ja wirklich sehr eindrucksvoll", sagte er. „Mir ist allerdings noch nicht klar, welche Rolle wir dabei spielen sollen. Ich gehe mal davon aus, dass die Halle trotz ihrer gewaltigen Ausmaße genehmigungsfähig sein wird. Wenn die Fachleute also die Unterlagen geprüft haben, bekommen Sie möglicherweise von der Stadt eine Baugenehmigung. Dafür brauchen Sie uns aber nicht. Die Investition selbst ist dann ja wohl Ihre Sache."

Bollmann lächelte. „Sie stellen diese Frage zu Recht. Aber angesichts der Investitionssumme lässt sich dieses Projekt nur verwirklichen, wenn Stadt und Landkreis Cuxhaven gemeinsam mit den Tourismus-Gesellschaften an einem Strang ziehen und angesichts der zu erwartenden positiven Auswirkungen auf Tourismus und Arbeitsmarkt auch ein Stück Verantwortung übernehmen. Schließlich schaffen wir an die tausend neue Arbeitsplätze. Darüber hinaus muss sich das hiesige Hotel- und Gaststättengewerbe auf die neue Situation einstellen. Zum einen entsteht hier die Chance für die Gastronomie, sich in der CaribicWorld zu engagieren. Auf der anderen Seite ist das Unternehmen nur lebensfähig, wenn in unmittelbarer Nähe ausreichende Hotelkapazitäten zur Verfügung stehen. Insofern bieten sich für ortsansässige Hoteliers viel versprechende Investitionsmöglichkeiten. Darum, meine Herren, schlage ich Ihnen vor, eine Gesellschaft zu gründen, in der alle Interessen gebündelt werden. Eine GmbH, in der die Stadt Cuxhaven, der Landkreis, die jeweiligen Touristik-Unternehmen und alle Unternehmer aus der Hotelbranche vertreten sind, die von dem Projekt profitieren wollen."

„Und die entsprechenden Finanzmittel mitbringen", rief ein Teilnehmer aus der Gruppe der Hotelbesitzer.

„Richtig", bestätigte Bollmann. „Von nichts kommt nichts. Aber wem sage ich das. Ein Unternehmer, der nichts unternimmt, kann sich begraben lassen. Man muss es nur hinreichend elegant anstellen." Er unterbrach sich und studierte die Gesichter seiner Gäste. Aufmerksames Interesse, hier und da Neugier, gelegentlich ein wenig Skepsis. Keine Ablehnung, kein Kopfschütteln, kein Unverständnis. Einige steckten grinsend die Köpfe zusammen.

Das läuft ja besser, als ich dachte. Also gleich den nächsten Schritt.

Er hob die Hände, um die Aufmerksamkeit wieder auf sich zu lenken. „Meine Herren, bevor wir uns den juristischen Aspekten der Kooperation zuwenden, möchte ich Ihnen zeigen, welchen Standort wir für die CaribicWorld Cuxhaven vorgesehen haben. Wenn Sie sich bitte noch einmal der Leinwand zuwenden könnten. Danke."

Dort erschien eine Karte der Stadt Cuxhaven mit der näheren Umgebung, auf der einen Seite begrenzt durch die Küste, auf der anderen reichte sie bis zu einer Linie von Altenbruch im Norden zum Aßbütteler Moor im Süden. Die Autobahn war hervorgehoben, der Gudendorfer See rot umrandet. An einigen weiteren Stellen befanden sich Markierungen.

Neben dem See breitete sich ein fast gleich großes, schraffiertes Feld aus, das den Schriftzug CaribicWorld trug und von dem aus Pfeile in verschiedene Richtungen zeigten. Das Gebiet war mit einer Zahl versehen: 74000 m².

„Sie sehen", erläuterte Bollmann, „wie günstig die Situation hier ist. Wir können den See in die Planungen einbeziehen und teilweise in den Innenbereich integrieren. Die Außenanlagen werden dem Konzept angepasst, so dass sie in der Hauptsaison mit genutzt werden können." Ein rot leuchtender Punkt umkreise den Gudendorfer See. Bollmann machte eine kurze Pause und fuhr dann fort.

„Den Ausschlag für unsere Entscheidung haben jedoch die hervorragenden strukturellen Bedingungen gegeben. Nach den Aussagen von Touristik-Forschern, aber auch nach unseren eigenen Erfahrungen, sollten folgende Voraussetzungen erfüllt sein: geringe Entfernung zur Autobahn, relative Nähe zur Stadt sowie gute Verbindungen zu anderen Freizeiteinrichtungen. All das ist in idealer Weise gegeben. Besucher aus Cuxhaven und seinen Kurgebieten erreichen die CaribicWorld ebenso günstig wie Gäste aus dem Umland oder weiter entfernten Orten. Insbesondere für Bremer und Bremerhavener ist die Entfernung so überschaubar, dass sich für sie Tagesausflüge lohnen. Eine kleine, aber feine Klientel findet vom Golfplatz bei Oxstedt rasch zu uns. Und darüber hinaus, meine Herren, stoßen wir hier auf den außerordentlich glücklichen Umstand eines unmittelbar benachbarten Flugplatzes.

Es ist ja auch für Außenstehende kein Geheimnis, dass sich der Landkreis Cuxhaven und die Gemeinde Nordholz mit dem Zivilflugplatz eine gehörige Last aufgebürdet haben. In Verbindung mit unserer CaribicWorld kann dieser Flugplatz einen enormen Aufschwung nehmen und vielleicht vor dem endgültigen Absturz gerettet werden. Wir denken daran, regelmäßige Flugverbindungen von Paderborn und Kassel einzurichten. Alles in allem finden wir hier einen idealen Standort für das Projekt, und ich übertreibe sicher nicht, wenn ich Ihnen verspreche, dass die gesamte Region wirtschaftlich profitieren wird. Und das kommt letztlich auch Ihnen zugute, ich meine, nicht nur der Region, sondern auch jedem von Ihnen ganz persönlich. Ich danke Ihnen für Ihre Aufmerksamkeit und darf Sie jetzt zu einem Cognac, oder was immer Sie mögen, einladen. Anschließend stehen Ihnen meine Mitarbeiter und ich gern zur Beantwortung von Detailfragen zur Verfügung."

Nach dem Ende der Veranstaltung saß Bollmann noch mit einigen Herren im kleinen Kreis zusammen. Wann immer einer seiner Gäste sein Glas geleert hatte, bestellte er nach. „Sie sind natürlich eingeladen, meine Herren. Und beim nächsten Mal organisieren wir ein Damenprogramm – wenn Sie verstehen, was ich meine."

Inzwischen war die reservierte Grundhaltung einer freudig erregten Stimmung gewichen. Die Summen, mit denen der Unternehmer hantierte, wenn er die zu erwartenden Steuereinnahmen, Ausgleichszahlungen und Zuwendungen für Parteien und Verbände in Aussicht stellte, weckten bei den Kommunalpolitikern zunehmende Begeisterung. Er vergaß auch nicht, die übliche Kalkulation von fünf Prozent der Investitionssumme für Provisionen zu erwähnen. Hundert Millionen Euro würde sein Konzern in Cuxhaven investieren, also standen fünf Millionen für Parteien, Kommunalpolitiker und Verwaltungsbeamte zur Verfügung. Ein Gesichtspunkt, der ebenfalls den Frohsinn der Runde zu fördern schien.

Krawatten wurden gelockert, Stimmen lauter, die ersten Herrenwitze machten die Runde.

Heinz Bollmann war Geschäftsmann genug, um darüber nicht zu vergessen, wie Leistung und Gegenleistung, Investition und Gewinnerwartung in Einklang zu bringen waren. „Wie weit seid ihr eigentlich in der Grundstücksangelegenheit", fragte er den Mann, der für diesen wichtigen Bereich verantwortlich war.

„Alles im Griff, Herr Bollmann. Keinerlei Probleme. Ist nur eine Frage der Zeit. So weit es sich um Gelände der Stadt handelt, haben wir Handlungsfreiheit. Für das ganze Gebiet wird es eine Umwidmung geben. Ist schon mit den Fraktionen abgesprochen. Wegen der Privatgrundstücke haben wir einen Makler beauftragt, der das Land diskret für uns aufkauft."

Bollmann fixierte den Mann und fragte sich, ob wirklich alles so glatt lief. „Ich muss mich darauf verlassen können, Verzögerungen darf es nicht geben."

„Keine Sorge", antwortete sein Gegenüber. „Sie werden planmäßig anfangen können."

Dass einer der privaten Landbesitzer sich weigerte zu verkaufen, behielt er für sich.

Marie Janssen schwankte zwischen Zuversicht und Niedergeschlagenheit. Sie freute sich auf die Arbeit, und sie war begierig, sich in jeden Fall zu stürzen, der sich anbot, mochte er noch so unangenehm sein. Die Arbeit würde sie ablenken. Von den unerfreulichen Auseinandersetzungen mit Stefan und von der Enttäuschung und dem Schmerz, der noch immer in ihr aufflammte, wenn sie an ihn dachte.

Wahre Polizeiarbeit fand nicht in Lehrbüchern und nicht in der Fachhochschule statt. Sie brannte darauf, sich in der Praxis zu bewähren, nach Spuren zu suchen, Zeugen zu befragen, Täterprofile zu entwickeln und all die vielen Details zu einer überzeugenden Theorie zu verknüpfen, um schließlich Zusammenhänge und Hintergründe krimineller Handlungen aufzuklären und Täter zu überführen.

Die Begegnung bei Kriminaloberrat Christiansen hatte sie enttäuscht. Zwar hatte er im Vorgespräch angedeutet, dass sie einem erfahrenen Ermittler zugeordnet werden würde, aber er hatte nicht erwähnt, dass dieser Kollege schon so alt und grau war und wenig geneigt sein würde, sie als Partnerin zu akzeptieren. Der Hauptkommissar hatte ihr nicht mehr als einen kühlen Blick gegönnt. Einen Blick, in dem sie Ablehnung gelesen hatte.

Wahrscheinlich hielt er sie für einen Grünschnabel, der ihn bei Ermittlungen eher behinderte als unterstützte. Und überhaupt: Was sollte sie mit einem Kollegen reden, der einer völlig anderen Generation angehörte? Wahrscheinlich hatte der Hauptkommissar die gleichen Sprüche drauf wie ihr Vater. „Tu dieses nicht, tu jenes nicht, sei vorsichtig, lass dich nicht ausnutzen, gib dich nicht mit fragwürdigen Typen ab." Na ja, letzteres vielleicht nicht, das war schließlich ihr Beruf.

Sie hörte, wie in Christiansens Büro das Telefon klingelte, hörte ihn sprechen, verstand aber nicht, was er sagte. Kurz darauf öffnete sich die Tür, und die beiden Herren sahen sie an. „Frau Janssen", fragte der Kriminaloberrat, „können Sie schon heute einspringen? Wir haben eine Leiche. Und zu wenige Leute. Wenn Sie den Kollegen Röverkamp begleiten könnten, wäre das eine große Hilfe."

Marie vermied es, den Hauptkommissar anzusehen. Sie nickte. „Selbstverständlich. Kein Problem."

„Na dann ..." Röverkamp marschierte an ihr vorbei den Gang hinunter. „Kommen Sie mit."

Christiansen lächelte ihr aufmunternd zu. „Ich danke Ihnen", sagte er. „Gehen Sie nur. Und keine Angst: Der Kollege ist ein umgänglicher Mensch. Sie werden sich gut verstehen."

Das bezweifelte Marie. Aber hätte sie darüber mit dem Polizeichef diskutieren können? Sie nickte stumm und beeilte sich, Hauptkommissar Röverkamp die Treppen hinab und durch den Hinterausgang zum Stellplatz für die Polizeifahrzeuge zu folgen.

Der Dienstwagen war ein älterer Passat, dessen Abnutzungserscheinungen auf einen hohen Kilometerstand schließen ließen. Schicksalsergeben ließ Marie sich auf den durchgesessenen Beifahrersitz fallen und schnallte sich an.

Nachdem sie die Abendrothstraße hinter sich gelassen hatten und auf der Altenwalder Chaussee die Stadt in Richtung Süden verließen, brach Marie das Schweigen.

„Wohin fahren wir eigentlich?"

„Nach Dorum. Zum Hafen."

„Also zum Dorumer Tief."

Röverkamp brummte etwas, das man als Zustimmung deuten konnte. Bis Altenwalde blieben die Insassen des Polizeidienstwagens stumm. Als sie an einer der vielen Ampeln halten mussten, streifte Röverkamps Blick Marie von der Seite.

„Und Sie sind sechsundzwanzig?"

„Wenn es so in meiner Personalakte steht, wird es wohl stimmen."

Röverkamp nickte. „Sie haben Recht: blöde Frage. Entschuldigung."

Wieder verfielen die Kommissarin und der Hauptkommissar in Schweigen.

Marie fragte sich, wie ein Polizeichef, der doch etwas von Menschen und Menschenführung verstehen musste, so irren konnte.

Mit diesem sturen Kollegen würde sie sich niemals verstehen, vom Altersunterschied ganz abgesehen. *Morgen gehe ich zu Christiansen und bitte ihn, mich woanders einzusetzen.*

In Wursterheide, als sie gerade das Aeronauticum passierten, hielt Marie es nicht länger aus. „Wollen Sie", fragte sie gegen die Windschutzscheibe, „mir nicht sagen, um was es geht?"

Röverkamp nickte, ohne zu antworten. Eine lange Minute später räusperte er sich. „Wenn Sie schon sechsundzwanzig sind und gerade erst von der Polizeischule kommen – was haben Sie vorher gemacht?"

„Eine Ausbildung. Als Arzthelferin."

„Nicht schlecht. Bestimmt nützlich. Besonders in unserem Job. Jedenfalls nützlicher als Abitur."

Im Kommentar des Hauptkommissars klang tatsächlich so etwas wie Anerkennung mit. Trotzdem konnte Marie sich nicht bremsen. „Hat mein Alter etwas mit der Eignung für den Kriminaldienst zu tun?", fragte sie spitz.

Röverkamp schüttelte den Kopf. „Ich hätte Sie jünger geschätzt", murmelte er. Seltsamerweise wirkte er erleichtert.

Nach einer weiteren Pause ging er endlich auf ihre Frage ein. „Im Dorumer Hafen – also am Dorumer Tief – wird in Kürze eine Leiche ... angelandet. Oder wie sagt man? Die Kollegen von der Wasserschutzpolizei sind über Funk von einem Krabbenfischer informiert worden, dass ihm ein menschlicher Leichnam ins Netz gegangen ist. Im Hexenloch – was immer das sein mag. Und nun sind wir dran."

„Mein Gott, wie grauenhaft", entfuhr es Marie. „Der arme Fischer."

„Arm? Ich denke, diese Seeleute sind hart gesottene Burschen. Das wird sie schon nicht umhauen."

„Aber der Schaden!", rief Marie. „Der ganze Fang ist hin. Und dann muss das Schiff auf die Werft. Ein ziemlicher Verlust."

„Wieso ist der Fang hin? Und warum muss der Kutter auf die Werft?"

„Vorschriften", antwortete Marie. „Wenn eine Leiche an Bord war, dürfen die Fische – in diesem Fall wohl die Krabben – nicht in den Handel gebracht werden. Und das ganze Schiff muss desinfiziert werden. Den Ausfall bekommt der Fischer nicht ersetzt."

Röverkamp sah sie an. „Woher wissen Sie das alles?"

„Mein Onkel ist Küstenfischer. Und der hatte auch schon mal eine Leiche an Bord. Ist aber sehr lange her. Das Hexenloch ist übrigens ein Fanggebiet bei Knechtsand."

„Dann kennen Sie ja die Verhältnisse. Könnte die Befragung erleichtern."

Will er damit sagen, dass ich die Zeugen vernehmen soll? Marie musterte ihren Begleiter, behielt ihre Frage aber für sich. *Scheint ein merkwürdiger Typ zu sein. Ich werde nicht so recht schlau aus ihm.*

Marie seufzte unbewusst. Die Männer, die sie bisher bei der Polizei kennen gelernt hatte, waren entweder junge oder sich jung gebärdende Macho-Typen oder aber altväterliche Herren, die sie vor allzu viel Ungemach schützen wollten. Allen gemeinsam war die Neigung, ihr zu zeigen, wie sie ihre Arbeit zu machen hatte. Nur wenige hatten sie wirklich ernst genommen. Zu welcher Sorte gehörte Röverkamp? Marie hatte keine Vorstellung.

„Wir können da vorne rechts abbiegen!", rief sie, als sie Midlum erreicht hatten, „wir müssen nicht über Dorum fahren."

„Sie kennen sich ja wirklich gut aus. Danke." Zum ersten Mal lächelte der Hauptkommissar. Er bremste ab, um ihrem Hinweis zu folgen. „Vielleicht lag Christiansen doch nicht so falsch mit seiner Idee, ein ungleiches Paar wie uns zusammen zu spannen. Na ja, wir werden sehen. Ich war jedenfalls nicht davon begeistert."

„Ich auch nicht", fuhr es Marie heraus.

Röverkamp grinste. „Da haben wir ja schon etwas gemeinsam."

Als die Wiking in den kleinen Hafen einlief, hatten sich bereits zahlreiche Schaulustige eingefunden. Hinter der Absperrung, die von den uniformierten Polizisten errichtet worden war, drängten sich Einheimische und Touristen, Junge und Alte, und über den Hafenterrassen und zwischen den Fischbrötchen-Buden schwebte ein aufgeregtes Raunen. Offenbar war der Funkspruch des Krabbenkutters nicht nur von der Wasserschutzpolizei aufgefangen worden, und die Nachricht hatte sich schnell verbreitet.

Ein Gerichtsmediziner war nicht erreichbar gewesen, und so warteten Hauptkommissar Röverkamp und seine Kollegin zusammen mit einem jungen Notarzt und einem Beamten der Wasserschutzpolizei auf die Ankunft der makaberen Schiffsladung. Neben ihnen lauerten Reporter der Cuxhavener Nachrichten und der Nordsee-Zeitung, die gleichzeitig mit den Kriminalbeamten eingetroffen waren und die ersten Fotos schossen, als Harry Oltmanns und Hannes Butt ihr Schiff am Kai festmachten.

Marie hatte sich eine passende Erwiderung bereitgelegt, falls ihr Kollege ihr nahe legen würde, nicht mit an Bord zu gehen und sich in sicherer Entfernung zu halten. Zu ihrer Überraschung ließ Röverkamp ihr den Vortritt. „Bitte", sagte er und zeigte zum Schiff. „Jetzt sind wir dran."

„Guten Tag, die Herren."

„Moin", erwiderten die Schiffer den Gruß des Hauptkommissars, der seinen Ausweis hochhielt, als er die Schiffsplanken betrat, und sich und seine Kollegin vorstellte. „Zuerst brauchen wir Ihre Personalien", sagte er dann. „Meine Kollegin wird sich darum kümmern."

„Wi hebbt sei nich ümbrocht", antwortete Oltmanns. „Wi hebbt nur denn Arger. Nehmt sei mit und mokt jou von Acker. Un lot üns tofreden."

„Das mag ja alles richtig sein, Herr Kapitän", sagte Röverkamp, der nicht alles verstanden hatte. „Aber Ihre Personalien müssen Sie uns schon geben."

„Lot goot sien", mischte sich Marie Janssen ein. „Watt mutt, dat mutt. „Wenn ji üns keen Arger mookt, mook wi jou uk keen."

Sie winkte dem Notarzt zu. „Herr Oltmanns zeigt Ihnen jetzt die Leiche."

Hauptkommissar Röverkamp warf seiner Kollegin einen anerkennenden Blick zu. Dann wandte er sich an den jungen Arzt.

„Und?" Erwartungsvoll und skeptisch zugleich sah er ihm über die Schulter.

Er hatte schon zu viele Leichen gesehen, um erschrocken auf den Anblick der Toten zu reagieren. Dennoch zerrte das Bild an seinen Nerven. Die Frau durfte etwa so alt sein wie seine Tochter.

In ihrer Nacktheit, ausgestreckt auf Schiffsplanken, wirkte sie so schutzlos, wie ein Mensch nur sein konnte.

„Viel kann ich dazu nicht sagen", antwortete der Notarzt. „Ich kann eigentlich nur den Tod feststellen. Auf jeden Fall mit unklarer Ursache. Und dass es sich um eine junge Frau von zwanzig bis fünfundzwanzig Jahren handelt. Äußerlich sind keine tödlichen Verletzungen zu erkennen. Bei den Hautabschürfungen dürfte es sich um Treibverletzungen durch Grundkontakt handeln. Zum Teil auch durch die Bergung. Ob sie ertrunken ist, lässt sich erst durch eine Obduktion feststellen."

Röverkamp nickte. „Also ist nicht auszuschließen, dass sie bereits tot war, als sie – wie auch immer – ins Wasser geriet." Er deutete auf den Hals, an dem für Marie nichts erkennbar war. „Und das? Könnten das Würgemale sein?"

Der Arzt wiegte den Kopf. „Schwer zu sagen. Durch die Liegezeit im Wasser ..."

„Aber Sie können es nicht ausschließen?"

„Wie gesagt, erst eine Obduktion ... Ich bin ja nur ... Nein, ausschließen kann man gar nichts."

„Vielen Dank, Herr Doktor", unterbrach ihn Röverkamp. „Sie haben uns sehr geholfen. Ich denke, wir können sie jetzt ins Krankenhaus bringen lassen."

„Ins Krankenhaus? Die Leiche?" Marie Janssen, die sich hinter den Männern gehalten hatte und es vermied, den Blick auf die Tote zu richten, machte große Augen.

„Ja", bestätigte Röverkamp. „Dort finden die Obduktionen statt. Wir haben hier kein gerichtsmedizinisches Institut."

Nachdem die Tote abtransportiert war und sie die Personalien der Zeugen aufgenommen hatten, kehrten die Beamten zu ihrem Dienstwagen zurück. Von den Hafenterrassen wehte der Duft von gebratenem Fisch herüber. Konrad Röverkamp verspürte plötzlich Heißhunger auf Schollenfilet mit Kartoffelsalat. *Dazu ein kühles Pils.* Er schluckte. *Wenigstens ein Fischbrötchen.*

„Möchten Sie was essen?", fragte er und wies auf die Fischbuden oberhalb des Hafenkais.

Marie Janssen starrte den Hauptkommissar entgeistert an. „Essen? Jetzt? Ist das Ihr Ernst?" Die Vorstellung verursachte ihr Übelkeit. Sie musste sich am Auto abstützen und schüttelte den Kopf.

Röverkamp sah unschlüssig zwischen ihr und den Fischbuden hin und her, bemerkte dann die Blässe im Gesicht seiner Kollegin und winkte ab. „Vergessen Sie's. War wohl keine so gute Idee. Steigen Sie ein. Wir fahren zurück."

Als sie das Denkmal für die Deichbauer auf der Deichkrone passierten, tauchten die Strahlen der untergehenden Sonne den Abendhimmel in ein rötliches Licht. Über dem Landesinneren im Osten zogen dunkle Wolken auf und ließen den Horizont verschwimmen. Mit der einsetzenden Dämmerung wurde es kühler im Wagen. Hauptkommissar Röverkamp schaltete die Heizung ein.

„Besser?"

Marie nickte, obwohl sie nicht wusste, ob er die Wärme meinte, die in den Wagen strömte, oder ihr plötzliches Unwohlsein.

Sie dachte an die junge Frau, die ihr Leben verloren hatte, und fragte sich, ob sie jemals erfahren würden, wer sie war und auf welche Weise sie dem Tod begegnet war.

Ein Abzählreim aus der Kindheit kam ihr in den Sinn. Sie musste fünf oder sechs Jahre alt gewesen sein.

Ene-mene-matt,
Mareike ging ins Watt.
Sie kam nicht wieder raus,
und du bist aus.

Und jenes Schauermärchen, das sich die Kinder dazu erzählten. Von einem bösen Mann, der junge Frauen ins Watt lockte. Er hatte auch einen Namen. Aber daran erinnerte sie sich nicht. Nur an das Bild, das die Erzählungen in ihrer Vorstellung hatten entstehen lassen. Das Bild einer Toten, die das Meer an den Strand gespült hatte. Die Tochter vom Hotelier Hansen. Alte Leute hatten damals von einem Fischer geredet, dessen Seele verdammt war, an den Stränden der Nordsee nach einer Jungfrau zu suchen, die ihn erlöste.

Später, sie war fünfzehn oder sechzehn, war wieder von einem Unhold die Rede gewesen. Einem, der es auf junge Mädchen abgesehen hatte. Eine neunzehnjährige Urlauberin war verschwunden und nie wieder aufgetaucht. Gerüchte rankten sich um ihr Verschwinden, und alle Eltern wachten mit Argusaugen über ihre Töchter. Nicht nur im Elternhaus von Marie Janssen hatte es heftige Auseinandersetzungen darüber gegeben, ob minderjährige Mädchen abends in die Disco gehen durften. Und wieder hatten die älteren Leute hinter vorgehaltener Hand geflüstert, dass sie wohl wüssten, wer die Vermisste auf dem Gewissen hatte. Natürlich hatte sie das alles für Unsinn gehalten. Wenn es aber doch jemanden gegeben hatte, der jungen Mädchen nachstellte, sie vergewaltigte und tötete? Wenn dieser Jemand auch für den Tod der jungen Frau verantwortlich war, die sie heute auf dem Kutter gesehen hatte?

Sie schüttelte unbewusst den Kopf über ihre Gedanken. *Ich spinne. Als Kriminalpolizistin muss ich mich an die Fakten halten. Spekulationen lenken von überprüfbaren Tatsachen ab. Also sollte ich nicht herumfantasieren. Wenn ich Röverkamp davon erzähle, muss er mich erst recht für unprofessionell halten.*

Auf dem Rückweg, am Wursterheider Sperrgebiet, wo auf der rechten Seite dürres Gehölz und ein Maschendrahtzaun die Straße begrenzten, bremste Hauptkommissar Röverkamp plötzlich ab und rangierte den Wagen an den Waldrand. „Ich muss mal kurz ...", murmelte er. „Bin gleich wieder da." Marie nickte. „Kein Problem." Er sprang aus dem Wagen und verschwand zwischen den Bäumen. Sie sah ihm nach. *Prostata? Das Alter hätte er. Aber vielleicht hat er nur zu viel Kaffee getrunken.* In Polizeidienststellen wurde mehr Kaffee getrunken, als für die Gesundheit gut war.

Als Röverkamp sich am Zaun erleichterte, wandte sie den Blick zur Straße, wo der Verkehr kaum abriss. Ihre Augen folgten dem Strom der Autos, ohne sie wirklich wahrzunehmen. Die Bilder vom Hafen kehrten zurück. Der junge Arzt und der alte Hauptkommissar, wie sie sich über die Leiche beugten. Der seltsame Dialog über unsichtbare Spuren möglicher Gewalt.

„Warum", fragte sie, als Hauptkommissar Röverkamp zum Wagen zurückgekehrt war und den Motor startete, „haben Sie den Arzt so ... ich meine ... wegen eventueller Würgemale ... Wenn die Leiche obduziert worden ist, erfahren wir doch sowieso ..."

„*Wenn* sie obduziert wird", unterbrach Röverkamp und fädelte sich in den fließenden Verkehr ein. „Das entscheiden nicht wir, sondern die Staatsanwaltschaft. Und der zuständige Staatsanwalt Krebsfänger ist ein Arsch ... na, sagen wir, ein vorsichtiger Mensch. Wenn wir ihm keine Anhaltspunkte für Fremdeinwirkung liefern, verzichtet der glatt auf die Obduktion und stellt sich auf den Standpunkt, es handle sich um einen Unfall. Nach dem Motto: Wieder mal jemand nicht rechtzeitig aus dem Watt zurückgekehrt. Nur um den Cuxhavenern den Gräuel eines Gewaltverbrechens zu ersparen. Seine Frau stammt nämlich aus dem Kreis der Duhner Hoteliers. Und dort mag man keine Nachrichten, die sich schlecht aufs Geschäft auswirken könnten. Schon gar nicht so kurz vor der Hauptsaison. Also musste ich dem Arzt nahe legen, dass es Anzeichen für ein Gewaltverbrechen gibt."

„In diesem Fall kann es doch keinen Zweifel geben. Die Frau war nackt. Ich weiß ja, dass es immer wieder leichtsinnige Wattwanderer gibt. Aber dann hätte sie doch wenigstens Badekleidung an."

„Sie haben ja Recht. Aber das ist eine Argumentation, die bei Staatsanwalt Krebsfänger nicht verfängt. Der akzeptiert nur harte Fakten. Also müssen wir sie ihm liefern." Der Hauptkommissar warf ihr einen Blick zu. „Sie werden sehen ... Apropos sehen: Wenn Sie wollen, können Sie dazukommen. Waren Sie schon mal bei einer Obduktion dabei?"

5

Wenn er am Abend seinen Kontrollgang durch die Ställe machte, war es gewöhnlich ruhig auf dem Hof. Selbst die Hunde verharrten still in ihrem Zwinger. Sie warteten auf ihren Herrn, der ihnen Abend für Abend ihr Futter zuteilte.

Fasziniert beobachtete er, wie die Hunde die Brocken zerrissen und wie Stück für Stück in den Rachen der Tiere verschwand.

Er war stolz auf seine fünf Bullterrier, deren Ernährung und Pflege ihn mehr Zeit und Geld kosteten, als er sich eigentlich leisten konnte. Aber die Tiere waren sein Stolz, und ihre unterwürfige Zuneigung gab ihm das Gefühl von Macht und Stärke. Besonders, wenn andere Menschen sich vor ihnen fürchteten.

Eines Tages würde er eine Zucht aufmachen. *Janko Lührs, Norddeutschlands Experte für Bullterrier.* Er sah die Überschrift im Bullterrier Journal vor sich.

„Vertrödel nicht wieder so viel Zeit." Thedas schrille Stimme unterbrach seine Träumereien. „Denk an den Kuhstall. Der muss noch ausgemistet werden. Vergiss das nicht wieder."

Janko spürte, wie die Wut in ihm aufstieg. Einmal – ein einziges Mal – hatte er die Kühe vergessen. Aber sie musste ihn immer wieder daran erinnern. „Keine Sorge", knurrte er. „Ich kümmere mich schon drum."

„Was hast du gesagt?" Lührs musste sich nicht umdrehen, um zu wissen, dass seine Schwester in der Tür stand, die Fäuste auf die Hüften gestemmt, in der rechten Hand wippte die Reitpeitsche. Er wusste auch, dass sie ihm am liebsten damit Beine gemacht hätte. Aber das würde sie nicht wagen. Nicht mehr.

„Ich gehe gleich", rief er über die Schulter, während er seinem Lieblingsrüden ein Stück Fleisch zuwarf.

Er hörte, wie die Haustür ins Schloss fiel. Die lauten Tritte ihrer Reitstiefel würden den Flur durchqueren, die Treppe hinaufpoltern und im Obergeschoss verschwinden. Wenn er Glück hatte, würde sie sich nicht mehr unten blicken lassen, wenn er aus dem Stall zurückkehrte. Erst am Vormittag, wenn sie in der gemeinsamen Küche gefrühstückt hatte und auf den Hof kam, um sich um die Pferde zu kümmern, würde er sie wieder sehen. Je nach Laune würde sie ihn ignorieren oder ihm Vorhaltungen machen. Wegen seines Wagens, wegen des Scheunendaches, das er noch nicht repariert hatte oder wegen des teuren Futters für die Hunde.

Nachdem die letzten Reste vertilgt waren, drängten sich die Tiere winselnd an der Tür des Zwingers. Er strich ihnen über die

Köpfe, kraulte ihnen das Fell hinter den Ohren und verabschiedete sich mit einem Klaps von jedem.

Wenn ich erst das Land am See verkauft habe, baue ich einen neuen Zwinger. Größer und schöner. Und dann fahren wir zusammen aus. Mit dem neuen Jeep.

Sein Chrysler Grand Cherokee war seine zweite große Liebe. Zu groß, zu teuer und genauso überflüssig wie die Bullterrier. Jedenfalls, wenn es nach Theda ging. Sie ließ keine Gelegenheit aus, ihn daran zu erinnern, dass der Hof zwar ihren Lebensunterhalt sicherte, für teure Extravaganzen aber nicht genug abwarf.

Unbewusst befühlte er die Narbe unter dem linken Auge. Die Wunde war lange verheilt, aber die Demütigung war noch immer gegenwärtig. Mit der Reitpeitsche hatte sie ihm eins übergezogen, als er noch ein Junge gewesen war. Weil er ihr blödes Katzenvieh in die Jauchegrube geworfen hatte. Dabei war das Tier putzmunter wieder herausgekrabbelt.

Von jenem Tag an hatte sie seine Erziehung übernommen. Hatte ihn mit der Peitsche geschlagen, wenn er Ärger in der Schule gehabt oder seine Arbeit auf dem Hof nicht zu ihrer Zufriedenheit erledigt hatte. Sein Vater hatte mit glasigen Augen zugesehen und seine Hilflosigkeit in Schnaps ertränkt.

Wenn sie von dem Kredit wüsste, den er heimlich aufgenommen hatte, um den Geländewagen zu bezahlen, hätte er keine ruhige Minute mehr. Dabei wäre alles so einfach. Sie brauchten nur das Land zu verkaufen. Der Makler war schon mehrmals auf den Hof gekommen, jedes Mal hatte er ein noch besseres Angebot mitgebracht. Normalerweise würden sie eine solche Summe nicht einmal für den gesamten Hof mit allen Ländereien bekommen. Eine Investitionsgesellschaft wollte den Acker trotzdem kaufen.

„Die glauben wohl, dass die Stadt Cuxhaven daraus Bauland macht", hatte der Makler mit verschwörerischem Grinsen verraten. „Schön blöd", hatte Janko gelacht. „Dann müssten die ja Straßen bauen, und dafür haben sie kein Geld."

Nur zu gern hätte er sich mit dem Makler geeinigt. Dummerweise gehörte ihm das Anwesen nicht allein. Sein Vater hatte es ihm und Theda zu gleichen Teilen hinterlassen und in seinem Testament verfügt, dass der Besitz nicht aufgeteilt werden durfte. *Weiß der Teufel, was den versoffenen Alten geritten hat. Von Rechts wegen gehört der ganze Hof mir, ich bin schließlich der einzige männliche Erbe und der einzig legitime.* Mit meiner Mutter war er verheiratet.

Wie immer, wenn ihm dieses Unrecht im Kopf herumging, begann er zu träumen. Er sah sich mit den Hunden im neuen Cherokee über den Hamburger Kiez rollen, die Taschen voller Geld. Allen würde er zeigen, dass er nicht der dumme Bauer vom Lande war. Er würde die Puppen tanzen und die Sektkorken knallen lassen. Und in der Wurster Bierstube würden sie ihn nicht mehr aufziehen, weil er nach der Pfeife seiner Schwester tanzen musste.

Und er würde ein Mädchen finden. Heutzutage wollte keine der jungen Frauen mehr auf einem Bauernhof leben, schon gar nicht, wenn dort die Schwester des Bauern den Ton angab.

Wenn sein Leben noch einen Sinn bekommen sollte, musste etwas geschehen. Das Land musste verkauft werden. Und darum wäre es das Beste, wenn Theda ... irgendwie ... verschwinden würde.

Aber wie konnte er sie loswerden? Er brauchte einen Plan. Einen guten Plan. Darüber würde er in den nächsten Tagen nachdenken.

Das ganze Wochenende über war er Theda aus dem Weg gegangen. Hatte sie aus der Entfernung heimlich beobachtet und sich gefragt, wie er es anstellen sollte. Erst die Zeitung am Montag brachte ihn auf die Idee, wie er sich aus ihren Fesseln befreien konnte.

Im Lokalteil der Cuxhavener Nachrichten entdeckte er eine Meldung, die er mit zunehmender innerer Erregung aufnahm.

Tote im Fischernetz
Einen grausigen Fund musste ein Dorumer Krabbenfischer am Freitag im Hafen der Polizei übergeben. Im Netz seines Kutters hatte sich die Leiche einer Frau verfangen. Die Tote war unbekleidet und wird auf zwanzig bis fünfundzwanzig Jahre geschätzt. Über ihre Identität

ist nichts bekannt. Unklar ist auch, ob sie ertrunken ist oder ob Fremdverschulden vor liegt. Die Kriminalpolizei hat die Ermittlungen aufgenommen. Hauptkommissar Konrad Röverkamp vom zuständigen Fachkommissariat der Polizeiinspektion Cuxhaven bittet die Bevölkerung um Hilfe bei der Klärung der Identität der Toten. Entsprechende Hinweise nimmt jede Polizeidienststelle entgegen. Eine Vermisstenanzeige liegt bisher nicht vor. Weitere Erkenntnisse über die Todesursache erwarten die Ermittler von der Obduktion, die am heutigen Montag vorgenommen werden soll.

Das Meer hatte schon viele Menschen verschlungen. Die meisten auf immer und ewig. Dieser Fall war eine Ausnahme. Ein unwahrscheinlicher Zufall, dass die tote Frau ins Netz des Fischers geraten war. Eins zu einer Million. Normalerweise gab die See niemanden wieder frei, den sie einmal in ihren Fängen hatte. Also würde sie auch Theda behalten.

Als sich die Tür zum Sektionssaal öffnete, drang ein unschönes Geräusch – wie das eines lauten Zahnarztbohrers – an ihre Ohren. Es kam vom Kopfende eines der metallisch glänzenden Tische, an dem ein Mann im grünen Kittel mit einer kleinen elektrischen Säge den Kopf eines Toten öffnete. Er vollendete den Schnitt, legte die abgetrennte Schädeldecke in eine Metallschale und deponierte sein Werkzeug auf einer Art Beistellwagen.

„Guten Tag!", rief er den Besuchern zu und wies auf den benachbarten Tisch. „Ihre Wasserleiche liegt dort drüben. Ich komme sofort."

Der Körper war mit einem langen Schnitt vom Kinn bis zum Schambein geöffnet worden. Bauch und Brustkorb klafften auseinander und bildeten eine dunkle, blutige Schlucht, der ein modrig-süßlicher Geruch entströmte. Neben dem Seziertisch, den Rücken zum Fenster, erläuterte einer der beiden Gerichtsmediziner die bis zu diesem Zeitpunkt vorgenommenen Untersuchungen. Bewegungen gummibehandschuhter Hände unterstrichen seine Ausführungen. Die Zuhörer – Staatsanwalt Krebsfänger, Hauptkommissar Röverkamp und Kommissarin Janssen – hatten sich in gehörigem Abstand am Fußende gruppiert. Alle trugen die grünen Kittel des Klinikpersonals, die Mediziner zusätzlich dunkelgrüne Gummischürzen.

Durch verschmutzte Milchglasscheiben fiel diffuses Tageslicht in den Sektionssaal, das sich jedoch im bläulichen Schein der Neonröhren verlor.

„Wir haben es hier", dozierte der Arzt, „mit einem Todesfall zu tun, dessen Ursache nicht auf den ersten Blick erkennbar ist. Außer leichten Treibverletzungen an Gesicht, Händen, Knien und Füßen und etwas Tierfraß am rechten Ohr sowie am linken Nasenflügel – durch Fische oder in Ufernähe lebende Ratten – gibt es keine nennenswerten äußeren Verletzungen. Die Liegezeit ist schwer zu bestimmen. Da die Wassertemperatur der Nordsee noch verhältnismäßig niedrig ist, ist der Verwesungsprozess gering. Die Treibverletzungen deuten darauf hin, dass die Frau zunächst in einem Fluss oder zumindest in einer Flussmündung getrieben ist und dann erst ins Meer geschwemmt wurde. Wir werden den Lungen-Presssaft darum noch auf Diatomeen untersuchen."

Er hob eine Hand der Toten auf und drehte die Handfläche den Besuchern zu. „Wie Sie vielleicht erkennen können, liegt Waschhautbildung an Fingerbeeren und Handtellern vor. Wir gehen deshalb von mindestens drei und höchstens sechs Tagen Liegezeit im Wasser aus. Schaumpilz als Hinweis auf Atembewegungen im Ertrinkungsstadium in Mund und Nase ist nicht oder nicht mehr erkennbar. Allerdings haben wir eine leichte Lungenüberblähung mit trockenen Schnittflächen sowie Andeutungen Paltauf'scher Flecken auf der Pleura visceralis vorgefunden. Dieses deutet darauf hin ..."

„... dass die Frau ertrunken ist", fiel ihm Staatsanwalt Krebsfänger ins Wort. „Badeunfall. Oder sie ist freiwillig ins Wasser ... Wie auch immer – jedenfalls können wir die Vorstellung beenden. Ich danke Ihnen, meine Herren."

„Ich bedaure", erwiderte der Mediziner, „Ihnen widersprechen zu müssen, Herr Staatsanwalt. Wie ich schon andeutete, liegt der Fall etwas komplizierter. Neben den genannten Befunden haben wir Blutungen in der Kehlkopfmuskulatur und Punktblutungen in der Bindehaut gefunden. Schwach ausgeprägt zwar, aber erkennbar. Unser vorläufiges Fazit lautet also folgendermaßen ..." Er wandte den Kopf seinem Kollegen zu, der seine Worte nicht an Krebsfänger, sondern an Hauptkommissar Röverkamp richtete. „Wahrscheinlich wurde die Frau bis zur Besinnungslosigkeit gewürgt und dann ins Wasser geworfen. Insofern haben wir es wohl mit einem atypischen Ertrinkungsfall zu tun, bei dem der Vorgang verkürzt abläuft und die Ertrinkungsbefunde weniger stark ausgeprägt sind. Wir können also Fremdeinwirkung nicht ausschließen."

„Also weder Badeunfall noch Selbstmord, sondern ein Tötungsdelikt", entfuhr es Marie. Was ihr einen ärgerlichen Seitenblick des Staatsanwalts einbrachte. Der Hauptkommissar grinste verhalten. „Wir wissen nicht", sagte er, „wer die Tote ist. Darum brauchen wir ein Foto. Können Sie das Gesicht so hinkriegen, dass es einigermaßen lebendig aussieht?"

„Kein Problem", antwortete der Arzt. „Wenn wir so weit sind, schicken wir es Ihnen rüber."

„Gut", nickte Röverkamp. „Vielen Dank. Noch eine Frage, Herr Doktor. Gibt es Anzeichen für ein Sexualdelikt?"

„Schwer zu sagen. Äußere Verletzungen wie Kratzer oder Haut-Unterblutungen an den Oberschenkel-Innenseiten, oder solche, die man als Kampfspuren interpretieren müsste, liegen nicht vor." Er warf einen Seitenblick auf Marie, bevor er weitersprach. „Die Defloration ist jedenfalls nicht frisch. Es könnten ... Spuren ... vorhanden sein, die eventuellen GV unmittelbar vor ihrem Tod belegen, denn der Scheideneingang war verschlossen. Der Abstrich wird gerade im Labor auf Spermatozoen untersucht."

„Die Einzelheiten können Sie ja auch ohne mich besprechen", ließ sich Staatsanwalt Krebsfänger vernehmen und entledigte sich seines Kittels. „Sie können das Gutachten direkt ans Kommissariat übermitteln. Guten Tag, meine Herren."

„Na, war's schlimm?" Konrad Röverkamp hielt seiner Kollegin die Tür auf, als sie das Krankenhaus verließen.

Marie schüttelte den Kopf. „Nicht so schlimm, wie ich es mir vorgestellt hatte. Auf dem Schiff war sie für mich eine gleichaltrige Frau gewesen. Was da auf dem Tisch lag, wirkte irgendwie nicht mehr wie ein Mensch. Der Anblick war scheußlich. Und der Geruch..." Sie schüttelte sich. „Aber ich hatte eher das Gefühl, einen schrecklichen Gegenstand zu betrachten als einen Menschen."

Röverkamp nickte bedächtig. „Sie haben sich wacker gehalten, Frau Kollegin, alle Achtung."

Marie lächelte leise. Der Hauptkommissar war wohl doch nicht so verkehrt.

Ziellos wanderte er durch die Wohnung, getrieben von einer Rastlosigkeit, die ihn häufig überfiel, wenn das Gästezimmer nicht vermietet war. Aber in erster Linie war es das Foto. Das Foto in den Cuxhavener Nachrichten hatte ihn erschreckt und zutiefst beunruhigt. Zuerst hatte er es für eine Ähnlichkeit gehalten. Einen verdammten Zufall. Doch dann hatte er gelesen, was die Zeitungsleute dazu geschrieben hatten. Die Leiche war aus der Nordsee gefischt worden. Nun suchte die Polizei nach Hinweisen zur Identität der Toten.

Er öffnete den Kühlschrank, schloss ihn wieder, räumte das Frühstücksgeschirr in die Spülmaschine, fingerte eine Zigarette aus der Packung und durchsuchte seine Taschen nach dem Feuerzeug. Schließlich fand er ein Streichholzheftchen in einer Schublade zwischen allerlei Krimskrams. Er riss ein Streichholz an und inhalierte den Tabakrauch. Nach einigen tiefen Zügen drückte er die Zigarette aus und öffnete erneut die Kühlschranktür. Er nahm eine Dose Bier, riss sie auf und ließ die Flüssigkeit in den Rachen laufen.

Verfluchte Scheiße. Das ist sie. Wieso bleibt sie nicht im Meer? Wieso muss ein blöder Fischer ausgerechnet dort seine Netze hinschleppen? Was mach' ich jetzt?

Er wusste die Antwort. Nichts. Gar nichts konnte er tun. Nur hoffen. Dass sie nichts fanden. Dass keiner mit dem Gesicht etwas anfangen konnte. Dass alles im Sande verlaufen würde.

Etwas musste er aber doch tun. Spuren beseitigen. Und das Zimmer vermieten. So schnell wie möglich. Zum Glück rückte die Hochsaison mit jedem Tag näher, und damit wuchsen seine Chancen, einen Feriengast zu finden. Bisher hatte er das Zimmer während der Sommermonate immer vermieten können. Zur Not würde er ein Paar nehmen. Oder einen Mann. Wenn das Zimmer bewohnt war, würden mit der Zeit auch die unsichtbaren Spuren verschwinden.

Ausweise und andere Papiere hatte er sofort vernichtet, das Handy im Schleusenpriel verschwinden lassen. Ihre übrigen Habseligkeiten befanden sich noch in dem roten Koffer.

An dem hatte er sie erkannt. Junge, allein reisende Frauen, die mit dem Zug in Cuxhaven ankamen, hatten oft einen roten Koffer. Das war vor zwanzig Jahren schon so gewesen. Er hatte gleich gewusst, dass sie für ihn bestimmt war, als sie unschlüssig in der Bahnhofshalle Busfahrpläne und Gastgeberverzeichnisse studiert hatte. Sie war klein und zierlich, blond und blauäugig. Und sie hatte das richtige Alter. Alles stimmte. Sogar ihr Geruch. Das hatte er bemerkt, als sie zu ihm ins Auto gestiegen war.

Natürlich war sie zuerst misstrauisch gewesen. Alle waren zuerst misstrauisch. Aber schließlich hatte sie eingewilligt. Anschauen kostet ja nichts. Ganz unverbindlich. Ein schönes Zimmer. Modern, sauber, mit Fernseher, Dusche und WC. Trotzdem preisgünstig. Auf Wunsch mit Frühstück. Tee oder Kaffee, täglich frische Brötchen. Honig, Marmelade, Aufschnitt sowieso.

Auf der Fahrt hatte er ihr alles erklärt. Wasserturm, Grimmershörn-Bucht, Steubenhöft, Alte Liebe, Kugelbake, Semaphor, Neuwerk, Ebbe und Flut, Wattwagenfahrten. Von Duhnen aus oder von Sahlenburg. Duhnen war überhaupt ideal. Besonders für eine junge Frau. Dort gab es nicht nur alle Kureinrichtungen, sondern auch Boutiquen, das ahoi!-Erlebnisbad und einen FKK-Strand.

Wattwagenfahrten und Neuwerk hatten sie interessiert, Nackeduhnien weniger. Die Insel hatte sie unbedingt sehen wollen. Und die Seehundsbänke. Also einmal Wattwagen und einmal Schiff. MS Flipper. Dass der Strand vor Döse und Duhnen künstlich angelegt war und in jedem Frühjahr mit Hunderten von Lastwagenladungen Sand aus Altenwalde erneuert werden musste, hatte sie überrascht.

„Echt?", hatte sie immer wieder gefragt, und wenn er lachend geschworen hatte, die Wahrheit, nichts als die Wahrheit zu sagen, hatte sie „cool" gesagt. Oder „echt cool".

Als sie das Zimmer begutachtet hatte, war ihm der Schweiß ausgebrochen. Sie hatte sich sehr gründlich umgesehen. Schränke und Schubladen geöffnet und das Innere des kleinen Kühlschranks befühlt. Fenster und Balkontür geöffnet, die Aussicht geprüft und die Seeluft geschnuppert. Er hatte sich zwingen müssen, seine Erleichterung zu verstecken und gleichmütig zu wirken. Schließlich hatte sie sich noch einmal wegen des Preises vergewissert und endlich eingewilligt. Zwei Wochen. Mit Frühstück.

Erst als er vor seinem Monitor gesessen hatte, war die Lähmung gewichen, und ein Gefühl freudiger Erregung und Erwartung hatte ihn erfasst. Wie immer, wenn die ersten Bilder erschienen.

Er warf die leere Bierdose in den Abfalleimer und griff nach seiner Jacke. Erst mal das Nächstliegende tun. Der Koffer musste weg. Und dann weitersehen. Vielleicht konnte er rauskriegen, was sie in diesem Fall unternahmen. Wahrscheinlich konnten sie gar nichts unternehmen. Weil sie nicht wussten, wer sie war. Noch nicht. Irgendwann würde irgendjemand nachforschen. Familie, Freunde, Arbeitskollegen. Wenn sie nicht aus dem Urlaub zurückkehrte.

Gut, sie würden herausfinden, wie sie hieß und woher sie stammte. Aber nicht, wo sie im Urlaub gewohnt hatte. Den Meldeschein hatte er ihr gezeigt.

„Wollen Sie sich anmelden? Kurbeitrag zwei Euro vierzig pro Tag. Macht dreiunddreißig Euro sechzig für zwei Wochen zusätzlich. Ist bei der Kurverwaltung einzuzahlen."

„Muss man das?"

„Nicht unbedingt. Ist Ihre Entscheidung. Wenn Sie wollen, zeige ich Ihnen, wie Sie ohne Kurkarte an den Strand kommen."

„Das wäre sehr nett. Dann kann ich das Geld ja sparen. Danke."

Und sie hatte gelächelt.

In diesem Augenblick war ihm die Hitze in den Nacken geschossen, das Blut hatte sich in heißen Wellen durch seine Adern bewegt, im Gehirn Leere hinterlassend. Hatte sich pulsierend in der Mitte seines Körpers konzentriert.

Fast hätte er die Beherrschung verloren und sich auf sie gestürzt.

Er vertrieb die Erinnerung. Der Koffer musste weg. Am besten auf die Deponie Hohe Lieth nach Gudendorf. Dort würde er ihn vergraben. Und niemand würde ihn jemals finden. Nach menschlichem Ermessen. Oder war es sicherer, ein paar Steine mit hineinzupacken und ihn in der Elbe zu versenken? Vielleicht noch besser. Ganz bestimmt besser. Er würde mit dem Boot hinausfahren. Und im Fahrwasser über Bord werfen. *Die Strömung treibt ihn in die Nordsee und vergräbt ihn im Sand des Meeresbodens. Perfekt.*

6

„Sie können sich wieder anziehen. Wir sehen uns dann gleich im Sprechzimmer." Der Arzt drückte einige Knöpfe unter dem Monitor, der Apparat surrte und spuckte ein Foto aus, das der Mediziner in einer Mappe verschwinden ließ.

Als Röverkamp dem Urologen gegenüber saß, tippte der auf das vor ihm liegende Ultraschallfoto. „Wir haben es mit einer benignen Prostatahyperplasie zu tun. Ich rate Ihnen zu einer Operation. Das ist heute keine große Sache mehr. Wir warten noch das Ergebnis des PSA-Tests ab, und dann würde ich Sie gern an meinen Kollegen in Debstedt überweisen. Wir haben das Glück, eine renommierte Fachklinik in der Nähe zu haben. Dort sind Sie bestens aufgehoben."

„Operation? Was für ein Test?" Röverkamp hatte plötzlich das Gefühl, sich auf schwankendem Boden zu befinden.

Vor der Praxis in der Poststraße schlug Röverkamp nicht die Richtung zum Polizeigebäude ein, sondern wandte sich zum Stresemann-Platz. Bevor er wieder klar denken konnte, wollte er nicht im Büro erscheinen. Er folgte der Catharinenstraße, um einen Umweg zu machen, erwog, sein Zimmer am Hamburg-Amerika-Platz aufzusuchen und sich krank zu melden. Doch die Vorstellung, seiner Wirtin zu begegnen und ihren Fragen ausgesetzt zu sein, ließ ihn weiter laufen. Ohne recht wahrzunehmen, wohin ihn sein Weg führte, welchen Menschen er begegnete und was in den Schaufenstern zu sehen war, in die sein Blick fiel, wanderte er durch die Straßen. Erst am Seedeich wurde ihm bewusst, wo er sich befand. Eilig nahm er die Stufen zur Deichkrone, ließ den Blick über die Grimmershörnbucht schweifen und atmete ein paar Mal tief durch. Im Fahrwasser jenseits der Kugelbake zog eines der großen Containerschiffe seine Bahn, hinaus in die offene See. Ein weißes Passagierschiff kam dem Riesenfrachter entgegen, und im Vordergrund tuckerten zwei Fischkutter in Richtung Hafen.

Konrad Röverkamp hatte keinen Blick für das maritime Panorama.

Operation. Klinik. Debstedt. PSA-Wert. Altersbedingt. Begriffe, die er nie auf sich bezogen hätte, kreisten in seinem Kopf. Was, wenn er Krebs hatte? *Nicht zu erwarten*, hatte der Arzt gesagt. Und wenn er sich irrte? *Verdammt, sei vernünftig. Seltene Krankheiten sind selten. Also ist es nicht wahrscheinlich. Ich muss das Ergebnis abwarten. Und sofort muss ich ja auch nicht ins Krankenhaus. Wenn überhaupt. Vielleicht gibt es ja auch noch andere Möglichkeiten. Erst mal geht die Arbeit weiter. Der Fall. Die Wasserleiche.*

Er konnte unmöglich die junge Kommissarin allein ermitteln lassen. Schon deshalb würde die Klinik warten müssen. So schnell bekam er wahrscheinlich sowieso keinen Termin.

Der Gedanke, dass vorerst alles seinen gewohnten Gang weitergehen würde, beruhigte seinen Atem und seinen Herzschlag. Er verließ den Deich und kehrte in die Marienstraße zurück, die ihn zum Schillerplatz führte. Für einen Moment war er versucht, ein Friseurgeschäft zu betreten und sich die Haare schneiden zu lassen. Sie standen schon lange über den Kragen hinaus, und wenn er nun mit dieser adretten jungen Kollegin zusammenarbeitete, sollte er vielleicht etwas mehr auf sein Äußeres achten. Doch dann siegte das Pflichtgefühl. Es wurde Zeit, ins Büro zurückzukehren.

Kommissarin Janssen empfing ihn mit einem fragenden Blick. „Guten Morgen, Herr Röverkamp. Wie war's? Unangenehm?"

„Wieso? Was?" Der Hauptkommissar hängte sein Jackett über die Lehne des Bürostuhls und bemühte sich, möglichst gleichmütig zu erscheinen.

Sie deutete auf seinen Terminkalender. „Wenn Männer einen Arzttermin haben, um den sie ein Geheimnis machen, geht es in neunzig Prozent der Fälle um ein urologisches Problem. Und weil ich bei der Kripo bin und zwei und zwei zusammenzählen kann, tippe ich auf ... Aber weil ich weiß, dass Männer darüber nicht sprechen mögen, brauchen Sie nichts zu sagen. Ich kann die Antwort ohnehin an Ihrem Gesicht ablesen."

Röverkamp schnappte nach Luft und ließ sich auf den Bürostuhl fallen. „Das ist ja ... Sie sind ja ..."

Er schwankte, ob er mit Verärgerung reagieren oder Erstaunen vorspiegeln sollte, konnte sich aber nicht entscheiden, denn insgeheim bewunderte er ihre Offenheit.

„Vergessen Sie's", verkündete die junge Frau und lächelte entwaffnend. „Ich hab's auch schon vergessen." Sie hob einen Aktenordner hoch. „Das vorläufige Gutachten der Gerichtsmediziner zu unserer Wasserleiche ist gekommen. Wollen Sie es lesen?"

„Haben Sie es denn schon gelesen?"

„Ja."

„Und? Steht noch was Interessantes drin?"

Marie Janssen schüttelte den Kopf. „Ich habe zwar nicht alle Einzelheiten verstanden, aber nichts entdeckt, das uns weiterbringen könnte. Die Laboruntersuchungen haben bestätigt, was uns die Ärzte schon bei der Obduktion gesagt haben. Wir müssen wohl abwarten, ob sich jemand auf Grund des Fotos meldet. Oder ob jemand Vermisstenanzeige erstattet."

Röverkamp nickte. „Sieht aus, als kämen wir im Moment nicht weiter." Er sah sich um. „Irgendwie sieht es hier anders aus." Er deutete auf die Grünpflanzen in den Fensterbänken und einige großformatige Poster mit Leuchttürmen unterschiedlichster Gestalt. Außerdem waren die zuvor herumstehenden Umzugskartons ordentlich in einer Nische zwischen Schränken gestapelt. Und insgesamt sah das Büro aufgeräumter aus. „Waren Sie das?"

Marie nickte. „Wenn wir doch in nächster Zeit hier zusammen arbeiten, sollte es wenigstens ein bisschen freundlicher aussehen."

Konrad Röverkamp nickte nachdenklich. „Und ich hätte vermutet ..."

„... dass ich mich woanders hin bewerbe? Das hatte ich auch vor. Aber ich habe es mir anders überlegt. Ich würde gern bei Ihnen bleiben. Allerdings nur, wenn Sie einverstanden sind."

Röverkamp wippte auf seinem Stuhl und zögerte mit der Antwort. Was würde er sich mit der jungen Kollegin einhandeln? Eine zusätzliche Belastung? Sie hatte keinerlei Erfahrung, aber offensichtlich war sie nicht auf den Kopf gefallen. Wilckens würde wohl für länger ausfallen. So oder so würde er sich mit einem Kollegen abfinden müssen, den Christiansen irgendwo abziehen würde. Auch ein Risiko. Die Kommissarin war ja nicht unsympathisch. Vielleicht ein bisschen forsch. Ihre direkte Art hatte ihn ein wenig verunsichert. Ein männlicher Kollege würde sich das niemals erlauben. Andererseits erinnerte sie ihn an Iris, die gewöhnlich auch kein Blatt vor den Mund nahm. Und war er nicht als junger Beamter ebenso forsch aufgetreten? Hatte er nicht immer wieder gegen autoritäre Vorgesetzte und verkrustete Strukturen aufbegehrt?

Er sah in das offene Gesicht mit den neugierigen Augen und traf seine Entscheidung aus einem unerklärlichen Gefühl, das Richtige zu tun. Ohne seine Abwägungen zu Ende zu denken.

„Na dann ... Willkommen an Bord." Er ließ sich mit seinem Stuhl nach vorne fallen und streckte die Hand aus. „Wird schon gut gehen mit uns."

Marie Janssen ergriff die angebotene Hand. „Wenn nicht, können Sie mich jederzeit rausschmeißen."

Die Begegnung musste jedem zufälligen Beobachter wie ein unbeabsichtigtes Zusammentreffen erscheinen. Doch niemand interessierte sich für die beiden Herren, die ihre Caddies über den Rasen zogen. Dabei war das Bild nicht ohne Komik. Heinz Bollmann wog bei einer Körpergröße von etwa einem Meter sechzig knapp hundert Kilo und benötigte jeweils zwei Schritte, um mit dem Schritt seines Gesprächspartners mitzuhalten. Der hagere Oberbürgermeister überragte den Bauunternehmer um deutlich mehr als eine Haupteslänge. Beide waren es gewohnt, wichtige Gespräche zu führen, ohne die Konzentration für das Spiel aufzugeben. Die Weite des 18-Loch-Platzes eignete sich hervorragend für einen Gedankenaustausch, dessen Inhalt niemanden sonst zu interessieren hatte. Darum trafen sie sich auf dem Golfplatz Hohe Klint bei Oxstedt. Der Oberbürgermeister war ohnehin Mitglied im Golf-Klub, und für den Chef des Bollmann-Konzerns war es dank seiner Golden-VIP-Golf-Fee-Card auf keinem noch so exklusiven Golfplatz ein Problem, Abschlagsreservierungen zu bekommen, schon gar nicht in Oxstedt.

Und er war es auch, der den Ton angab. Genau genommen ging die Zusammenkunft nicht auf eine Verabredung zurück, sondern er hatte den Oberbürgermeister bestellt.

Nachdem sich die Herren über ihr jeweiliges Handicap, die Vorzüge verschiedener Eisen und Hölzer und die Schwierigkeit, bei Seitenwind einen guten Schlag zu führen, ausgetauscht hatten, kam Bollmann ohne weitere Höflichkeitsfloskeln zur Sache.

Er platzierte einen Nike One auf dem *Tee* und griff zielsicher nach einem 7er Eisen. „Mir ist zu Ohren gekommen", sagte er, „dass ihr Schwierigkeiten habt, das Land zu bekommen. Ich möchte nur daran erinnern, dass wir uns keine Verzögerungen erlauben können, schon gar nicht durch langwierige Enteignungsprozesse. Wenn erst einmal bekannt wird, was wir vorhaben, tauchen todsicher ein paar Grüne oder andere Spinner auf und behindern das Projekt mit allen möglichen und unmöglichen Einsprüchen."

Bollmann holte aus und schlug den Ball über den Fairway zum nächsten Green. Er sah ihm nach, brummte zufrieden und ließ das Eisen in den Caddie fallen.

„So weit wird es nicht kommen", antwortete der Oberbürgermeister. „Wir haben alles im Griff. Den einen Acker, der noch fehlt, bekommen wir auch noch. Machen Sie sich bitte keine Sorgen, Herr Bollmann."

„Wenn das nicht bald klappt, mein Lieber, könnt ihr die Sache knicken. Dann baue ich woanders. Im Osten reißen sich Bürgermeister und Landräte um solche Investitionen. Da muss sich das Unternehmen nicht mal rechnen. Die kriegen so viele Zuschüsse vom Bund und von der EU, davon könnt ihr nur träumen. Also macht ein bisschen Druck. Kann doch so schwer nicht sein."

Er schnappte seinen Caddie und folgte der Richtung, in der der Ball verschwunden war. Zögernd folgte ihm der Oberbürgermeister.

„Schau mal, Janko – ich darf doch du sagen?" Der Bauer nickte und der Makler hob sein Glas. „Also, ich bin der Frank." Dann senkte er die Stimme. „Was ich dir jetzt sage, ist streng vertraulich. Du musst es unbedingt für dich behalten. Ich habe grünes Licht von ganz oben." Er machte eine Bewegung mit dem Daumen gegen die Decke der Wurster Bierstube und legte die Stirn in bedeutungsvolle Falten. „Sie wollen dir beim Preis noch mal entgegenkommen. Sag mir einfach, wie viel du haben willst. Dann besiegeln wir das Geschäft."

Janko Lührs nickte. Er hatte verstanden. Aber dann schüttelte er den Kopf. „Es geht nicht. Theda ... meine ... Schwester ... also eigentlich Halbschwester ... Sie ist dagegen."

Der Makler seufzte und winkte dem Wirt. „Noch zwei Aquavit."

„Prost", sagte er und stieß mit seinem Gegenüber an. „Auf die Zukunft." Dann kroch er näher an seinen Gesprächspartner heran. „Es kann doch nicht so schwer sein, sie zu überzeugen. Ihr seid doch dann beide aus dem Schneider. Und du bist auf einen Schlag deine Schulden los."

Lührs zuckte zusammen. „Woher wissen Sie ...?"

„Weißt *du*, mein lieber Janko. Weißt *du*. Aber das ist ein Geschäftsgeheimnis. Und das soll es auch bleiben. Wäre doch nicht schön, wenn es bekannt würde. Und denk auch mal an deine Hunde. Die brauchen doch gutes Futter. Sind die eigentlich ordentlich versichert? Stell dir nur mal vor, die kommen irgendwie aus dem Zwinger und geraten unter die Räder. Wäre doch schade. Oder sie zerreißen ein Kind. Da wirst du doch deines Lebens nicht mehr froh."

„Ich will ja verkaufen", stieß der Bauer hervor. „Ich will ja. Aber Theda ..."

„Mann, Lührs. Das kann doch nicht wahr sein, dass eine Frau dich daran hindert, deinen Acker zu verkaufen. Zur Not musst du sie eben ausschalten."

„Ausschalten? Wie meinen ... meinst du das?"

„Lass uns noch einen trinken, Janko. Und dann überlegen wir, was man da machen kann."

Marie hängte ihre Jacke an den Haken und begann, die Kaffeemaschine vorzubereiten. Während sie Wasser einfüllte und den Kaffee löffelweise abzählte, machten sich ihre Gedanken selbstständig.

Der uniformierte Kollege, mit dem sie an der Wache im Erdgeschoss zusammengestoßen war, hatte sich formvollendet entschuldigt. Dabei war sie es gewesen, die geträumt und nicht aufgepasst hatte. „Es war doch meine Schuld", hatte sie gesagt.

„Von Schuld würde ich in diesem Fall überhaupt nicht sprechen. Einer schönen Frau auf diese Weise zu begegnen, ist schließlich ein Glück, das man nicht alle Tage erlebt. Kann ich Ihnen irgendwie behilflich sein? Zu wem möchten Sie?"

„Ich arbeite hier."

„Das ist ja noch besser", hatte er ausgerufen, und seine blauen Augen hatten geleuchtet. „Darf ich mich vorstellen? Jens Kienast. Siebtes FK. Zur Zeit abgestellt für das Beach-Watch-Team."

Sie hatte die Hand ausgestreckt. „Ich bin Marie Janssen, erstes FK. Guten Tag, Herr Kollege."

„Ich heiße Jens. Wir duzen uns hier alle. Jedenfalls fast alle. Ich habe dich noch nie ... Ach, dann bist du die Neue. Bei Röverkamp. Richtig?"

Marie hatte genickt. „Genau. Und der wartet vielleicht schon auf mich. Ich muss jetzt weiter."

„Klaro. Ich wünsche dir noch einen schönen Tag, Marie. Ich hoffe, wir sehen uns bald mal wieder."

Sie war gegangen, ohne sich noch einmal umzudrehen. Mit dem Gefühl, dass er ihr nachgesehen hatte. Bis sie den Treppenabsatz der ersten Etage erreicht hatte.

Im Büro hatte sie aus dem Fenster gesehen und beobachtet, wie der Kollege den Parkplatz überquert hatte und in einen Streifenwagen gestiegen war. Gut vorstellbar, wie der sportliche Kollege mit dem Mountainbike am Strand Streife fuhr.

Sein Alter war schwer zu schätzen. Ein jugendlicher Typ. Ende dreißig vielleicht. Nicht unsympathisch. Marie seufzte. Sie musste unbedingt ihr Privatleben in Ordnung bringen. Seit sie dahinter gekommen war, dass Stefan sie mit dieser Tussi aus der Firma betrog und sie ihm den Laufpass gegeben hatte, war sie noch keinem Mann begegnet, der auch nur eine Verabredung wert gewesen wäre.

Zeilen eines Liedes von Annett Louisan kamen ihr in den Sinn.

Er ist ein Blender erster Güte
wie ein Schmetterling leicht
er nimmt 'n Schluck von jeder Blüte
solange der Vorrat reicht
du bist für ihn doch bloß 'n Spielplatz
er verschaukelt dich täglich mehr ...

Ein Teil von Stefans Sachen stand noch immer in ihrer Wohnung herum. Sie hatte das Gefühl, dass der Schlussstrich erst dann gezogen sein würde, wenn er seine restlichen Besitztümer abgeholt hatte. Sie nahm sich vor, ihm ein Ultimatum zu stellen.

Wenn er sie dann nicht abgeholt hat, werfe ich alles in den Müll.

Röverkamp betrat das Büro. „Gibt es Neuigkeiten?"

Marie schüttelte den Kopf. „Leider nein, Herr Röverkamp."

Eine volle Woche war vergangen, ohne dass sie weitergekommen waren. Konrad Röverkamp war dennoch guter Dinge, denn sein PSA-Wert war deutlich unter der kritischen Marke geblieben.

Und nun schob er die Entscheidung über einen Operationstermin vor sich her.

Marie Janssen trug noch immer ihre unausgesprochenen Gedanken an jenen Unhold mit sich herum, von dem in ihrer Kindheit die Rede gewesen war. Sie hatte sich sogar nach ihm erkundigt. Großmutter Lina, die im Nordholzer Blümchenviertel wohnte, kannte den Namen und seine Geschichte. Und sie konnte sich auch noch sehr gut an die Todesfälle erinnern. 1984. *Dat woor, as Richard von Weizsäcker Bunnespräsedent woorn is* – und 1994 – *do is de Heinz Rühmann storben.* Sie hatte sogar von einer weiteren verschwundenen Frau gewusst. 1990 – *in den Fröhjohr noh de Grenzöffnung. En Deern ut Leipzig, de bi Wremen vermisst woorn is.*

Die Jahreszahlen hatten sie nicht mehr losgelassen. Darüber musste es doch Unterlagen geben. Akten. Wo wurden die aufbewahrt? Gab es ein Archiv?

Schließlich hielt sie es nicht mehr aus. „Herr Röverkamp, haben Sie schon mal vom Roten Claas gehört?"

Der Hauptkommissar schüttelte den Kopf. „Wer soll das sein? Gibt es zwischen den vielen Schwarzen hier auch noch Rote?"

„Nein, so meine ich das nicht. Ich meine die Sage. Die Sage vom Roten Claas, dem Jungfrauen-Mörder."

Röverkamp schüttelte den Kopf. „Nie gehört. Erzählen Sie sie mir?"

„Da gibt es nicht viel zu erzählen. Die Geschichte selbst ist auch gar nicht so interessant. Aber es gibt eine Reihe von Todesfällen, für die der Rote Claas verantwortlich sein soll. Das Interessante daran ist, dass es diese Fälle tatsächlich gegeben hat. Mindestens drei. 1984, 1990 und 1994. Jedes Mal eine junge Frau. Wie die Wasserleiche aus dem Hexenloch. Ich würde gern mal überprüfen, was in diesen Fällen ermittelt worden ist. Es müsste doch Akten geben. Besonders wenn es sich um ungeklärte Todesfälle handelt. Wo werden die aufbewahrt? Gibt es hier ein Archiv?"

Röverkamp hob die Schultern. „Keine Ahnung. Zumindest bei der Staatsanwaltschaft müsste es Akten geben. Aber woher haben Sie diese Informationen? Diese genauen Jahreszahlen? Und wie war das nun mit dem Roten Claas?"

Marie spürte, wie ihr die Röte ins Gesicht stieg. „Also. Die Jahreszahlen habe ich von meiner Großmutter. Sie kann sich noch sehr gut an die verschwundenen Mädchen erinnern. Weil in dem jeweiligen Jahr irgendwas Bedeutendes passiert ist. Und ... ja ... mit dem Roten Claas hat es folgende Bewandtnis ..."

In wenigen Sätzen erzählte sie die Geschichte. „Ich weiß natürlich, dass es sich um eine Sage handelt. Mir geht es ja auch nur darum, die Fälle aus den neunziger Jahren mit unserem zu vergleichen. Und den von 1984. Vielleicht gibt es Übereinstimmungen. Vielleicht haben wir es mit einem Serientäter zu tun. In einem Zeitraum von zwanzig Jahren könnte doch ein und derselbe Täter alle diese Morde begangen haben."

„Vorsicht, Frau Kollegin. Im Augenblick wissen wir nur von einem Fall, bei dem ein Tötungsdelikt vorliegt. Bei den anderen könnte es sich durchaus auch um Unfälle handeln. Soweit ich weiß, sind zumindest in früheren Jahren in fast jeder Saison unvorsichtige Wattwanderer ertrunken." Röverkamp lächelte. „Aber bitte, recherchieren Sie. Solange wir nichts anderes haben, sollten wir jede noch so abwegige Theorie verfolgen. Womit ich nicht gesagt haben will, dass Ihre Idee abwegig ist."

Marie Janssen sprang auf. „Ich mache mich sofort an die Arbeit. Ich hatte befürchtet, dass Sie meine Überlegung für abwegig halten könnten."

Röverkamp hob die Hände. „Fantasie wird in unserem Beruf meistens unterschätzt. Wenn wir in der Lage sind, uns in die verrücktesten und perversesten Täter hineinzudenken, sind wir ihnen schon fast auf der Spur. Also lassen Sie sich nicht bremsen. Fragen Sie beim LKA nach ungeklärten Todesfällen aus der Gegend. Und wenn Sie die Aktenzeichen haben, fordern Sie die alten Unterlagen an. Sollten allerdings konkrete Hinweise zu unserer Wasserleiche auftauchen, müssen wir denen nachgehen. Dann müssen die alten Akten warten."

„Selbstverständlich, Herr Röverkamp. – Ach, eine Frage hätte ich noch. Was ist denn wohl das Beach-Watch-Team?"

„Das ist eine Gruppe von Kollegen, die während der Hauptsaison an den Stränden der Kurgebiete für Recht und Ordnung sorgen. Meistens junge Beamte, die vorübergehend zu uns abgeordnet werden."

7

Damit der Koffer nicht auffiel, hatte er ihn in einen Seesack gesteckt. Um diese frühe Stunde war im Yachthafen wenig Betrieb, so dass wohl niemand mitbekommen haben dürfte, wie er ihn auf seine Segelyacht getragen und in der Kajüte verstaut hatte. Gelegentlich war es eben doch von Nutzen, wenn man für die Spätschicht eingeteilt war.

Er sprang auf das schwankende Boot und hob den Koffer, den er mit ein paar Ziegelsteinen beschwert hatte, an Bord.

Der Tank für den Volvo Diesel war noch gut gefüllt. Nach kurzem Vorglühen sprang der Motor an und grummelte unruhig im Leerlauf.

Nachdem er die Leinen gelöst hatte, stieß er die Segelyacht mit einem Fußtritt gegen den Ausleger ab.

Langsam glitt sie von ihrem Liegeplatz ins Hafenbecken.

Mit geringer Fahrt steuerte er an der neuen Seebäder-Brücke entlang in Richtung Alte Liebe, bis der Alte Leuchtturm vor ihm aufragte.

Den roten Backsteinturm hätte er gern ersteigert. Aber erstens hatte er dafür kein Geld und zweitens war das Angebot im Internet nur ein Werbegag gewesen. „Vermarktungsmaßnahme" hatte in der Zeitung gestanden. Nun war der Leuchtturm beim Amtsgericht tatsächlich unter den Hammer gekommen. *Verarschung. Die verarschen uns doch alle.*

Sein Gedankengang wurde unterbrochen, als zwei Motoryachten mit dänischer Flagge ins Hafenbecken einbogen und hinter ihnen ein größeres Schiff auftauchte, das an seiner schwarz-rot-goldenen Markierung und am Schriftzug Küstenwache unschwer als

Zollkreuzer zu erkennen war. Schon drehte es bei und legte sich quer in die Hafeneinfahrt. Er wusste, was das bedeutete. Die Beamten würden eins ihrer Tochterboote zu Wasser lassen und dem Yachthafen einen Besuch abstatten.

Verdammter Mist. Ausgerechnet jetzt.

Er legte die Pinne herum und drehte sein Boot um 180 Grad. Wahrscheinlich würden die Zöllner nur die beiden ausländischen Yachten kontrollieren. Aber sicher war das nicht. Wenn Sie schon mal da waren, nutzten sie gern die Gelegenheit, auch mal bei den anderen anwesenden Seglern in die Kajüte zu schauen.

Also zurück zum Liegeplatz.

Kurz bevor er den Ausleger erreichte, nahm er den Koffer aus dem Seesack und ließ ihn über Bord gleiten. Im Hafenbecken würde er mit der Zeit auch im Schlick versinken, so dass ihn niemand finden konnte. *Elbe wäre zwar besser gewesen, aber Hauptsache, der Koffer ist weg.*

Er machte das Boot fest, packte die Segel wieder ein und beobachtete das Tochterboot des Zollkreuzers. Tatsächlich nahm es Kurs auf die Motoryachten, deren Besatzungen damit beschäftigt waren, ihre Boote am Anleger zu sichern. Dort würden sie eine Weile zu tun haben. In der Zwischenzeit konnte er in aller Ruhe verschwinden. Wenn die Zöllner gesehen hatten, wie er umgedreht war, würden sie ihm vielleicht unangenehme Fragen stellen und auf seinem Boot herumschnüffeln wollen.

Sie hatte die Akten gefunden. Wie gern hätte sie sie Röverkamp unter die Nase gehalten. Aber der Hauptkommissar war im Landkreis unterwegs. Nach den Gewaltverbrechen an mehreren Kindern war das Präventionsteam vergrößert worden. Erfahrene Beamte aus verschiedenen Kommissariaten gingen in Schulen und Kindergärten, um mit Eltern und Kindern Selbstbehauptungstraining durchzuführen. Es ging um den Umgang mit der Angst, um die Stärkung des Selbstbewusstseins der Kinder und um ganz handfeste Übungen zur Abwehr möglicher Gewalttäter.

Zu Maries Überraschung waren es insgesamt fünf Akten gewesen, die zur Kategorie nicht aufgeklärter Todesfälle im Watt gehörten. Der Staub kitzelte in ihrer Nase und ließ sie heftig niesen, als sie den Stapel auf ihrem Schreibtisch ablegte.

Die Hängeordner waren erstaunlich dünn. Sie schlug die Akte von 1984 auf. Birte Hansen. Vermisstenanzeige, ein kurzer Pressetext, die üblichen Fernschreiben vom Landeskriminalamt. Ein vergilbtes, leicht verwaschenes Foto. Das Mädchen hatte ein schmales Gesicht, dünnes blondes Haar und ein sympathisches Lächeln. Die Augenfarbe – laut Vermisstenanzeige blau – war auf dem Schwarz-Weiß-Foto nicht zu erkennen. Schließlich entdeckte sie noch einen Zeitungsausschnitt, in dem über die ergebnislose Suche nach der verschwundenen jungen Frau berichtet und die Befürchtung geäußert wurde, dass es keine Hoffnung mehr gab.

Da es keinen Tatverdächtigen gegeben hatte, fand sich auch kein Personalblatt, keine Strafanzeige, kein Strafblatt, keine Anordnung zur ED-Behandlung, kein Fingerabdruckblatt, kein Vernehmungsprotokoll. Alles, was eine Ermittlungsakte normalerweise füllte, fehlte. Tod durch Ertrinken, hatte der Arzt festgestellt. Niemand hatte diese Beurteilung hinterfragt.

Die anderen Akten unterschieden sich in ihren Inhalten von der ersten kaum. Vermisstenanzeigen, Fotos, Zeitungsausschnitte. Außer den jungen Frauen waren im Laufe der letzten zwanzig Jahre ein junger Mann sowie ein älteres Ehepaar im Watt vermisst worden. Im Fall der Urlauberin aus Leipzig gab es kein Passfoto, sondern nur eine Aufnahme, die offensichtlich aus einem Gruppenfoto herausgeschnitten worden war. Die anderen waren besser. Und sie waren farbig. Marie sortierte die Fotos und legte die der Mädchen nebeneinander. Birte Hansen aus Sahlenburg, Désirée Delitz aus Leipzig, Sarah Kleinert aus Bochum. Und das Bild der jüngsten Toten, das die Gerichtsmediziner geliefert hatten.

Birte und Désirée, Sarah und die Frau aus der Nordsee hätten Schwestern sein können. Alle Anfang zwanzig, schmale Gesichter, lange blonde Haare, blaue Augen.

Marie überflog die Angaben in den Vermisstenanzeigen. Alle vier Mädchen waren nicht besonders groß gewesen – zwischen 1,63 und 1,69. Und ihr Gewicht war mit 53 bis 56 Kilo angegeben.

Den ganzen Tag über war Janko Lührs von schweren Gedanken umgetrieben worden. Während er seine Arbeit verrichtet hatte, waren seine Augen unaufhörlich in ihre Richtung gewandert und hatten sie unauffällig beobachtet. Wie sie in der Küche hantiert, die Hühner gefüttert, die Wäsche aufgehängt und schließlich ihr Pferd gestriegelt hatte. Dann war sie vom Hof geritten. Wahrscheinlich war sie auf dem Weg zum Lüdingworther Westermoor.

Während er die Melkmaschine in Gang setzte und die Reihe der Milchkühe entlang wanderte, um einer nach der anderen die Melkbecher an die Euter zu setzen, malte er sich aus, wie Theda stürzen und unter das Pferd geraten würde. *Vom eigenen Gaul erdrückt. Oder sie kommt vom Wege ab. In ihrem verzweifelten Bemühen, den Hengst aus dem Sumpf zu retten, versinkt sie mitsamt ihrem Tier im Morast. Moorleichen tauchen nie wieder auf.*

Dann würde er eine Vermisstenanzeige aufgeben. „Wenn ein Mensch verschwindet, muss man die Polizei informieren und ihn als vermisst melden", hatte Frank ihm eingeschärft. „Sonst kommt man in Verdacht."

Und dann den Erbschein beantragen. Weil Theda keine Kinder hatte, würde ihr Anteil an ihn fallen. Aber dazu musste er zum Gericht. Einen notariellen Kaufvertrag konnte er erst abschließen, wenn ihm das Land allein gehörte.

„Das dauert doch bestimmt alles ziemlich lange", hatte er eingewandt. Aber Frank hatte abgewunken. „Egal. Wenn du allein bestimmen kannst, können wir schon mal einen Vorvertrag machen. Und die von der Stadt und der Baugesellschaft können planen. Das ist erst mal die Hauptsache. Der Verkauf – mit Grundbucheintragung und allem offiziellen Pipapo – kann auch noch später abgewickelt werden."

Wenn du allein bestimmen kannst. Der Satz des Maklers ging ihm immer wieder durch den Kopf. Alles würde anders werden, wenn er allein bestimmen konnte. Vielleicht sollte er doch nicht den ganzen Hof verkaufen. Lieber einen Knecht einstellen. Was er für den Acker am Gudendorfer See bekommen würde, reichte allemal. Er wäre auf einen Schlag seine Schulden los, würde sich einen neuen Jeep leisten können. Und noch einen Bullterrier. Oder zwei. Sieben war eine bessere Zahl als fünf.

Nach dem Melken verkroch er sich in seine Werkstatt. Hier konnte er ungestört nachdenken. Nur einmal hatte Theda versucht, diesen Raum zu betreten. Damals hatte der Schweißbrenner ihr Haar in Brand gesteckt. Seitdem respektierte sie die Werkstatt ebenso wie den Hundezwinger und seinen Chrysler. Wenn sie ein Auto brauchte, nahm sie den betagten Mercedes, den der Alte hinterlassen hatte.

Wie immer, wenn er an seinen Vater dachte, stieg ihm die Hitze in den Nacken. Und im Bauch breitete sich ein Gefühl aus Wut und Ohnmacht aus. Warum hatte der Schwachkopf seiner Mutter das angetan? Theda und er waren gleichaltrig, nur wenige Tage auseinander. Die andere Frau war irgendwann verschwunden, aber ihr Kind war auf dem Hof geblieben, ein lebendes Menetekel, das die Mutter täglich vor Augen hatte. Wahrscheinlich hatten sich die Krebszellen deshalb so schnell ausgebreitet.

Er sah sich um, musterte sein Werkzeug, prüfte die Schärfe einer Axt, wog einen Radmutternschlüssel in der Hand, zog hier eine Schublade auf und öffnete dort eine Schranktür. Suchte so etwas wie eine Eingebung.

Schließlich stieß er auf einen blaugrünen Karton. Er enthielt ein handliches Gerät, an das er nicht gedacht hatte, obwohl er es im letzten Winter noch selbst benutzt hatte. Das Berner BSG2 funktionierte präzise und zuverlässig. Sorgfältig wickelte er es in ein Tuch und legte es in den Karton zurück.

Vor seinem inneren Auge entstand ein verschwommenes Bild. Einer dieser Stege am Wurster Wattenmeer, die weit ins Wasser hinaus ragen. Nacht. Nebel. Hochwasser. Ein Mann mit einer Sackkarre. Ein längliches Paket. Das Paket ist schwer. Schließlich versinkt es in den Wellen, die es in die Wesermündung hinaustragen.

Hauptkommissar Konrad Röverkamp betrachtete die Fotos aus den alten Akten. Marie hatte die Namen der toten Frauen mit einem dicken Filzschreiber groß auf eine Flipchart geschrieben und eingerahmt, jeden in eine der vier Ecken. Wobei ein Name lediglich aus einem Fragezeichen bestand. Dazu hatte sie die entsprechenden Fotos geklebt. Von jedem Bild wies ein Pfeil zur Mitte der Fläche, wo ein Kreis das Wort *Täter* umrahmte. Darunter hatte sie einen Kasten gesetzt, in dem sie die bekannten Merkmale der Frauen aufgelistet hatte. Größe, Gewicht, Haarfarbe. Dazu einmal *einheimisch*, zweimal *Touristin*, einmal ein Fragezeichen.

„Sie haben Recht", sagte er. „Viermal der gleiche Typ. Aber was sagt uns das?"

Marie tippte auf die Skizze. „Es sagt uns, dass der ... Täter einen bestimmten Frauentyp bevorzugt. Jung, zierlich, blond."

„Wie der Rote Claas?" Röverkamp lächelte, wurde aber gleich wieder ernst. „Sie gehen also davon aus, dass wir es mit einem Frauenmörder zu tun haben? Einem Serientäter?"

„Ich halte es immerhin für möglich", antwortete Marie.

Röverkamp nickte vorsichtig. „Wir können es vielleicht nicht ausschließen. Andererseits kann es sich bei den Fällen, die Sie ausgegraben haben, auch um Unfälle handeln. Immerhin passen drei der Toten nicht in das Schema. Der junge Mann nicht und das ältere Ehepaar nicht."

„Ich weiß", bestätigte die Kommissarin. „Trotzdem würde ich gerne ..."

Das Telefon auf Röverkamps Schreibtisch unterbrach sie. Der Hauptkommissar nahm ab und meldete sich.

Während er dem Anrufer zuhörte, sah er seine Kollegin an. Zweimal fragte er nach. „Haarfarbe? Und wie alt ist die ...?" Nach weniger als einer Minute legte er auf. „Wir haben eine Vermisstenanzeige. Eine Frau ist verschwunden. Allerdings scheint die Beschreibung nicht ganz zu unserer Leiche zu passen. Die Frau ist zwar auch blond, aber älter. Achtunddreißig. Immerhin wissen wir in diesem Fall, um wen es sich handelt. Und können etwas tun. Das Datenblatt kommt gleich per Fax. Wir schauen uns das Umfeld an. Vielleicht finden wir jemanden, der als Serientäter in Frage kommt."

Marie nickte. Ihr Blick wanderte zum Faxgerät, das zu surren begonnen hatte. Während das Papier aus dem Ausgabeschlitz kroch, wurde sie von einer seltsamen Erregung erfasst. *Die Jagd beginnt.* Sie spürte den Drang, aufzubrechen, die Angehörigen zu befragen, war begierig darauf, die Umgebung der vermissten Frau kennen zu lernen. Gleichzeitig schämte sie sich ihrer Gedanken und Gefühle. War es nicht beschämend, wie das Unglück dieser Frau und ihrer Familie sie in einen Zustand freudiger Erwartung versetzte?

„Gehen wir?", fragte sie und griff nach ihrer Jacke. Der Hauptkommissar studierte in aller Ruhe das Fax. Dann sah er seine Kollegin an. „Eigentlich wäre es Zeit für das Mittagessen. Aber Sie können es kaum erwarten – stimmt's?" Marie glaubte, einen leicht spöttischen Ausdruck in seinem Gesicht zu erkennen. Sie errötete. Und hängte ihre Jacke wieder an den Haken.

„Also nach der Mittagspause?"

Röverkamp lächelte und schüttelte den Kopf. „Nein. Wir fahren jetzt. Essen können wir auch später." Er erhob sich.

„Was wissen wir denn noch über die Vermisste?", fragte Marie. „Und wer hat die Anzeige erstattet?"

Der Hauptkommissar drückte ihr das Fax in die Hand. „Sie können das im Auto lesen. Wir müssen zum Köstersweg. Sagt Ihnen das was?"

„Natürlich. In der Nähe der Autobahn."

Am Ausgang zum Fahrzeughof blieb der Hauptkommissar plötzlich stehen. „Gehen Sie doch schon mal vor, Frau Janssen. Ich muss gerade noch mal kurz ..."

Als der Dienstwagen vom Hof rollte und nach links in die Werner-Kammann-Straße einbog, trat er rasch in den Schatten eines Mauervorsprungs. Wenn er sich nicht sehr getäuscht hatte, waren gerade der Hauptkommissar und seine Mitarbeiterin an ihm vorbeigefahren. Ob sie in *diesem Fall* unterwegs waren? Konnten sie irgendwelche Anhaltspunkte gefunden haben? Am liebsten wäre er ihnen gefolgt. Aber er war auf dem Weg zum Dienst und ohnehin schon spät dran.

Warum eigentlich nicht? Kurzentschlossen spurtete er zu seinem Wagen. Er würde sich krank melden. Von unterwegs anrufen.

Dringender Zahnarztbesuch. Ein Weisheitszahn. Unerträgliche Schmerzen.

Mit den Augen hatte er sie bis zum Karl-Olfers-Platz verfolgen können. Sie fuhren offenbar in Richtung Abendrothstraße. Ungeduldig trommelten seine Finger auf das Lenkrad, während er die nächste Grünphase abwartete.

In Höhe des städtischen Krankenhauses hatte er sie wieder. Er ließ sich einige Fahrzeuglängen zurückfallen, denn auf der geraden Straße konnte er den Passat gut im Auge behalten, und wählte mit dem Handy die Nummer seiner Dienststelle.

Am Ortsausgang von Altenwalde bogen sie links ab in den Oxter Weg, nahmen die Abzweigung zum Gudendorfer See und folgten dem Karkweg. Schließlich bogen sie am Köstersweg in die Zufahrt zu einem Bauernhof ein.

Was wollen die hier? Arbeiten die vielleicht noch an einem anderen Fall? Davon hatte nichts in der Zeitung gestanden.

Er stellte seinen Wagen am Straßenrand ab und ging zu Fuß weiter.

Je näher er dem Gehöft kam, desto unsicherer wurde er. Zwar wusste er jetzt, wohin sie gefahren waren, aber diese Kenntnis half ihm herzlich wenig. Wenn sie hier einen Zeugen vernahmen, konnte er ja schlecht fragen, was sie damit bezweckten. Allenfalls konnte er später noch einmal herkommen und versuchen, die Bauersleute unter einem Vorwand auszuhorchen. Aber das war riskant. Wenn sie später noch einmal miteinander sprachen, konnte herauskommen, dass er dort gewesen war.

Er hatte das Hoftor erreicht und sah sich um. Hier war weit und breit niemand unterwegs. Vielleicht konnte er sich irgendwie an das Haus heranschleichen. Doch dann sah er die Hunde. Und im selben Augenblick wurden die Tiere unruhig. Sie sahen zu ihm herüber und begannen zu knurren.

Scheiß-Viecher. Euch sollte man die Mäuler stopfen.

Unzufrieden kehrte er zu seinem Auto zurück. Das war ein Schuss in den Ofen. Wütend trat er gegen das eingeschlagene Vorderrad. Er hatte sich wirklich blöd angestellt. *Spontane Entscheidungen sind Scheiße.* Er musste es anders anfangen. Cooler.

Auf dem Rückweg erwog er verschiedene Möglichkeiten. Der alte Röverkamp galt als Fuchs. Das hatte er von einem Bekannten gehört. Ihm durfte er nicht zu nahe kommen. Aber vielleicht konnte er sich an die kleine Kommissarin ranmachen.

Als er in die Stadt zurückgekehrt war, hatte sich seine Laune deutlich gebessert. Die Bilder, in denen er sich ausgemalt hatte, wie er sie rumkriegen und es mit ihr treiben würde, hatten ihn in euphorische Stimmung versetzt.

Für die Rückkehr zum Dienst war es zu früh. So eine Zahnbehandlung dauerte länger. Am besten war wohl, die Erkrankung auf den ganzen Tag auszudehnen. Kurzerhand bog er links ab und nahm den Westerwischweg, um nicht noch Kollegen zu begegnen. Der Zufall kannte seltsame Spiele.

8

Als sie ausstiegen, dröhnte ein Flugzeug in niedriger Höhe über sie hinweg. Synchron legten Marie Janssen und Konrad Röverkamp die Köpfe in den Nacken.

„In Nordholz testen sie ein Aufklärungsflugzeug", sagte Marie. „Beim Marinefliegergeschwader Graf Zeppelin sollen neue Seefernaufklärer stationiert werden."

„Sie wissen aber gut Bescheid", erwiderte Röverkamp. „Hat Ihre Nordholzer Großmutter auch Kontakt zur Bundeswehr?"

Marie lachte. „Nein. Eher das Gegenteil. Oma ist Pazifistin. Ich habe das aus der Zeitung. – Oh!" Sie hatte die Hunde entdeckt und wich erschrocken zurück.

„Ich glaube", sagte Röverkamp, „Sie brauchen keine Angst zu haben. Die sind eingesperrt."

Von der Straße aus hatte sich das Anwesen hinter einer kräftigen Ligusterhecke verborgen. Nun standen sie in einem zum Hoftor offenen Karree, das durch Wirtschaftsgebäude auf der einen und eine Scheune auf der anderen Seite begrenzt wurde. Das Wohnhaus bildete die dritte Begrenzung. Seitlich davon befand sich der überdachte Hundezwinger, in dem mehrere Hunde knurrend auf und ab liefen.

Marie löste ihren Blick von den Tieren und musterte das Bauernhaus. Ein reetgedecktes Haus aus rotem Ziegelmauerwerk. Weiße Sprossenfenster mit Rundbögen. Der Eingang war von Efeu umrankt, das in frischem Grün leuchtete. Daneben eine Bank aus weiß lackiertem Holz mit geschwungenen Lehnen. Wie aus dem Bilderbuch.

In der Tür erschien ein kräftiger, untersetzter Mann. „Die Hunde können Ihnen nichts tun", rief er. „Sind alle im Zwinger. Was wollen Sie?"

„Sind Sie Herr Lührs?", fragte der Hauptkommissar zurück.

Der Bauer nickte.

„Wir möchten mit Ihnen sprechen. Wir kommen von der Polizeiinspektion Cuxhaven." Er zückte seinen Ausweis und wedelte damit in der Luft.

Janko Lührs starrte sie unschlüssig an. Schließlich machte er eine vage Handbewegung, die sich als Einladung deuten ließ.

Er führte sie durch eine kühle, dunkle Diele, in der es nach alten Möbeln, Staub und Bohnerwachs roch, in die gute Stube. Man sah ihr an, dass sie selten benutzt wurde. Hier lag nichts herum, keine Zeitung, kein Buch, kein Kleidungsstück. Der Dielenfußboden war mit einem Teppich in orientalischen Farben und Formen bedeckt. Sie schienen Marie nicht so recht zum grün-goldenen Streifenmuster der altdeutschen Polstermöbel und zu den Tapeten in Farben und Formen des Biedermeier zu passen. Halbhohe Fenstergardinen waren kunstvoll in Falten gelegt, darunter blühte auf jeder Fensterbank ein Alpenveilchen.

„Bitte sehr, nehmen Sie Platz." Lührs wies auf die Sitzgarnitur, machte aber keinerlei Anstalten, sich selbst hinzusetzen.

Konrad Röverkamp ließ sich in einen der Sessel fallen, die weniger bequem waren, als sie aussahen. Marie Janssen setzte sich vorsichtig auf die Kante des Sofas und sah sich um. Ein gewaltiger Nussbaumschrank, der den niedrigen Raum zu erdrücken schien, ließ hinter den geschliffenen Glastüren erkennen, was wohl einmal zu einer Aussteuer gehört haben mochte. Kristallgläser, Zwiebelmuster-Porzellan und Silberkaraffen. In den Schubladen darunter vermutete sie Damast-Tischdecken, Leinenservietten und geklöppelte Spitzendeckchen.

Hauptkommissar Röverkamp zog ein Blatt Papier aus der Tasche. „Wollen Sie sich nicht auch setzen, Herr Lührs?"

Der Angesprochene nickte stumm und nahm den Platz ein, der am weitesten von den Besuchern entfernt war. Dabei ließ er sich so behutsam nieder, als wäre er ebenfalls nur Gast.

„Wir haben", begann Röverkamp, „noch ein paar Fragen zu Ihrer Vermisstenanzeige."

Lührs senkte wortlos den Kopf.

Marie und der Hauptkommissar sahen sich an. Und beide fragten sich, was der andere wohl dachte. Röverkamp warf einen Blick auf das Blatt in seiner Hand. „Sie haben angegeben, dass Ihnen am Vormittag gegen neun Uhr die Abwesenheit Ihrer Schwester aufgefallen ist. Wo hätte sie denn um diese Zeit sein sollen?"

„In der Küche. Beim Frühstück."

„Sie nehmen also gewöhnlich um neun Uhr das Frühstück ein?"

„Nein. Nur meine ..., also ... Theda. Ich frühstücke später."

„Das heißt, Sie haben in der Küche nachgesehen, ob Ihre Schwester dort gefrühstückt hat?"

„Ja. Nein. Nicht, ob sie gefrühstückt hat. Ich wollte ihr etwas sagen. Aber sie war nicht da."

„Was wollten Sie ihr denn sagen?"

„Was ich ihr sagen wollte? Ich weiß nicht mehr. Irgendwas."

„Und dann haben Sie sie gesucht?"

„Nicht sofort. Ich dachte, sie war noch bei den Pferden. Später habe ich überall nachgesehen. Aber ich habe sie nicht gefunden."

„Hatten Sie Ihre Schwester an diesem Morgen überhaupt schon einmal gesehen? Oder könnte sie auch schon am Abend zuvor oder während der Nacht verschwunden sein?"

„Verschwunden?"

„Ja, Herr Lührs. Verschwunden. Irgendwann muss sie doch den Hof verlassen haben."

„Ja, ja. Natürlich."

„Und wie?"

„Wie?"

„Ja. Wann und wie hat Ihre Schwester den Hof verlassen? Wir müssen den Zeitpunkt möglichst genau bestimmen. Und es wäre hilfreich, wenn Sie uns sagen könnten, wie sie den Hof verlassen hat. Mit dem Auto? Zu Pferde? Mit dem Fahrrad? Oder zu Fuß?"

Der Bauer hob die Schultern. „Ich weiß nicht. Abends habe ich sie noch gesehen. Und gehört. Wie sie die Treppe hinaufgestiegen ist. Zu ihrem Zimmer."

„Wenn Sie nicht wissen, auf welche Weise sich Ihre Schwester entfernt hat – was vermuten Sie denn? Fehlt ein Fahrrad? Oder ein Pferd? Was ist mit Kraftfahrzeugen?"

Janko Lührs schüttelte den Kopf. „Die Autos stehen auf dem Hof. Die Schlepper in der Garage. Und alle Pferde sind im Stall. Auch Albatros. Ihr Reitpferd."

Hauptkommissar Röverkamp wandte sich an seine Kollegin. „Ich glaube, das war's fürs Erste. Oder haben Sie noch eine Frage an Herrn Lührs?"

„Ein Foto. Wir bräuchten noch ein Foto. Können Sie uns eins mitgeben?"

Lührs nickte und begann in einer der Schubladen zu kramen. Schließlich reichte er Marie ein kleines Schwarzweißfoto. „Das ist schon etwas älter. Aber ein anderes habe ich nicht."

Das Bild zeigte das skeptische Gesicht einer jungen Frau, die ein Pferd am Zaumzeug hielt. Es war ausreichend deutlich und scharf.

„Danke", sagte Marie. „Damit können wir etwas anfangen."

„Gut, dass Sie daran denken", meldete sich Röverkamp. „Gibt es sonst noch was?"

Marie schüttelte unsicher den Kopf. Ein wichtiger Punkt fehlte noch. Wollte er ihr den Ball zuspielen?

„Dann gehen wir jetzt, Herr Lührs. Sie hören wieder von uns. Einstweilen geben wir die Vermisstenmeldung an alle Polizeidienststellen. Und wenn Sie einverstanden sind, auch an die Cuxhavener Nachrichten und die Nordsee-Zeitung. Wollen Sie das?"

Lührs nickte und erhob sich. Er wirkte erleichtert, als die Beamten ebenfalls aufstanden und sich verabschiedeten.

Marie versuchte, ihrem Kollegen unauffällig zu bedeuten, dass noch eine Frage offen geblieben war. Röverkamp lächelte ihr beruhigend zu. An der Tür drehte er sich noch einmal zu dem Bauern um. „Herr Lührs, warum sind Sie eigentlich zur Wasserschutzpolizei gegangen?"

Nachdem die Kriminalbeamten gegangen waren, stürzte Janko Lührs ins Badezimmer und übergab sich. Er würgte, hustete, würgte. Bis sein Magen nichts mehr hergab.

Während die Bullen in seiner Stube gesessen hatten, war sie in der Nähe gewesen. Nur wenige Schritte entfernt!

Der Gedanke hatte ihm den Schweiß aus allen Poren getrieben.

Keuchend verharrte er über der Kloschüssel, weil die Übelkeit nicht weichen wollte. Schweiß tropfte von seiner Stirn und rann ihm vom Nacken in den Kragen. Schließlich richtete er sich auf und taumelte zum Waschbecken. Er wusch sich Gesicht und Hände mit kaltem Wasser und gurgelte mit Mundwasser, bis es in seinem Hals wie Feuer brannte.

Während er seine zitternden Hände betrachtete, schossen ihm beängstigende Bilder durch den schmerzenden Kopf.

Erst war alles ganz einfach gewesen. Er war in ihr Schlafzimmer geschlichen. Hatte auf ihre Atemzüge gehorcht. Das Kissen genommen. Aufs Gesicht der Schlafenden gedrückt. Das Bolzenschussgerät angesetzt. Abgedrückt.

Plopp.

Ein kurzes Aufbäumen.

Ein paar Zuckungen.

Ende.

Er hatte sie in blaue Plastiksäcke eingewickelt und verschnürt.

Dann die Irrfahrt durch die Nacht. Eine Tortur. Wo immer er versucht hatte, ans Wasser zu kommen, waren Menschen gewesen. Ein lauschiger Abend mit ungewöhnlich milden Temperaturen hatte sie an die Strände gelockt. Verdammte Touristen. Brauchten nicht zu arbeiten und konnten die Nächte durchmachen.

Er war unverrichteter Dinge nach Hause zurückgekehrt. Hatte das Paket in die Kühlkammer geschleppt. Die Kleidungsstücke und das Bettzeug verbrannt. Etliche Schnäpse getrunken. War irgendwann in einen unruhigen Dämmerschlaf gefallen.

Mit einem Besuch von Kriminalpolizisten hatte er nicht gerechnet. Mit Fragen, die er nicht beantworten konnte, auch nicht. *Wasserschutzpolizei!* Er ahnte, dass er einen Fehler begangen hatte.

Jede Faser seines Körpers sehnte sich nach Ruhe. Ins Bett legen. Schlafen. Stattdessen musste er sich zur Arbeit zwingen. Die Tiere mussten versorgt werden. Und dann musste sie verschwinden. Endgültig. Und spurlos.

Als sie ins Auto stiegen, sah Konrad Röverkamp auf die Uhr. „Jetzt habe ich aber wirklich Hunger. Sie nicht?"

Marie schüttelte den Kopf. Im selben Augenblick spürte sie die Leere in ihrem Magen. „Doch! Entschuldigung. Jetzt, wo Sie's sagen. Ich würde schon auch gerne eine Kleinigkeit essen."

Röverkamp startete den Motor. „Kennen Sie ein Restaurant in der Nähe? Ich meine kein Fastfood. Ein kleines Landgasthaus wäre schön. Wo es ein ordentliches Rumpsteak mit Bratkartoffeln gibt. Oder ... Jedenfalls nicht nur Kleinigkeiten. Damit wäre ich nämlich nicht zufrieden."

„Bratkartoffeln? Da weiß ich was. Wir müssten allerdings einen Umweg fahren. Aber wenn Sie Bratkartoffeln mögen, lohnt es sich vielleicht. Außerdem können Sie dort den Roten Claas bewundern."

Der Hauptkommissar ließ den Wagen anrollen. „Dann mal los. Für ein gutes Essen fahre ich gerne ein paar Kilometer. Und auf Ihre Sagengestalt bin ich auch schon gespannt. Wo müssen wir hin?"

„Zuerst zurück. Richtung Gudendorf. Von da aus über Oxstedt zum Deichweg. Ich sage Ihnen dann, wie's weitergeht."

Röverkamp fuhr zügig und konzentriert. Marie bedeutete ihm, wann sie abbiegen mussten. In ihrem Kopf durchlebte sie die Vernehmung noch einmal, sah sich in der bäuerlichen Wohnstube sitzen und die Schweißperlen auf der Stirn von Janko Lührs beobachten.

Während sie auf einer schmalen Straße einen Golfplatz passierten, sah Röverkamp seine Begleiterin fragend an.

„Was halten Sie von ihm?"

„Von Lührs?"

Der Hauptkommissar nickte.

Marie antwortete nicht sofort. Die Befragung des Bauern hatte sie aufgewühlt. Und ihre Empfindungen hatten zwischen Mitleid und Argwohn geschwankt. Schließlich hob sie die Hände. „Ich bin nicht sicher. Aber irgendetwas stimmt mit ihm nicht. Ich glaube zwar, dass fast jeder, der nicht zu unserer Stammkundschaft gehört, leicht aus der Fassung gerät, wenn die Polizei bei ihm auftaucht. Aber der kam mir vor wie ... wie einer, der total unter Druck steht."

Röverkamp nickte erneut. „Das ist auch mein Eindruck."

Eine Weile schwiegen die Beamten. Schließlich wies Marie nach vorn. „Da müssen wir links abbiegen. Und dann ist es gleich auf der linken Seite. Von hier ist es übrigens nicht weit nach Cappel. Wo die berühmte Arp-Schnittger-Orgel steht."

„Ich weiß", bestätigte Röverkamp. „Die hätte ich mir schon längst mal anhören wollen."

„Anhören? Sie mögen Orgelmusik?" Marie sah den Hauptkommissar erstaunt an.

„Hin und wieder gehe ich zu einem Konzert. Bin aber bisher noch nicht dazu gekommen. Muss erst mal meinen Umzug auf die Reihe bekommen. Danach ist hoffentlich wieder mehr Zeit für Kultur."

Marie nickte voller Mitgefühl. Einen Umzug hatte sie selbst gerade hinter sich. Und in der Wohnung gab es immer noch Arbeiten, die auf Erledigung warteten. Ein Duschvorhang fehlte, und für den Flur brauchte sie eine Garderobe. Und Lampen.

„Haben Sie schon konkrete Pläne?"

„Nein." Der Hauptkommissar schüttelte den Kopf. „Erst mal muss ich eine Wohnung finden. Zurzeit wohne ich möbliert bei einer Kapitänswitwe. Amelie Karstens. Über siebzig, aber fit wie ein Turnschuh. Wenn Sie einen Tipp für mich haben, lassen Sie es mich wissen."

„Falls Sie eine Wohnung kaufen möchten, kann ich Ihnen einen Makler empfehlen. In Altenbruch. Wissen Sie, wo das ist?"

„An der B 73. Da komme ich immer vorbei, wenn ich nach Stade fahre."

„Genau. Wenn Sie etwas mieten wollen, könnte ich meinen Vater fragen. Der kennt durch seine Arbeit bei der Stadtverwaltung einige Wohnungsgesellschaften."

„Das ist doch schon was. Ich komme darauf zurück. Danke, Frau Janssen. – Wo wohnen *Sie* eigentlich?"

„In Ottern... Quatsch. In Groden. Meine Eltern wohnen in Otterndorf. Ich habe jetzt eine eigene Wohnung."

„Dann sind Sie in Otterndorf aufgewachsen?"

Marie nickte. „Zeitweise. Und in Nordholz. Ich habe viel Zeit bei meiner Großmutter verbracht. Und in Cuxhaven. Früher haben wir in der Stadt gewohnt."

„In Otterndorf wohnt doch auch unser ehemaliger Kollege. Dieser Naturfilmer. Der den Stress mit dem Finanzamt hat. Wegen seines Bootes. Kennen Sie den?"

„Nicht persönlich", antwortete Marie. „Nur vom Sehen. Aber diesen Steuerstreit um den Film-Kutter kennt hier jeder."

Die Angebote auf der Speisekarte im Neefelder Kroog ließen Konrad Röverkamp mit der Zunge schnalzen. Sie saßen an einem Ecktisch mit Blick auf die Terrasse, wo einige Urlauber ihre Gesichter in die Sonnenstrahlen hielten, während sie auf das Essen warteten. Marie hatte auf ein kleines Gemälde gezeigt, das die Andeutung eines verwegenen Gesichts mit wirrer Haarpracht zeigte. Er hatte gelächelt, verständnisvoll genickt, aber das Porträt nicht weiter kommentiert. Getränke waren bereits bestellt, und Röverkamp blätterte zum dritten Mal die Speisekarte durch. Die Wahl fiel ihm schwer. Fisch oder Fleisch? Rotbarsch oder Limandes? Schwein oder Rind? Auf jeden Fall Bratkartoffeln.

Er tippte mit dem Zeigefinger auf die Karte.

„Ein guter Tipp, Marie. Entschuldigung – Frau Janssen. Sieht viel versprechend aus. Ich kann mich gar nicht entscheiden."

„Marie ist in Ordnung."

Röverkamp legte die Karte zur Seite und schüttelte den Kopf. „So geht es aber auch nicht. Also – wenn schon, denn schon. Lassen Sie uns das *Sie* ablegen, Marie. So wie es aussieht, werden wir in nächster Zeit doch ziemlich eng zusammenarbeiten. Oder?"

Kommissarin Janssen lächelte verlegen. „Ich glaube schon."

„Sind Sie einverstanden?"

Marie nickte.

„Also dann: Ich heiße Konrad. Wie der kleine Brandstifter aus dem Struwwelpeter." Er sah sich um. „Und wenn wir gleich was zu trinken bekommen, stoßen wir an."

„Was darf's denn sein?" Die Wirtin brachte das Bier für Röverkamp und eine Apfelschorle für Marie.

Der Hauptkommissar entschied sich für den Käpt'n-Harms-Teller. „Mit Bratkartoffeln, bitte." Seine Kollegin bestellte Krabbenfischers Kartoffelpuffer.

Röverkamp hob sein Glas. „Auf gute Zusammenarbeit, Marie."

„Auf gute Zusammenarbeit ... Konrad."

Die Gläser klirrten, und während Marie verlegen an ihrem Glas nippte, nahm Hauptkommissar Röverkamp einen kräftigen Zug.

„Bist du in Gedanken noch bei Lührs?"

Marie nickte. „Er war irgendwie merkwürdig. Ich weiß nicht, was es war. Aber ich werde das Gefühl nicht los, dass er uns nicht die ganze Wahrheit gesagt hat."

Röverkamp nahm einen weiteren Schluck Bier und wischte sich den Schaum von den Lippen. „Er hat sich in der Tat wie jemand verhalten, der etwas zu verbergen hat. Fragt sich nur, was. Manche Zeugen machen sich schon fast in die Hose, wenn man ihre Aussagen hinterfragt. Möglicherweise haben sie aber nur ein schlechtes Gewissen, weil sie Steuern hinterzogen oder eine bisher nicht entdeckte Unfallflucht begangen haben."

„Ich glaube", sagte Marie, „bei ihm steckt mehr dahinter. Als Sie ... als du ... ihn auf seine Anzeige bei der Wasserschutzpolizei angesprochen hast, sind ihm doch fast die Augen aus dem Kopf gefallen. Und er ist ziemlich blass geworden. Dass er die Frage nicht beantworten konnte, deutet darauf hin ..."

„... dass er kopflos gehandelt hat?"

„Kann sein. Denkbar ist aber auch eine andere Variante. Er hat vermutet oder unterstellt, dass seine Schwester im Hafen ins Wasser gefallen oder im Meer ertrunken ist. Und nun ist ihm dieser Gedanke peinlich. Darum mochte er die Frage nicht beantworten."

„Wenn deine Theorie zutrifft, Marie – müsste er dann nicht Anhaltspunkte für seine Vermutung gehabt haben?"

„Du meinst – er weiß, wie seine Schwester ums Leben gekommen ist?"

„Das wäre jedenfalls eine Erklärung. Und theoretisch gibt es noch eine weitere. Wenn er sie nämlich selbst umgebracht und ins Meer geworfen hat."

Nachdenklich betrachtete Marie Janssen die aufsteigenden Kohlensäurebläschen in ihrem Glas. „Wenn wir das für möglich halten, müssen wir uns noch ausführlicher mit ihm beschäftigen."

„Das wird sich nicht vermeiden lassen", bestätigte der Hauptkommissar. „Wir ziehen Erkundigungen über ihn ein. Das Verhältnis zur Schwester, finanzielle Situation, eventuelle Vorstrafen und so weiter. Das Übliche. Wenn sich daraus Anhaltspunkte ergeben, werden wir Haus und Hof auf den Kopf stellen müssen."

Die Wirtin erschien mit den Tellern und unterbrach den Gedankenaustausch. Konrad Röverkamp leckte sich die Lippen.

Die Freiherr-vom-Stein-Straße in Groden gehörte zu den Straßen, die man gemeinhin zu den besseren Wohngegenden rechnete. „Nicht schlecht", murmelte der Mann, der mit seinem dunkelblauen Golf GTI im Schritttempo über die Fahrbahn rollte und nach einer bestimmten Hausnummer Ausschau hielt. Es war nicht schwer gewesen, herauszufinden, wo sie wohnte. Nun wollte er sich ein Bild machen. Er würde dann besser entscheiden können, wo er die nächste Begegnung arrangierte.

Das Haus lag ein wenig zurück, versteckt hinter Bäumen und umgeben mit einem gepflegten Garten. *Dass die sich das leisten kann. Aber wahrscheinlich hat sie nur eine kleine Dachgeschosswohnung gemietet.*

Er fuhr vorbei und bog in den Kastanienweg ab. Dort parkte er den Wagen und schlenderte zu ihrem Haus zurück. Von der alten Dorfkirche schlug es zwölf Uhr. Um diese Zeit war niemand sonst auf der Straße unterwegs. Und sie war im Dienst, würde also mit Sicherheit nicht auftauchen.

Niemand schien ihn zu beobachten, und so öffnete er die Pforte zum Grundstück und näherte sich der Haustür. Ein kurzer Blick auf die Klingelschilder würde genügen.

Es war so, wie er vermutet hatte. Einfamilienhaus. Ausgebautes Dachgeschoss. Zwei Namen. Unten Hinrichs, oben Janssen. Zufrieden kehrte er zu seinem Wagen zurück.

Auf dem Rückweg kreisten verschiedene Szenarien in seinem Kopf. Ganz leicht würde es nicht werden. Sie war keine ahnungslose Touristin, der er ein Zimmer anbieten konnte. Sie strahlte auch nicht diese Unsicherheit aus, an der er sonst sofort seine Chance erkannte. Wenn sie einen Freund hatte, war es noch schwieriger. Die übliche Tour – Komplimente, Einladung zum Kaffee, Einladung zum Abendessen, Verabredung bei ihr oder bei ihm – konnte er dann vergessen. Vielleicht sollte er ihr berufliches Interesse wecken. Sie zum Reden bringen. Ihr Informationen entlocken. Wie auch immer – es würde alles seine Zeit brauchen. Und er musste Geduld aufbringen. Das war zwar nicht gerade seine Stärke, aber es würde sich lohnen. Doppelt. Er würde Gewissheit bekommen. Und am Ende auch sie.

Wieder malte er sich aus, welche Freuden ihm die kleine blonde Kommissarin bereiten würde.

Marie Janssen war sich über ihre Gefühle nicht im Klaren. Der Gedanke an Stefan erfüllte sie mit Wehmut. Andererseits war sie erleichtert. Unerwartet schnell hatte er auf ihre SMS reagiert und seine Sachen aus der Wohnung geholt. Nun war sie zum ersten Mal seit langer Zeit wieder allein in der Stadt unterwegs. Sie hatte in ihrer Buchhandlung den Tisch mit den Neuerscheinungen durchstöbert und nach dem neuesten Roman von Michael Crichton gesucht. Der Reißer um einen von Öko-Terroristen ausgelösten künstlichen Tsunami war ihr dann aber doch zu unheimlich erschienen. Zu nah an der Wirklichkeit. Die Bilder von der Flutkatastrophe im Dezember waren auch nach einem halben Jahr noch frisch. Schließlich hatte sie einen Roman entdeckt, den sie schon immer hatte lesen wollen, der ihr aber in der gebundenen Ausgabe zu teuer gewesen war. Eddies Bastard von William Kowalski gab es endlich als Taschenbuch.

Bei Karstadt war sie durch alle Abteilungen gebummelt, hatte im Erdgeschoss ein paar Hüte ausprobiert und sich gefragt, wie es wohl mit dem Kaufhaus weitergehen würde. Die Verkäuferinnen und Verkäufer fragten sich das sicher auch. Sie waren nicht zu beneiden. Wochen der Unsicherheit lagen hinter ihnen, und sie blickten noch immer in eine unsichere Zukunft.

Marie hatte jedoch nichts gefunden, was sie unbedingt brauchte. Also hatte sie nur eine Strumpfhose und ein Paar Socken gekauft. Wenigstens ein kleiner Beitrag zur Unterstützung des Kaufhauses.

In der Boutique gegenüber hatte sie eine schicke Kombination aus Bluse, Hose und Weste in sommerlich blauen und grünen Tönen entdeckt, die nicht nur wie angegossen gesessen, sondern auch noch sehr gut ausgesehen hatte. „Wie für Sie gemacht", hatte die Verkäuferin entzückt ausgerufen. Ausnahmsweise hatte Marie ihr Recht geben müssen. Aber ein Blick auf das Preisschild hatte sie das elegante Ensemble auf den Bügel zurückhängen lassen.

Nun saß sie unter der gläsernen Markise des Eiscafés Da Dalto, vor sich einen Früchte-Eisbecher Dolce Vita, und genoss die Wärme der Sonnenstrahlen auf ihrer Haut. Während sie die Menschen in der Fußgängerzone beobachtete und genussvoll Eiskrem, Obst und Schlagsahne auf der Zunge zergehen ließ, versuchte sie das Bild vor ihrem inneren Auge zu verscheuchen, das ihr der Spiegel in der Boutique gezeigt hatte. *Verdammt schick. Aber zu teuer. Vielleicht nächste Woche. Wenn es dann noch da ist. Erst mal muss ich meine Kontoauszüge kontrollieren. Oder ich fahre mal nach Bremerhaven. Da ist es meistens billiger. Außerdem müsste ich mal zum Baumarkt. Garderobenhaken, Duschvorhang, Lampen, Bilderrahmen. Kostet alles Geld. Und ist dringender als neue Klamotten.*

Als ein junges Paar eng umschlungen vorüberschlenderte, kam ihr der Kollege in den Sinn, dem sie kürzlich in der Inspektion begegnet war. *Sven. Nein. Jens.* War er ein Mann, mit dem sie sich verabreden würde? Er sah nicht schlecht aus, hatte auch nicht unsympathisch gewirkt.

Was war es, das sie zweifeln ließ? Sein Alter. Er war bestimmt zehn Jahre älter. Aber das war es nicht allein. Etwas in seinem Blick? Er hatte gelächelt. Aber die Augen waren nicht wirklich beteiligt gewesen. Als wäre in seinem Kopf etwas anderes vorgegangen. *Wahrscheinlich hat er meinen Körper taxiert. Wie die meisten Männer.*

Marie seufzte und wandte sich wieder ihrem Eisbecher zu. Vielleicht war es gar nicht so schlecht, die Männer vorübergehend aus ihrem Leben zu verbannen. Ohnehin würde sie sich in nächster Zeit stärker auf ihre Arbeit konzentrieren müssen. *Mama hat sich auch schon beklagt.* „Nun bist du endlich wieder in Cuxhaven und lässt dich kaum sehen, Kind. Papa freut sich doch immer so, wenn er dich mal zu Gesicht bekommt."

Ja, Mama. Warum musst du immer Papa vorschieben? Dass er sich freut, weiß ich doch. Aber er würde mich nie unter Druck setzen.

Unbewusst schüttelte Marie den Kopf. Warum bekam sie immer ein schlechtes Gewissen, wenn sie an ihre Mutter dachte? Ging es anderen Töchtern genauso? Ihr Bruder ließ sich nur zwei- oder dreimal im Jahr sehen. *Aber er ist immer der liebe Sohn, und Mama entschuldigt ihn ständig.* „Der Junge hat doch so viel zu tun. Und muss sich um seine Familie kümmern. Da kann er wirklich nicht dauernd nach Cuxhaven kommen." Als ob der Weg von Bremerhaven eine Weltreise wäre.

Und sie? Hatte sie etwa nicht viel zu tun? Zwei ungeklärte Fälle, die viel Kleinarbeit erforderten. Röverkamp hatte zwei Kollegen losgeschickt, um im Umfeld von Janko Lührs Erkundigungen einzuziehen. Morgen früh würden die Erkenntnisse vorliegen. Und dann, ahnte Marie, musste eine Durchsuchung vorbereitet werden. Außerdem würden sie weiter nach Informationen zu der Toten aus der Nordsee forschen. Das Foto in der Zeitung hatte unzählige Hinweise zur Folge gehabt. Dauernd hatte das Telefon geklingelt. Allen mussten sie nachgehen, obwohl sich bisher alle als unbrauchbar erwiesen hatten. Und das hatte unendlich viel Zeit gekostet.

Sie hatte nicht geglaubt, was Röverkamp vorausgesagt hatte. Dass es zahlreiche Spinner und Wichtigtuer gab, denen es um nichts anderes ging als um die eigene Bedeutung, die Chance, auf die Arbeit der Polizei Einfluss zu nehmen. Die Frau war zur selben Zeit an den unterschiedlichsten Orten gesehen worden, mal als provozierende Nacktbaderin, mal hatte sie sich beim Bäcker vorgedrängelt oder war in einem Restaurant als Bedienung unverschämt geworden. Ein anderes Mal war sie in einem Strandkorb gesichtet worden, in dem sie sich ausgebreitet hatte, ohne ihn gemietet zu haben.

Eine leise Melodie aus ihrer Handtasche unterbrach ihre Gedanken. Bevor die Klänge von *Sex and the City* die Ohren an den benachbarten Tischen erreichen konnten, hatte Marie die Annahmetaste gedrückt und sah auf das Display. Die Nummer des Anrufers wurde nicht angezeigt. Als sie sich meldete, hörte sie ein kurzes Rauschen, dann nichts mehr. Zweimal rief sie „hallo", aber niemand antwortete.

Verärgert ließ sie das Handy in ihre Handtasche zurückgleiten.

Als sie wenig später gezahlt hatte und aufbrach, um noch einige Kosmetikartikel aus der Drogerie zu besorgen, folgte ihr in einigem Abstand ein Mann, der trotz der milden Luft eine in die Stirn gezogene Mütze trug und seine Augen hinter einer Sonnenbrille verbarg.

9

Unruhig trabten die Hunde im Zwinger auf und ab. Janko Lührs wusste, warum. Er hatte sie vernachlässigt. Nach dem Besuch der Kriminalbeamten hatte er die Pferde gefüttert und die Kühe gemolken. Die Hunde hatte er später füttern wollen. Und dann vergessen. Schuld war der Schnaps gewesen. Weil er es versäumt hatte, Fleisch zum Auftauen aus der Tiefkühlkammer zu holen, mussten sie nun noch länger warten. Vielleicht sollte er besser frisches Fleisch vom Schlachter holen. Bis die Brocken aufgetaut waren, vergingen noch etliche Stunden. Das konnte er den Tieren nicht antun.

Was ihn wirklich davon abhielt, die Kühlkammer zu betreten, mochte er sich nicht eingestehen. Obwohl in einer dunklen Ecke seines Bewusstseins die Frage lauerte, wie lange er sie noch dort aufbewahren konnte. Vielleicht würden die Bullen wiederkommen. Noch mehr Fragen stellen. Womöglich herumschnüffeln. Bis dahin musste sie verschwunden sein.

Wenn die Hunde ausgehungert waren, konnte jeder von ihnen drei bis vier Kilo Fleisch vertilgen. Wenn man es ihnen überließ, auch mehr. Fünfundzwanzig Kilo schaffte die Meute locker an einem Tag.

Fünfzig Kilo in zwei Tagen.

In zwei Tagen.

Restlos.

Überrascht musterte Marie die Ermittlungsrichterin. Sie konnte nicht viel älter sein als sie selbst. „Guten Tag. Ich komme wegen des Durchsuchungsbeschlusses. Staatsanwalt Krebsfänger wollte ... hat ..."

„... Sie zu mir geschickt?"

„Nicht direkt. Eigentlich komme ich im Auftrag von Hauptkommissar Röverkamp. Er hat mit dem Staatsanwalt gesprochen. Und ..."

„... der war nicht so recht überzeugt?"

„Ich weiß nicht, was er gesagt hat. Jedenfalls hat Herr Röverkamp mich gebeten, den Beschluss bei Ihnen ... von Ihnen ..."

Die Richterin streckte die Hand aus. „Geben Sie mal her. Was Ihr Hauptkommissar vorträgt, hat in der Regel Hand und Fuß. Der Kollege Krebsfänger ist manchmal etwas zögerlich, wenn keine eindeutigen Verdachtsmomente vorliegen. Aber meistens schließt er sich uns an, wenn wir die Durchsuchung für notwendig halten. Und wenn sie erfolgreich war, ist es sowieso seine Idee gewesen."

Sie überflog den Antrag, den Marie ihr überreicht hatte. Dann sah sie auf. „Was meinen Sie denn?"

„Ich?"

„Ja, Sie. Mich interessiert Ihre Meinung, Frau ..."

„Janssen. Marie Janssen, Kriminalkommissarin. Entschuldigung, ich habe mich gar nicht vorgestellt."

Die Richterin lächelte. „Ich freue mich, Sie kennen zu lernen, Frau Janssen. Ich bin Sandra Wegener. Und nun verraten Sie mir bitte, was Sie von der Sache halten. Ich sehe hier, dass Sie bei der ersten Vernehmung der verdächtigen Person dabei waren."

„Ja. Das stimmt. Und ich bin sicher, dieser Lührs hat etwas zu verbergen. Wir – also Hauptkommissar Röverkamp und ich – hatten beide den Eindruck, dass er total unter Druck stand. Inzwischen haben die Kollegen herausgefunden, dass es zwischen ihm und der vermissten Halbschwester regelmäßig heftige Auseinandersetzungen gegeben hat. Außerdem soll sich Lührs ohne Wissen seiner Schwester verschuldet haben."

„Woher wissen Sie das?"

„Wir wissen es nicht wirklich", gab Marie zu. „Aber Nachbarn und Geschäftsleute, bei denen die Geschwister eingekauft haben, geben übereinstimmend an, dass er ein Auto auf Kredit gekauft hat und dass Theda Lührs ihrem Bruder niemals erlaubt hätte, Schulden zu machen, wenn sie davon gewusst hätte. Sie soll auf dem Hof den Ton angegeben haben."

„Wenn wir Hassliebe zwischen Geschwistern als Mordmotiv ansähen, hätten wir viele Verdächtige. Finden Sie nicht?"

„Stimmt. Aber die familiäre Konstellation ist auch nicht ohne."

„Nämlich?"

Marie erklärte der Richterin, was sie und ihre Kollegen inzwischen herausgefunden hatten.

„Ich weiß", schloss sie. „Keiner der Punkte rechtfertigt den Verdacht eines Tötungsdeliktes. Aber alles zusammen – und das Verhalten von Lührs bei der ersten Vernehmung – lässt auf ein Verbrechen schließen. Finde ich jedenfalls."

Nachdenklich sah die Richterin die Kommissarin an. Über ihrer Nasenwurzel erschien eine steile Falte. „Gut", sagte sie schließlich. „Ich sehe, Sie sind von Ihrer Sache überzeugt. Und Hauptkommissar Röverkamp gilt als gewissenhafter Ermittler. Sie bekommen den Durchsuchungsbeschluss. Kollege Krebsfänger wird sich damit abfinden."

Sie setzte einen Stempel auf das Papier und unterschrieb.

„Viel Erfolg. Und einen schönen Tag noch."

Marie nahm den Beschluss entgegen und beeilte sich, das Dienstzimmer der Richterin zu verlassen. Sie hatte das Gefühl, ihn in Sicherheit bringen zu müssen, bevor Staatsanwalt Krebsfänger auftauchte und ihn ihr entriss.

Anhaltend freundliches Wetter hatte die Freunde des Segelsports in den Yachthafen getrieben. Zu Beginn der Saison gab es viel zu tun. Jeder war darauf bedacht, sein Boot so rasch wie möglich auf Vordermann zu bringen und es seeklar zu machen. Der Wind blies frisch, aber gleichmäßig, so dass es ein Vergnügen sein würde, hinauszufahren. Überall an den Auslegern turnten Skipper und ihre Helfer auf den Booten herum und untersuchten Befestigungen und Rollen, Segel und Anker, kontrollierten die Instrumente und prüften Ausstattung und Zubehör auf Vollständigkeit und Funktionstüchtigkeit. Während die ersten Segelboote und Katamarane den Yachthafen verließen, begutachtete Carlo von Geldern die Bordwand seiner Santa Maria. Dazu beugte er sich weit über die Reling. Zu weit.

Als er spürte, dass etwas aus seiner Brusttasche rutschte, war es schon zu spät. Sein Griff ging ins Leere. Fassungslos starrte er auf die Ringe, die Sonnenbrille und Mobiltelefon auf dem Wasser hinterließen.

„Verdammte Scheiße", rief er aus und schlug sich wegen seiner eigenen Dummheit mit der Faust gegen die Stirn.

„Was ist los?", fragte der Skipper des benachbarten Bootes.

Carlo zeigte ins Wasser. „Mein neues Handy. Und meine Sonnenbrille. Ein ziemlich teures Stück."

Der Nachbar lachte. „Das ist anderen auch schon passiert. Keine Panik. Ich kenne jemanden vom Tauchclub. Der wohnt in der Nähe und geht bestimmt gerne mal runter. Soll ich ihn anrufen?"

Zwei Stunden später lagen Handy und Designer-Brille auf dem Deck. „Ich glaube nicht", murmelte der Skipper von nebenan und zeigte auf das verschlammte Mobiltelefon, „dass das Ding noch funktioniert."

Von Geldern spülte die Sonnenbrille mit Wasser ab und setzte sie auf. „Wenigstens etwas", murmelte er. „Danke übrigens."

Der Taucher rückte seine Brille zurecht. „Ich gehe noch mal runter", rief er. „Hab da was gesehen."

Kurze Zeit später polterte es an der Bordwand.

„Wirf mal 'ne Leine runter."

Gespannt beobachteten von Geldern und sein Nachbar, wie der Taucher etwas daran befestigte. Als er mit dem Daumen nach oben wies, zogen die beiden Männer die Last an Bord.

„Nicht zu glauben", rief der Skipper. „Ein Koffer. Und richtig schwer. Schätze, das interessiert den Zoll. Wenn dein Handy nicht ins Wasser gefallen wäre, könntest du jetzt selbst anrufen."

Carlo von Geldern lächelte gequält. „Wenn mein Handy nicht ins Wasser gefallen wäre, hätten wir den Koffer gar nicht gefunden."

„Alles klar?" Der Taucher war auf den Steg geklettert und hatte seine Maske abgenommen.

„Ja, danke, Kollege. Was bin ich schuldig?"

Nachdem man sich auf eine angemessene Spende für den Tauchclub geeinigt hatte, begann der Taucher, sich und seine Ausrüstung vom Salzwasser zu befreien.

Neugierig betrachtete der Skipper den Koffer. „Lass uns mal reinschauen. Mal sehen ..." Er drückte an den Schnappschlössern herum. „Mist. Geht nicht auf. Hast du mal 'ne Zange oder so was?"

„Lass das Ding lieber zu. Falls wir den Koffer abgeben wollen, macht es keinen guten Eindruck, wenn die Schlösser aufgebrochen sind."

Widerstrebend ließ der Skipper von dem Gepäckstück ab. „Und? Was machen wir nun mit dem Ding?"

„Ich bringe ihn heute Abend zum Fundbüro. Beim Zoll muss man nur lästige Fragen beantworten. Mal sehen. Vielen Dank jedenfalls, dass du deinen Kumpel vom Tauchclub angerufen hast."

Der Skipper winkte ab. „Da nich' für."

*

Für die Durchsuchung hatte Hauptkommissar Röverkamp neben seinen Leuten aus dem Fachkommissariat eine Handvoll Kolleginnen und Kollegen aus anderen Kommissariaten loseisen können, darunter ein paar Spezialisten vom Erkennungsdienst. Außerdem war eine Gruppe Bereitschaftspolizisten angefordert worden. In der Vorbesprechung hatte er den Beamten deutlich gemacht, worauf es ankam. „Es ist nicht damit zu rechnen, die vermisste Person auf dem Anwesen zu finden. Aber es ist denkbar, dass wir Hinweise entdecken, die zu einer Spur führen."

Röverkamp hatte die Situation nicht beschönigt. „Ich weiß, Kolleginnen und Kollegen, dass Ihr Auftrag wenig klar umrissen ist. Aber wir haben den Verdacht, dass der Bruder der Vermissten mehr weiß, als er zugibt. Also halten Sie bitte die Augen offen. Alles, was Ihnen auffällig erscheint, kann von Belang sein. Allerdings suchen wir auch etwas ganz Konkretes. Und zwar Unterlagen, die über die finanziellen Verhältnisse des Hofes beziehungsweise der Geschwister Lührs Auskunft geben."

Als die Fahrzeuge auf den Hof gefahren und die Beamten aus den Wagen gesprungen waren, hatten die Hunde ein ohrenbetäubendes Gebell angestimmt. Erst als Janko Lührs aus dem Haus gekommen war und auf sie eingeredet hatte, war wieder Ruhe eingekehrt.

Nun stand er mit verschränkten Armen vor dem Zwinger und rührte sich nicht. Mit zusammengekniffenen Augen betrachtete er die anrückenden Polizisten. Seine fünf Bullterrier lauerten hinter ihm. Als warteten sie auf das Kommando zum Angriff.

Hauptkommissar Röverkamp hielt den Durchsuchungsbeschluss hoch und erklärte Lührs, warum er mit einem Aufgebot an Beamten gekommen war.

Der Bauer verzog keine Miene, starrte ihn nur wortlos an.

Marie Janssen glaubte die Spannung mit Händen greifen zu können. *Jetzt sieht er aus wie einer seiner Hunde.*

Mit etwas Verspätung erschienen die Polizeihundeführer mit ihren Malinos. Sofort nahmen die Bullterrier ihr Gebell wieder auf. Selbst Janko Lührs hatte dieses Mal Mühe, sie zu beruhigen.

Dagegen blieben die belgischen Schäferhunde gelassen. Sie schauten ohne erkennbare Regung zu ihren Artgenossen hinüber. Als seien sie es gewohnt, so aufgeregt empfangen zu werden.

Hauptkommissar Röverkamp schickte die Beamten in kleinen Gruppen los. Eine ins Erdgeschoss des Bauernhauses, eine zweite ins Obergeschoss, eine dritte in die Kellerräume. Die anderen Gruppen verteilte er auf Scheune und Stallungen und wies die Hundeführer an, das Außengelände abzusuchen.

Dann wandte er sich an Marie. „Könntest du vielleicht kurz auf Herrn Lührs achten? Ich muss mal eben ... Und dann schauen wir, was wir über seine finanziellen Verhältnisse herausfinden. Wenn ein Mensch verschwindet, geht es entweder um Liebe oder um Hass oder um Geld. Bis gleich."

„Kein Problem", antwortete die Kommissarin. „Ich warte hier."
Während Konrad Röverkamp hinter einem der Stallgebäude verschwand, versuchte Marie den Gesichtsausdruck von Janko Lührs zu ergründen. Noch immer stand er bewegungslos vor dem Hundezwinger. Breitbeinig und mit verschränkten Armen. Mit leicht gesenktem Kopf und vorgeschobenem Kinn beobachtete er das Treiben der Polizeibeamten aus den Augenwinkeln.

Obwohl ihm angesichts der Durchsuchungsaktion klar sein musste, dass man ihn nicht mehr nur als Zeugen betrachtete, wirkte er selbstsicherer als bei dem Gespräch vor einigen Tagen. Seine Haltung strahlte Unbeugsamkeit und Trotz aus. Gleichzeitig wirkte er entschlossen. Als wäre er es, der mit dieser Aktion etwas beweisen wollte.

In Marie stieg eine Ahnung auf. *Wir werden nichts finden. Und er weiß das. Verdammt. Wenn er wirklich etwas mit dem Verschwinden seiner Schwester zu tun hat, sind alle Beweise längst beseitigt. Und wir waren es, die ihn gewarnt haben.*

„Schau dir den an", sagte sie, als Röverkamp zu ihr zurückgekehrt war. „Das ist doch nicht derselbe wie bei unserer Vernehmung. Der strotzt doch geradezu vor Selbstbewusstsein. Wo nimmt der das her? Ich fürchte, die ganze Aktion ..."

„... könnte vergeblich sein?" Konrad Röverkamp schüttelte den Kopf. „Abwarten. Unterschätz' die Kollegen nicht. Da sind einige sehr erfahrene Erkennungsdienstler dabei. Wenn es Hinweise gibt, werden sie sie finden."

„Und wenn nicht? Was wird Christiansen sagen? Und erst dieser ... Krebs- ... Krebsfänger? Das wäre doch total peinlich."

Röverkamp lächelte. „Keine Panik, Marie. Was die Herren meinen könnten, interessiert uns im Augenblick herzlich wenig. Dass wir hier auf die Leiche von Theda Lührs stoßen, glaube ich auch nicht. Aber selbst wenn wir keine Beweise finden, haben wir hinterher mehr als vorher, denn Lührs muss annehmen, dass wir Spuren gefunden haben. Wir lassen ihn in diesem Glauben und nehmen ihn uns noch einmal vor. Der Mann ist kein Profi. Eine Vernehmung hält der nicht lange durch. Vor allem nicht, wenn er bei uns im Verhörzimmer sitzt, ohne seine Hunde in der Nähe zu wissen. Du hast doch selbst erlebt, wie der ins Schwitzen gerät, wenn ..."

„Herr Hauptkommissar", rief einer der Beamten von der Haustür. „Wenn Sie mal kommen wollen ..."

„Siehst du? Es geht schon los. Komm, lass uns sehen, was es gibt."

Röverkamp winkte einen uniformierten Polizisten heran und beauftragte ihn, Janko Lührs im Auge zu behalten. Dann eilten er und Marie ins Haus.

Sie wurden in einen kleinen Raum geführt, der wie ein Kontor eingerichtet war. Die Beamten hatten eine Reihe von Aktenordnern aus den Regalen gezogen und aufgeschlagen auf einem Schreibtisch abgelegt.

„Der Hof ist nicht gerade eine Goldgrube", sagte der Kollege aus dem Fachkommissariat für Wirtschaftsermittlungen. „Die Leute dürften gerade so über die Runden gekommen sein. Eigentlich nichts Auffälliges. Aber das hier könnte interessant sein. Haben wir in einer versteckten und verschlossenen Schublade im Schreibtisch gefunden." Er wies auf einen schmalen Hefter. „Kreditunterlagen. Herr Lührs hat einige Schulden angesammelt. Und dann war da noch dieses." Er hielt eine kleine Plastikhülle in die Höhe. „Eine Visitenkarte. Von einem Makler. Auf der Rückseite steht eine Summe. Schauen Sie mal."

Röverkamp betrachtete die Karte und pfiff leise durch die Zähne. Dann hielt er sie seiner Kollegin vor die Augen. „Wenn das nichts ist! Herr Lührs wird uns einiges zu erklären haben."

Marie nickte nachdenklich. „Das ist schon seltsam. Wir finden Unterlagen, die jemanden verdächtig machen, und ich bin erleichtert. Irgendwie abartig."

„Das ist nur eine Zwischenstufe", sagte Röverkamp. „Daran gewöhnst du dich. Am Ende wirst du immer erleichtert sein, wenn du einen Täter überführt hast. Frustrierend bleibt es nur dann, wenn die Beweise nicht ausreichen und die Richter sie wieder laufen lassen." Er legte die Visitenkarte zurück und wandte sich an die Akten blätternden Kollegen. „Alles einpacken und mitnehmen."

Als Marie und Röverkamp vor das Haus traten, schlugen die Hunde an. Diesmal waren es nicht die Bullterrier des Bauern, sondern die Spürhunde ihrer Kollegen. Sie kratzten und scharrten vor der Stahltür eines Nebengebäudes und beschnupperten aufgeregt die Schwelle.

„Was kann das sein?", fragte Marie. Röverkamp hob die Schultern. „Sieht aus wie der Zugang zu irgendwelchen Vorratskammern. Wir werden sehen." Er winkte dem Beamten, der Janko Lührs in seiner Obhut hatte. „Herr Lührs möchte mal bitte diese Tür dort öffnen."

Widerwillig ließ sich der Bauer von seinem Aufpasser über den Hof ziehen, umständlich kramte er in seinen Taschen nach den Schlüsseln, missmutig schloss er auf. „Die innere Tür muss aber sofort wieder geschlossen werden", knurrte er. „Da drin lagert Tiefkühlware. Hauptsächlich Fleisch."

Was Lührs als innere Tür bezeichnet hatte, erwies sich als eine Durchstiegsluke, deren Verriegelung mit armlangen Hebeln bedient wurde. Als das Neonlicht aufflammte, sahen die Beamten eine Art begehbaren Tiefkühlschrank vor sich. Die Wände waren raumhoch mit Regalen versehen, die mit Kunststoffbehältern in allen Größen gefüllt waren. Auf dem freien Platz hinter der Tür konnte eine Person bequem stehen.

Die meisten Behälter waren beschriftet. Farbig, mit breitem Filzstift. Sie kündeten vom jeweiligen Inhalt. *Brust, Rücken, Bauch,*

Kopf, Rippe, Oberkeule, Haxe, Nacken, Schlegel, Kaldaune, Filet. Lührs erklärte die Bedeutung der Farben. Rote Schrift für Schweinefleisch. Grün für Rind. Blau für Lamm.

Einige Pappkartons enthielten Großpackungen mit Gemüse, wie Marie sie aus dem Supermarkt kannte.

„Und was ist damit?", fragte Hauptkommissar Röverkamp und zeigte auf eine Reihe von Behältern, die keine Beschriftung trugen.

„Hundefutter."

„Hundefutter?"

„Ja. Fleisch. Für meine Bullterrier."

„Danke, Herr Lührs. Mein Kollege wird Sie jetzt zum Wagen zurückbringen. Den Schlüssel lassen Sie bitte hier."

„Aber die Tür ..."

„Wird gleich wieder geschlossen. Keine Sorge. Ihr Fleisch verdirbt nicht."

Als der Bauer außer Hörweite war, zeigte Röverkamp auf die unbeschrifteten Behälter und wandte sich an die Beamten von der Spurensicherung. „Nehmt davon ein paar Proben mit. Und schaut, was ihr vom Fußboden kriegen könnt."

Dann wandte er sich an Marie. „Ich denke, das war's. Jetzt müssen wir die Untersuchungsergebnisse abwarten. In der Zwischenzeit kümmern wir uns um den Makler."

„Und was ist mit Lührs?"

„Den nehmen wir mit. Ich glaube zwar nicht, dass Krebsfänger bereit ist, einen Haftbefehl zu beantragen. Aber wenn wir ihn vierundzwanzig Stunden festsetzen, reicht das. Bis dahin haben wir die Ergebnisse vorliegen. Und er kann in der Zeit keine Spuren beseitigen."

Marie nickte abwesend. In ihrem Kopf kreisten abenteuerliche Gedanken und Fragen. „Glaubst du etwa ..."

„Was?"

„Dass Janko Lührs seine Schwester ..." Sie deutete auf die Tür zur Kühlkammer, die gerade wieder geschlossen wurde.

Röverkamp schüttelte den Kopf. „Es geht doch nicht darum, was wir glauben, Marie. Es geht eher darum, was wir für möglich halten. Und ich halte inzwischen alles für möglich. Im Übrigen ist es nicht meine Idee."

„Nicht?"

„Nein." Der Hauptkommissar lächelte. „Vor einem halben Jahr hat es in Ingolstadt einen Prozess gegeben. Gegen eine Bauernfamilie. Mutter und Töchter sollen den Bauern erschlagen haben. Es gab aber keine Leiche. Laut Anklage haben die Frauen die Leiche zerstückelt und an die Hofhunde verfüttert. – Und nun kommst du."

Marie Janssen lief ein Schauer über den Rücken. Sie schüttelte sich und sah ihren Kollegen unsicher an. „Das kann ich mir überhaupt nicht vorstellen."

„Musst du auch nicht", sagte Röverkamp ernst. „Komm, lass uns gehen. Den Rest machen die Kollegen hier allein. Beim nächsten Zeugen ist die Umgebung bestimmt angenehmer. Jedenfalls deutet die Adresse darauf hin."

Frank Schönfelder bewohnte eine Villa am Döser Seedeich, in deren Erdgeschoss er seine Geschäftsräume eingerichtet hatte. Sie wurden von einer Dame eingelassen, deren äußeres Erscheinungsbild nicht so recht zu einer Büroangestellten passen wollte. Sie wirkte eher wie eine Mischung aus Model und Verkäuferin. Nicht von Karstadt, sondern von der Sorte, wie man sie in teuren Boutiquen und Kosmetikgeschäften trifft. Gut aussehend, figurbetont gekleidet, perfekt geschminkt.

Und herablassend. Dass ihr Chef Besuch von der Kriminalpolizei bekam, schien sie nicht im geringsten zu beeindrucken. „Herr Schönfelder ist sehr beschäftigt", flötete sie. „Aber wenn Sie sich einen Moment gedulden wollen – ich will sehen, was sich machen lässt. Sie können einstweilen in der Lounge Platz nehmen." Zwei Finger mit überlangen, in der Farbe ihres Kostüms lackierten Fingernägeln wiesen auf eine Glastür, hinter der sich ein geräumiger Wartebereich erstreckte.

Die Türen glitten unhörbar zur Seite und gaben den Weg frei zu einer großzügigen Sitzgruppe mit gläsernen Tischen und Zeitschriftenablagen. Hauptkommissar Röverkamp nahm eine Architekturzeitschrift vom Stapel und ließ sich in einen der Ledersessel fallen. „Nicht schlecht. Wenn wir unsere Kundschaft auch so empfangen könnten ..."

„Lounge!" Marie lachte leise. „Vielleicht sollten wir unseren Warteraum an der Wache umbenennen." Ihr Blick blieb an einer Bildergalerie hängen, die offenbar eine Auswahl der von Schönfelder vermittelten Häuser zeigte. Ausnahmslos kunstvoll renovierte Villen mit prächtigen Grundstücken.

„Wusste gar nicht, dass es in Cuxhaven solche Häuser gibt."

Röverkamp sah auf und musterte die Fotos. „Die sind nicht alle von hier. Mindestens ein Haus kenne ich. Er zeigte auf einen der Rahmen. Das zum Beispiel steht in Hamburg-Blankenese. Da hatte ich mal einen ..."

„Was führt Sie zu mir?" Frank Schönfelder war geräuschlos eingetreten. Marie verwarf ihre Theorie, dass die Dame, die sie empfangen hatte, mehr sein könnte als nur Sekretärin. Der Makler war klein und schmächtig, was er durch aufrechte Haltung auszugleichen suchte. Die schon etwas schütteren Haare waren sorgfältig gegelt. Obwohl sein weißer Anzug teuer aussah – Marie tippte auf Brioni oder Versace -, erschien er nicht als der Typ, der auf Frauen Eindruck machte. „Ich höre, Sie sind von der Polizei? Brauchen Sie ein neues Dienstgebäude?"

„Ja", antwortete der Hauptkommissar und erhob sich. „Das brauchen wir wirklich. Aber deswegen sind wir nicht hier. Er durchsuchte seine Jackentaschen und zog den Dienstausweis hervor. „Mein Name ist Röverkamp, und das ist meine Kollegin Janssen. Wir werden Sie nicht lange aufhalten. Wir haben nur zwei oder drei Fragen."

Schönfelder warf einen Blick auf den Ausweis. „Bitte behalten Sie Platz. Was darf ich Ihnen anbieten? Kaffee? Cognac?"

„Danke, nein", antwortete Marie, während ihr Kollege das Angebot einfach überhörte.

„Es geht um das Grundstücksgeschäft mit Herrn Lührs. Janko Lührs, Köstersweg."

„Ich kenne keinen Herrn Lührs", sagte der Makler. Etwas zu schnell, fand Marie.

Konrad Röverkamp hob die Stimme. „Dann müssen wir Ihrem Gedächtnis wohl auf die Sprünge helfen. Wir haben Unterlagen gefunden, aus denen hervorgeht, dass Sie Herrn Lührs ein Angebot gemacht haben." Er zog ein Notizbuch aus der Tasche, blätterte kurz und nannte den Betrag, der auf der Rückseite der Visitenkarte gestanden hatte. „Worauf bezieht sich diese Summe, Herr Schönfelder?"

„Unterlagen? Unmöglich. Ich weiß wirklich nicht ..."

„Herr Schönfelder." Der Hauptkommissar betonte jedes Wort. „Wir ermitteln wegen eines Tötungsdeliktes. Vielleicht sogar Mord. Sie könnten womöglich der Beihilfe beschuldigt werden. Wissen Sie, wie lange Sie dafür in den Knast gehen?"

Der Makler erbleichte.

„Aber ich ... ich habe ... doch nur ...?"

„Was haben Sie nur?", fragte Röverkamp rasch.

„Ein Angebot unterbreitet. Für ein Stück Land. Eigentlich nur ein Acker."

„Ein Acker? Für diese Summe?"

„Meinen Auftraggebern liegt sehr daran, ein bestimmtes Gebiet zu erwerben. Aber ich weiß nicht, ob ich Ihnen überhaupt ...?"

„Herr Schönfelder", unterbrach ihn der Hauptkommissar. „Ihre Geschäfte – auch wenn sie möglicherweise nicht ganz sauber sind – interessieren uns im Augenblick nicht. Aber wir hätten schon ganz gern eine Erklärung dafür, dass dieser Acker die Summe wert sein soll, die Sie Herrn Lührs geboten haben."

Der Makler hob die Schultern. „Angebot und Nachfrage. Wie gesagt, meine Auftraggeber ..." Er ließ den Satz in der Luft hängen und die Schultern fallen.

Röverkamp nickte scheinbar verständnisvoll. „Wussten Sie, dass Herr Lührs eine solche Entscheidung gar nicht allein hätte treffen können?"

Schönfelder schüttelte stumm den Kopf, sichtlich um eine bekümmerte Miene bemüht.

„Aber Sie müssen doch mit ihm darüber gesprochen haben. Hat er Ihnen nicht gesagt, dass ihm der Hof nicht allein gehört?"

Erneutes Kopfschütteln.

„Das wundert mich aber sehr." Diesmal schüttelte Röverkamp den Kopf. „Wissen Sie, was mich noch viel mehr wundert, Herr Schönfelder?"

„Nein. Was denn?" In Maries Ohren klang der Makler jetzt geradezu kleinlaut.

„Dass Sie uns gar nicht fragen, um wen es bei unseren Ermittlungen geht." Der Hauptkommissar wandte sich an Marie. „Ich hatte doch erwähnt, dass wir wegen eines möglichen Tötungsdeliktes ermitteln, oder?"

Nachdem die Kriminalbeamten das Haus des Maklers verlassen hatten, griff Frank Schönfelder zum Mobiltelefon. Die Nummer, die er in sein Handy eintippte, war nur wenigen Personen bekannt. „Es gibt Schwierigkeiten", sagte er, als sich sein Gesprächspartner meldete. „Sie müssen eingreifen."

10

„Lass mal sehen." Obermaat Hannes Kröger beugte sich über die Schulter seines Kollegen. „Die Deutsche Bucht. Wahnsinnig aufregend."

In der Luftbildauswertung des Marinefliegergeschwaders 3 „Graf Zeppelin" am Fliegerhorst Nordholz waren an diesem Abend nur noch zwei Soldaten bei der Arbeit. Sie hatten umfangreiches Filmmaterial, das in den letzten Tagen bei Testflügen entstanden war, ausgewertet und dazu mehr Zeit als geplant benötigt. Eigentlich hätten sie längst Dienstschluss gehabt.

Kröger stieß seinen Kameraden an. „Ein Luftbild von Wanna – das wär's. Wollte ich schon immer mal haben. Und wenn unser Haus gut zu erkennen ist, schenke ich es Opa zum 75. Geburtstag."

„Du weißt, dass das verboten ist." Fähnrich zur See Eike Diercksen bewegte die Computermaus, um den Bildausschnitt auf dem Monitor zu verschieben.

„Ist doch nur für private Zwecke", warf Kröger ein. „Davon erfährt niemand was."

„Und wenn einer bei deinem Opa das Luftbild sieht?"

„So was kann man doch heutzutage im Internet bestellen. Kein Mensch kann erkennen, dass wir Probeaufnahmen aus der Breguet Atlantic ausgewertet haben. Und der Chef wird niemals bei uns auftauchen."

„Na gut, weil du es bist", murmelte der Fähnrich. „Wanna – das muss auf der Linie Cuxhaven – Bad Bederkesa liegen."

Diercksen bewegte das Scrollrad. Die Insel Helgoland wanderte zum oberen Bildrand und verschwand. Am unteren Rand des Bildschirms erschien Neuwerk, dann Cuxhaven. Das Land zwischen Elbe und Weser schob sich weiter nach oben. Bis Bremerhaven auftauchte. Diercksen zog einen Rahmen auf, und im nächsten Augenblick bildete Wanna den Mittelpunkt des Bildausschnitts, im Westen begrenzt durch die Autobahn, im Osten durch die Linie Otterndorf, Neuenkirchen, Ihlienworth. Am unteren Bildrand zeigten sich die Ausläufer des Ahlenmoores.

Erneut verkleinerte der Fähnrich den Ausschnitt und ließ ihn auf die volle Bildschirmgröße aufspringen.

„Da hast du dein Dorf", sagte er. „Jetzt könnten wir euer Haus noch rot einrahmen."

Kröger schüttelte den Kopf. „Nee, lass mal so." Er tippte mit dem Zeigefinger auf den Monitor. „Sieh mal! Als sie die Aufnahmen gemacht haben, hat die Familie gerade im Garten gesessen. Mensch, Eike, das ist doch echt cool. Machst du mir davon einen Ausdruck?"

Statt einer Antwort beugte Diercksen sich nach vorn und starrte konzentriert auf einen Punkt am linken Bildschirmrand.

„Was hast du denn? Ist da was?", fragte Kröger.

„Kleinen Moment noch", murmelte sein Kamerad schließlich. „Das sieht ja aus wie ... Ich muss das eben mal vergrößern. Warte."

Diercksen bewegte die Maus und betätigte ein paar Tasten.

„Schau dir das an", sagte er. „Was siehst du?"

„Wenn ich mich nicht irre, sehe ich das Land Hadeln."

„Sieh genauer hin. Auf den Weg, der oben links verläuft."

„Scheint ein Auto zu sein. Na und? Mit 'nem Geländewagen kommt man da ganz gut durch."

„Sieh neben das Auto."

Kröger brachte sein Gesicht vor den Bildschirm. „Nee, das glaub' ich nicht. Schwimmt da einer im Moor? Der ist wohl lebensmüde."

„War, Hannes. Da war einer lebensmüde. Die Aufnahmen aus der Breguet sind schon zwei Tage alt. Man müsste mal nachsehen, ob das Auto immer noch ..."

Diercksen beugte sich wieder vor. „Da ist noch einer. Der steht. Am Rande des Weges. Wenn einer ins Moor gehen will, nimmt er doch keinen Begleiter mit. Ich glaube nicht, dass das ein Selbstmörder ist."

„Aber das könnte ..." Hannes Kröger vergaß den Mund zu schließen. „Kannst du das noch vergrößern?"

Diercksen schüttelte bedauernd den Kopf. „Nicht wirklich. Natürlich kann ich es weiter aufziehen, aber dann wird es unscharf."

„Versuch's wenigstens mal."

Erneut veränderte der Fähnrich den Bildausschnitt und drückte einige Tasten. Das Ergebnis brachte keine Verbesserung. Erkennbar blieben das Fahrzeug, ein Mensch, der aufrecht daneben stand, und der Umriss eines länglichen blauen Pakets am Rande des schwarz und wässrig glänzenden Moores.

Hannes Kröger schüttelte ungläubig den Kopf. „Mach doch mal 'nen Ausdruck in höchster Auflösung. Auf dem Papier sieht man mehr als auf dem Bildschirm."

Diercksen nickte und löste mit einem Mausklick den Druckvorgang aus. Gespannt beugten sich die beiden Männer über den Drucker.

Als das Blatt schließlich vor ihnen lag, sahen sie sich an.

Obermaat Kröger sprach es aus. „Verdammte Scheiße. Was machen wir jetzt?"

Diercksen beendete das Programm und fuhr den Rechner herunter. „Erst mal gar nichts. Der Ausdruck kommt in den Schredder. Und morgen überlegen wir, ob wir den Alten informieren."

„Aber wir müssen doch ... können doch nicht ... Wenn das auf dem Foto ..."

Fähnrich zur See Eike Diercksen hob die Hände. „Was willst du dem Chef erzählen? Dass wir hier ein paar private Landschaftsbilder gemacht haben? Also vergiss es, Hannes. Und nun lass uns aufbrechen. Es ist spät geworden."

Obermaat Kröger war nicht überzeugt, nickte aber trotzdem. „Na gut", murmelte er. „Aber mein Foto machst du mir noch, okay?"

„Einverstanden", antwortete sein Kamerad. „Aber nicht mehr heute."

Hajo Sommer ließ den Blick aus dem Fenster seines Büros schweifen. Wie immer blieben seine Augen an Hermine hängen. Der hundertjährige Gaffelschoner war neben dem Schleusenbecken am Ritzebütteler Schleusenpriel aufgestellt worden, um den Betrachter an die Zeit zu erinnern, in der die Elbschiffer mit ihren Frachtseglern bis an die Innenstadt fahren konnten, um am Ufer des Alten Hafens ihre Ladungen zu löschen.

Über dem Kaemmererplatz und dem Schleusenbecken schossen Möwen im Sturzflug nieder und jagten einander die Beute ab. Mit ihren heiseren Schreien, die selbst durch die geschlossenen Fenster drangen, riefen sie die Nähe des Meeres ins Bewusstsein.

Auch das Museumsfeuerschiff und der alte Fischereihafen erinnerten ihn daran, dass er sich in einer See- und Hafenstadt befand, deren größte Probleme in genau dieser Eigenschaft begründet lagen. Die ehemals umfangreiche Fischverarbeitung war auf einen kläglichen Rest zusammengeschrumpft. Die großen Firmen hatten den Standort aufgegeben, kleinere waren eingegangen. Das Gewerbesteueraufkommen war gesunken, die Arbeitslosigkeit gestiegen.

Der Stadt war es nicht gelungen, rechtzeitig ihre touristische Infrastruktur aufzubauen, um wenigstens einen Teil der Verluste an Steuereinnahmen und Arbeitsplätzen auszugleichen. Dagegen nahmen sich die aktuellen Themen, mit denen er sich zu befassen hatte, eher bescheiden aus. Die Frage nach der zukünftigen Nutzung des Wasserturms und die Auseinandersetzung um den Ausbau des Rathauses erschienen ihm als geradezu provinzielle Streitigkeiten.

Immerhin gab es ein Thema, das weit über Cuxhaven hinaus Aufmerksamkeit erregte. Im Streit um die städtische Siedlungsgesellschaft hatte es neue Auseinandersetzungen gegeben. Ein Dauerbrenner, der nicht nur die Mieter der „Siedlung", sondern auch die Zeitungsredaktion beschäftigte. Als Redaktionsleiter der Cuxhavener Nachrichten hatte er schon manchen Kommentar dazu formuliert.

Sommer sah auf die Uhr und packte ein paar Unterlagen zusammen. Es wurde Zeit für die Redaktionskonferenz.

„Womit machen wir morgen auf?" Sommers Frage löste bei den Redakteurinnen und Redakteuren an diesem Tag gleich mehrere Wortmeldungen aus. Gewöhnlich ging es in der Redaktionskonferenz der Cuxhavener Nachrichten nicht besonders lebhaft zu. Doch diesmal meldeten drei Ressorts ihren Anspruch auf die Titelgeschichte an. Der Redaktionsleiter musste seine Kolleginnen und Kollegen zur Ordnung rufen und sie bitten, ihre Vorschläge nacheinander vorzutragen und zu begründen. Eines der Stichworte hatte er herausgehört.

„Was war das mit der angeblichen Sensation aus dem Stadtrat?"
Felix Dorn, ein ehrgeiziger junger Mann, der noch nicht lange zur Redaktion gehörte, hob die Hand. „Ich habe da etwas läuten hören. Könnte ein Knüller werden. Es soll eine fraktionsübergreifende Absprache über eine Millioneninvestition im Tourismus-Bereich geben. Ein auswärtiger Investor plant demnach ein Freizeitzentrum in Cuxhaven. Und zwar im ganz großen Stil. Nicht so wie am Spadener See, mit ein paar neuen Campingplätzen und Wochenendhäusern. Nein, ein richtig großes Ding. Dabei sollen Erkenntnisse aus den Umfragen des Europäischen Tourismus-Instituts vom letzten Jahr berücksichtigt werden. Also Wellness, Familie, Lifestyle und Wetterunabhängigkeit."

„Wetterunabhängigkeit? Wie soll das gehen? Soll der Strand überdacht werden?"

Die Fragen des Redaktionsleiters sorgten für Heiterkeit in der Runde. Dorn schüttelte den Kopf. „Es soll sich um den Bau einer überdachten Großanlage handeln. Mit allem, was heutige Urlauber erwarten. Das Interessante daran ist, dass die Pläne geheim sind. Wir würden mit einer Veröffentlichung den gesamten Stadtrat aufmischen."

Jetzt lächelte Sommer. Er lehnte sich zurück und ließ seinen Sessel schwingen. „Das würde dir gefallen, Felix. Verstehe. Aber dafür reicht es nicht, etwas läuten gehört zu haben. Außerdem erscheint mir die ganze Geschichte unglaubwürdig. Die Stadt ist pleite. Der Landkreis erst recht. Und ohne Beteiligung der öffentlichen Hand gibt es heute keine Investitionen mehr in dieser Größenordnung. Bei so einem Projekt müssen Flächennutzungspläne geändert, Kanalisationen und Versorgungsleitungen gebaut werden, vielleicht sogar Straßen. Wenn du keine Fakten auf den Tisch legen kannst, müssen wir die Sache vergessen. Also was ist mit Ort, Zeitpunkt, Investitionssumme? Wie sicher ist deine Quelle? Hast du die Information überprüft?" Ohne die Antworten abzuwarten, wandte er sich an einen älteren Kollegen, der schon seit Anfang der achtziger Jahre zur Redaktion gehörte und als alter Cuxhavener über gute Beziehungen zu örtlichen Politikern verfügte.

„Hast du was davon gehört, Günter?"

Der Angesprochene schüttelte den Kopf. „Nichts. Wenn in dieser Richtung etwas liefe, wüsste ich davon. Falls der Kollege Dorn keine Belege für seine abenteuerliche Geschichte hat, sollten wir die Finger davon lassen. Wir würden uns nur blamieren."

„Aber wenn wir die Sache ins Blatt nehmen", rief Felix Dorn, „dann gibt es so viel Aufregung, dass die Beweise von alleine kommen."

Sommer beugte sich vor und hob beide Hände. „So was kann gut gehen, muss aber nicht. Ist außerdem nicht unser Stil. Wir machen keine Fragezeichen-Artikel. Also vergiss es, Felix. Von mir aus kannst du dranbleiben. Und wenn du uns Belege bringst, können wir neu darüber diskutieren. – So. Was war noch im Angebot?"

„Flughafen Nordholz", warf ein Redakteur ein. „Jetzt wollen sie doch Nachtflüge einrichten. Die Zahl der Flugbewegungen geht weiter nach unten, die Kosten steigen weiter nach oben. Der Landkreis muss immer mehr Geld ..."

Sommer winkte ab. „Hatten wir schon zu oft in letzter Zeit. Ist also nicht wirklich neu."

„Der Streit um die Musikschule geht in eine weitere Runde." Die Kulturredakteurin hielt einen Stapel Blätter hoch. „Und beim Radio Cuxhaven gibt es eine neue Entwicklung."

„Die gibt's auch bei der Siedlung", rief ein anderer Kollege. „Es wird einen Prozess geben. Ich habe eine Kopie der Klageschrift."

Sommer nickte. „Klingt interessant, ich glaube, das machen wir. Lass mal Einzelheiten hören."

Das Gespräch, das Felix Dorn an diesem Abend führte, war ebenso enttäuschend wie die Redaktionskonferenz am Vormittag. „Beweise", sagte sein Informant, „gibt es nicht. Ich habe nur zufällig davon erfahren. Durch ein Gespräch zwischen zwei Kollegen aus den beiden großen Fraktionen, das ich ungewollt mitgehört habe. Mir scheint, die besprechen das nur innerhalb der Vorstände. Das Fußvolk wird wieder mal erst damit befasst, wenn alles unter Dach und Fach ist. Wenn es so weit ist, melde ich mich."

„Guten Tag, schöne Frau. Wie wär's mit einer kleinen Abwechslung?" Marie Janssen sah auf. „Ach, Sie sind's. Guten Tag, Herr Kollege. Ich meine, du, Sven. Nein, Entschuldigung, Jens."

Polizeiobermeister Kienast schob sich durch die halb geöffnete Tür des Büros und deutete auf den leeren Stuhl von Konrad Röverkamp. „Ist dein Chef nicht da?"

„Willst du zu ihm? Er kommt gleich wieder. Ist nur für kleine Jungs."

„Dann will ich nicht weiter stören. Du kannst mich übrigens nennen, wie du willst. Hauptsache, du sprichst mit mir."

Marie lächelte leise. „Worüber sollte ich mit dir sprechen?"

„Zum Beispiel über ein gemeinsames Abendessen im Hafen. Beim Portugiesen. Oder bei Ditzer. Oder in der *Fischkiste*."

„Ich habe zu tun." Marie wies auf die vor ihr liegenden Akten. Kienast nickte verständnisvoll. „Schwieriger Fall? Umso wichtiger ist es, mal auf andere Gedanken zu kommen. Wann macht ihr hier Feierabend? Ich kann warten."

„Das ist wirklich sehr nett, Jens. Aber wir sind ein bisschen in Zeitdruck. Ich weiß nicht, wann wir heute Schluss machen. Und ich möchte nicht, dass jemand auf mich wartet. Das macht mich nervös."

„Das verstehe ich", behauptete Kienast, obwohl ihm dieser Gedanke abwegig erschien. „Ich komme morgen wieder, okay?"

„Na gut", seufzte Marie. „Morgen. Vielleicht."

Geräuschlos wie er aufgetaucht war, verschwand Jens Kienast durch die offene Bürotür.

Weil die Sonne noch mit voller Kraft leuchtete und Kriminalkommissarin Janssen nicht auf die Uhrzeit geachtet hatte, hatte sie nicht bemerkt, wie spät es schon geworden war.

Plötzlich spürte sie ein taubes Gefühl im Rücken und einen ziehenden Schmerz im Nacken. Ein heftiger Drang, sich zu bewegen, ließ sie aufspringen. Sie streckte die Arme aus, ließ erst die Schultern und dann den Kopf kreisen, bis es knirschte. Schließlich bog sie den Rücken durch, stemmte die Hände in die Hüften und bewegte den Oberkörper in alle Richtungen.

„Höchste Zeit für einen Ortswechsel. Ich meine Feierabend." Hauptkommissar Röverkamp schloss die Bürotür hinter sich. „Wir sitzen schon viel zu lange auf diesen Folterstühlen. Geh nach Hause, Marie. Oder besser noch – an den Strand. Jedenfalls an die frische Luft."

„Aber ich kann dich doch nicht ... Wir wollten doch noch ..."

„Morgen ist auch noch ein Tag, Marie. Der Lührs läuft uns nicht weg. Und ich habe das Gefühl, er hält nicht mehr lange durch. Es hat ihn doch sichtlich irritiert, dass wir von seinen kleinen Geheimnissen wissen. Morgen konfrontieren wir ihn mit den Laborergebnissen der Spurensicherung."

„Und wenn die nichts gefunden haben?", wandte Marie ein.

„Abwarten. Ich bin sicher, die finden was. Und wenn nicht, müssen wir Herrn Lührs das ja nicht auf die Nase binden. So, und jetzt machst du dich endlich vom Acker. Ich schätze deine Arbeit sehr, Marie. Aber glaube bitte nicht, dass unser Ermittlungserfolg davon abhängt, dass du heute Abend noch eine Stunde länger machst."

„Und die ganzen Berichte?"

Röverkamp winkte ab. „Können wir hinterher immer noch schreiben. Die laufen uns erst recht nicht weg."

Fast bedauerte Marie es jetzt, die Einladung des Kollegen vom Beach-Watch-Team ausgeschlagen zu haben. Draußen war es einfach zu schön, um den Abend allein in der Wohnung zu verbringen. Während sie in die Lederjacke schlüpfte und den Helm aufsetzte, ging sie im Geist die Alternativen durch. Es war ein idealer Tag zum Rollerfahren. Sie konnte Oma Lina in Nordholz besuchen. Oder ihre Eltern in Otterndorf. Aber bei der Oma war sie gerade erst gewesen, und nach elterlichen Fragen und Ratschlägen stand ihr nicht der Sinn. Ihre besten Freundinnen Swantje und Mareike waren erst am Wochenende wieder in Cuxhaven. Also blieb ihr nichts anderes übrig, als nach Hause zu fahren. Oder allein etwas zu unternehmen. Aber zuerst musste sie etwas essen. Den ganzen Tag über hatte sie nur Joghurt und Bananen zu sich genommen und keinen Hunger verspürt. Jetzt meldete sich ihr Magen.

Fisch am Hafen. Eigentlich gar keine schlechte Idee. Geht auch ohne Begleiter.

Am Niedersachsenkai hatte sie lange nicht mehr gegessen. Die Vorstellung, in der Abendsonne vor der *Fischkiste* zu sitzen und bei neuem Matjes und trockenem Riesling die Seele baumeln zu lassen, vielleicht Freunde oder Bekannte zu treffen und ein wenig zu plaudern, erschien ihr plötzlich so verlockend, dass sie sich in der Konrad-Adenauer-Straße links einordnete und am Supermarkt abbog.

Ein dunkler Golf folgte ihr in geringem Abstand.

Ißt du Fisch von Rolf & Inge, bist du immer guter Dinge. Den Schriftzug über dem Restaurant *Meeresfrüchte* hatte sie schon früher lustig gefunden, aber sie hatte ihn inzwischen vergessen und musste lachen, als sie ihn wieder entdeckte.

Marie hatte Glück. Einer der gelben Strandkörbe mit den rotweiß gestreiften Markisen wurde gerade frei, als sie ihren Roller vor dem Restaurant abstellte.

Rasch ließ sie sich nieder und legte ihren Helm ab.

Während sie das Angebot studierte, fiel ein Schatten auf den freien Platz neben ihr.

„Das nenne ich Schicksal", sagte der Mann, zu dem der Schatten gehörte.

Amelie Karstens empfing ihn an der Tür. „Sie sehen aus, als hätten Sie einen schweren Tag gehabt, Herr Hauptkommissar. Darf ich Ihnen etwas zu essen machen? Ich habe holländische Matjes bekommen. Wunderbar zart. Wenn Sie wollen, mache ich Ihnen auch Bratkartoffeln dazu."

In Konrad Röverkamps Brust stritten zwei Seelen. Die Fürsorge seiner Wirtin war ihm unangenehm, manchmal sogar lästig. Andererseits verstand sie es, jede Mahlzeit so appetitlich anzurichten, dass er nicht widerstehen konnte, wenn sie erst einmal vor ihm stand. Gelegentlich hatte er sie nur durch einen Hinweis auf seine Gesundheit davon abhalten können, ihn mit allerlei Köstlichkeiten voll zu stopfen. Aber heute lief ihm das Wasser im Munde zusammen, und er wusste sofort, dass er neue Matjes mit Bratkartoffeln nicht ablehnen konnte. Also nickte er und schenkte der Witwe ein dankbares Lächeln. In diesem Punkt war er bestechlich.

Erfreut eilte Amelie Karstens in die Küche. „Bier ist im Kühlschrank", rief sie über die Schulter. „Bitte bedienen Sie sich. Und die Zeitung liegt auf dem Tisch."

Nachdem sich Konrad Röverkamp an Amelie Karstens' Küchentisch niedergelassen und durstig ein erstes Glas Bier hinuntergestürzt hatte, verscheuchte er die letzten Skrupel gegenüber dieser Art der Fürsorge durch seine Wirtin und schlug die Cuxhavener Nachrichten auf.

Auf der Sportseite fand die unendliche Geschichte von manipulierten Fußballspielen und bestochenen Schiedsrichtern eine weitere Fortsetzung, auf den Wirtschaftsseiten stritten Vertreter optimistischer und pessimistischer Voraussagen um die richtige Einschätzung der Konjunktur. In der Weltpolitik erteilte wieder einmal der amerikanische Präsident unerbetene Ratschläge in Sachen Demokratie, und in Berlin gab es verfrühtes Wahlkampfgetöse der Parteien.

Röverkamps Interesse wurde durch einen Artikel im Lokalteil geweckt. Das allzu bekannte Foto eines kleinen blonden Mädchens mit Brille hatte seine Aufmerksamkeit erregt. Vor dem Landgericht Stade hatte der Prozess gegen ihren Mörder begonnen. *Endlich.* Der Mann, den sie in monatelanger mühevoller Arbeit ausfindig gemacht hatten, war geständig und würde verurteilt werden. Ein beruhigendes Gefühl. *Die Plackerei in der Soko war nicht umsonst gewesen.*

Später kämpfte Röverkamp in seinem Zimmer vor dem Fernsehgerät gegen die Müdigkeit, die sich schwer auf seine Lider legte.

Erst die Spätnachrichten ließen ihn aus seiner Schläfrigkeit aufschrecken. Der Sprecher kündigte einen Beitrag zu einer Entscheidung des Bundesgerichtshofes in einem Kriminalfall an.

Im Gegensatz zum Landgericht Kassel hatte der zweite Strafsenat des BGH in der Tötung und Zerstückelung eines Mannes vor laufender Kamera durch einen kannibalischen Täter aus Nordhessen den Tatbestand des Mordes gesehen.

Während der grausige Fall aus dem Jahr 2001 für die Fernsehzuschauer noch einmal aufgerollt wurde, blieben Röverkamps Gedanken an der Begründung hängen, wonach das Ziel der Befriedigung des Geschlechtstriebes als Mordmotiv zu gelten hat. Und er fragte sich, ob sie in ihrem Fall mit einem ähnlichen Hintergrund rechnen mussten.

Als Röverkamp dann zu schlafen versuchte, war er plötzlich wieder hellwach. Obwohl er sich vorgenommen hatte, nicht mehr daran zu denken, drängten sich Fragen aus dem Fall in sein Bewusstsein. Wenn nun Marie Janssen Recht hatte und das Spurenmaterial aus der Kühlkammer des Landwirts nichts hergab? War seine Theorie vielleicht doch zu gewagt? War Janko Lührs die grausige Tat zuzutrauen? Der Bauer machte nicht gerade einen kaltblütigen Eindruck. Andererseits schien er über eine gewisse natürliche Schläue zu verfügen. Sein Verhalten sprach gegen ihn. Aber ohne konkrete Beweise würden sie ihn wieder laufen lassen müssen. *Krebsfänger wird keinen Haftbefehl beantragen, wenn wir ihm weder eindeutige Spuren eines Gewaltverbrechens noch ein Geständnis liefern. Und wir haben ja noch nicht einmal eine Leiche.*

Alles hing von den Laborergebnissen ab. Erfolg oder Nichterfolg waren nicht mehr von ihm, sondern vom Ergebnis chemischer und biochemischer Untersuchungen abhängig. Die Ungewissheit machte ihm zu schaffen.

Und die unbekannte Tote aus der Nordsee. Niemand hatte sie bisher als vermisst gemeldet. Kein Angehöriger, keine Pension, kein Privatvermieter, kein Hotel. Irgend jemand musste sie doch vermissen. Selbst in einem großen Hotel sollte es auffallen, wenn sich eine Urlauberin tagelang nicht sehen lässt. Drei bis sechs Tage hatte die Leiche der Frau in der Nordsee gelegen. Seit der Krabbenfischer sie aus dem Wasser gezogen hatte, waren weitere fünf Tage vergangen. Konnte eine junge Frau eineinhalb Wochen von der Bildfläche verschwinden, ohne dass sie vermisst wurde?

Röverkamp starrte auf das Zifferblatt seines Weckers. Mitternacht war längst vorüber, und der Schlaf wollte sich nicht einstellen. Außerdem machte sich schon wieder die Blase bemerkbar.

Seufzend quälte er sich aus dem Bett, schlüpfte in seine Hausschuhe und lauschte. Anfangs war er nachts gelegentlich seiner Wirtin auf dem Flur begegnet. Seitdem vergewisserte er sich, dass sie nicht in der Wohnung unterwegs war, wenn er sich auf den Weg machte.

Nachdem er zurückgekehrt war, saß Konrad Röverkamp auf der Bettkante und starrte vor sich hin. Es wurde nahezu täglich schlimmer. Allzu lange würde er die Operation wohl nicht mehr aufschieben können.

11

Marie Janssen erwachte mit dem unklaren Gefühl, dass etwas nicht stimmte. Sie hatte von Stefan geträumt. Barfuß waren sie durchs Watt gelaufen. Hand in Hand. Plötzlich hatte er sie losgelassen. War ohne sie weitergelaufen und hatte sich am Horizont aufgelöst. Sie hatte nach ihm gerufen. Er hatte geantwortet. Aber als sie der Stimme gefolgt war, hatte sie nicht ihn gefunden. Stattdessen war sie einem Fremden begegnet. Einem großen Mann mit feuerrotem Haar. „Gut, dass du gekommen bist", hatte er gesagt. „Ich bin der Rote Claas. Ich habe schon auf dich gewartet." Sie hatte davonlaufen wollen, aber ihre Füße waren im schlickigen Boden des Wattenmeeres stecken geblieben. Als der Mann seine Hände nach ihr ausgestreckt hatte, hatte sie schreien wollen. Aber aus ihrem Mund war kein hörbarer Laut gedrungen, nur ein heiseres Röcheln.

Davon war sie aufgewacht.

Ihre Kehle fühlte sich rau und trocken an. Marie öffnete den Mund und stieß einen unartikulierten Ton aus. Dann schüttelte sie über sich selbst den Kopf. Der Traum war vorüber. Sie war wach. Sie konnte sprechen. Wie zum Beweis sprach sie laut vor sich hin. „Ich habe Durst. Ich muss was trinken."

Sie rollte aus dem Bett und tappte ins Bad. Nachdem sie ein Zahnputzglas mit Wasser gefüllt und in einem Zug geleert hatte, betrachtete sie ihr Spiegelbild. Täuschte sie sich? Oder sah sie wirklich etwas zerknittert aus?

Dann fiel es ihr wieder ein.

Gestern Abend. Bei Ditzer. Der Mann, der plötzlich neben ihr gestanden hatte. Jens Kienast, der Kollege aus dem Beach-Watch-Team.

Sie sah die Szene vor sich.

„Das nenne ich Schicksal."
Irritiert blinzelte Marie gegen die Sonne.
„Hat dein Chef dich doch noch gehen lassen?"

„Ach, Sie ... du bist's, Kollege. Du hast mich erschreckt."
„Das tut mir Leid." Kienast klang betroffen. „Darf ich dir etwas bestellen? Zum Ausgleich gewissermaßen. Eigentlich hatte ich dich ja sowieso einladen wollen. Darf ich mich zu dir setzen?"
„Von mir aus." Marie räumte ihren Helm beiseite, und Jens Kienast ließ sich neben ihr im Strandkorb nieder.
„Wonach steht dir der Sinn an diesem schönen Sommerabend? Etwas Leichtes vielleicht?"

Der Wein war kühl und frisch gewesen. Und süffig. Und ein Fehler. Wegen des großen Andrangs im Restaurant hatte das Essen auf sich warten lassen. Als die Garnelen gekommen waren, hatten sie bereits mehr als die halbe Flasche geleert. Jens hatte nachgeschenkt, bevor sie ihr Glas geleert hatte. Irgendwann war es ihr egal gewesen. Sie hatte den Sommerabend genossen, den Wein, das Essen, die Gesellschaft. Sie hatten geredet, gelästert, gelacht. Über die Arbeit, über die Touristen und über Karola, die Krabbenpulerin. Eine Gruppe nicht mehr ganz junger Männer war offenbar beim Konzert von Torfrock im Fort Kugelbake gewesen und zog singend durch die Niedersachsenstraße, das Repertoire der Gruppe von Beinhart bis Volle Granate Renate mehr oder weniger gelungen zu Gehör bringend.
Zum Schluss hatten sie einen Aquavit getrunken. Oder waren es sogar zwei gewesen?
Marie schüttelte sich und griff erneut zum Zahnputzglas. Wo war das Mundwasser? Sie musste unbedingt diesen schlechten Geschmack loswerden. Und sie musste sich beeilen, um den Bus zu erwischen. Ihr Motorroller stand am Niedersachsenkai. Jens hatte sie nach Hause begleitet. Mit einem Taxi. Sehr anständig. Ohne Annäherungsversuche. Aber irgendetwas war noch. Richtig. Er hatte sie zu einer Segeltour eingeladen. Nach Neuwerk. Samstag hin, Sonntag zurück. Sobald die Tide passte. Im eigenen Segelboot.
Und sie – hatte sie zugesagt?
Sie konnte sich nur vage erinnern. Sie hatte ihn nicht brüskieren wollen und darum nicht abgelehnt. Also kein eindeutiges Nein.

Marie seufzte und drückte reichlich Zahnpasta aus der Tube. Wie alle Männer würde er es als Zusage deuten.

Aber warum auch nicht? Der Kollege war nett, höflich, charmant. Und er war ihr nicht zu nahe getreten. Eigentlich sprach nichts gegen eine Segelpartie mit Jens Kienast.

Während sie systematisch die Zähne putzte, versuchte sie den Gedanken zu fassen, der in ihrem Unterbewusstsein lauerte. Ein Gedanke, mit dem sie ein ungutes Gefühl verband. Als sei etwas geschehen, was nicht hätte geschehen dürfen. Was konnte das sein? Sie war nicht mit Alkohol im Blut gefahren. Sie hatte nicht mit Jens geschlafen. Sie hatten sich nicht einmal geküsst.

Sie hatte sich einladen lassen. Gegen ihren Vorsatz. Gut. Oder auch nicht. Kein Grund jedenfalls, sich Gedanken zu machen. Das war es nicht.

Was war es dann?

Als Marie Janssen etwas außer Atem ins Büro stürzte, klappte Hauptkommissar Röverkamp gerade einen Aktendeckel zu.

„Guten Morgen, junge Frau. Du hast es ja wieder einmal besonders eilig. Ist der Rote Claas hinter dir her?"

Marie schlüpfte aus ihrer Jacke. „Guten Morgen, Konrad. Tut mir Leid. Ich bin ein bisschen spät dran heute. Musste den Bus nehmen, weil mein Roller ..."

Röverkamp winkte ab. „Wir machen hier so viele Überstunden, die wir nie ausgleichen können. Da kommt es auf zehn Minuten ganz bestimmt nicht an. Außerdem sieht es nicht so aus, als kämen wir heute viel weiter."

„Sind die Untersuchungsergebnisse nicht gekommen?"

„Doch. Sogar zwei. Die von den Proben aus Lührs' Kühlkammer und der letzte Teil des Obduktionsberichts von unserer Wasserleiche."

Er warf zwei Aktenordner auf Maries Schreibtisch. „Beide bringen uns nicht weiter. Die Unbekannte aus der Nordsee hatte Geschlechtsverkehr in unmittelbarem zeitlichen Zusammenhang zu ihrem Ableben. So schön umschreiben die Doktores die Tatsache, dass der Akt vor, während oder nach dem Erwürgen stattgefunden haben kann. Interessant wird das aber erst wieder, wenn wir einen Verdächtigen haben und die DNA vergleichen können."

Röverkamp deutete auf die Akte, die Marie als erste aufschlug. „Und darin steht, dass sie nichts gefunden haben. Bei den Fleischproben handelt es sich um Rind. Die Proben vom Fußboden enthalten zwar Blutspuren, aber nur tierischen Ursprungs."

„Das heißt, wir müssen Janko Lührs laufen lassen?" Marie klang enttäuscht.

Der Hauptkommissar nickte. „Natürlich nehmen wir ihn uns noch einmal vor. Aber wenn er nichts zugibt, was auf seine Verantwortung für das Verschwinden der Schwester hindeutet, werden wir ihn in der Tat gehen lassen müssen."

Röverkamp schüttelte den Kopf, als mochte er seine eigenen Worte nicht glauben. „Und ich war mir so sicher." Er klopfte mit der Faust gegen seine Schläfe. „Wahrscheinlich funktionieren die grauen Zellen auch nicht mehr so richtig."

Marie lächelte. „Was meinst du mit *auch*?"

Irritiert sah Röverkamp sie an. Dann entspannten sich seine Gesichtszüge. „Gute Frage, Marie. Es gibt einiges, das nicht mehr so wie früher ..." Er beendete den Satz nicht und sah aus dem Fenster.

Schließlich seufzte er und wandte sich wieder Marie zu. „Dir muss ich ja nichts vormachen. Du bist ja gewissermaßen vom Fach. Ich werde mich demnächst einer kleinen Operation unterziehen müssen."

„Wegen ...?"

Röverkamp nickte. „Genau. Aber noch ist es nicht so weit. Jetzt lassen wir unseren Freund kommen und nehmen ihn noch einmal in die Mangel. Und dann sehen wir weiter. Für die Befragung hätte ich noch eine Bitte."

„Soll ich dabei sein?"

„Das sowieso. Aber wir müssen damit rechnen, dass er gar nichts sagt. Dass er, um keine verräterischen Antworten zu geben, einfach schweigt. Dieser Lührs ist der Typ dafür. Darum wäre es gut, wenn du eine bestimmte Aufgabe übernehmen könntest."

„Aber gern. Wenn ich das kann."

„Da bin ich ganz sicher." Der Hauptkommissar lächelte. „Schreib einfach auf, welche Bewegungen du bei Lührs beobachtest. Hände, Schultern, Beine. Und achte auf sein Mienenspiel."

Im Verhörzimmer roch es unangenehm nach altem Schweiß und kaltem Rauch. Marie öffnete ein kleines Fenster. Das einzige, durch das ein wenig Licht und Luft ins Innere drang. Die Neonröhren flackerten auf und warfen ihr kaltes Licht auf einen stabilen Holztisch und ein paar schlichte Stühle.

Janko Lührs hatte auf einen Anwalt verzichtet. Willig ließ er sich zu einer der Sitzgelegenheiten führen. Den Kopf hielt er gesenkt, aber seine Augen bewegten sich rasch von einer Seite zur anderen. Als tastete er die Umgebung ab. Marie hatte das Gefühl, dass er sie und den Hauptkommissar aus den Augenwinkeln taxierte.

„Herr Lührs", begann Röverkamp, nachdem dieser sich gesetzt und er ihm gegenüber Platz genommen hatte. „Worüber haben Sie mit dem Makler Frank Schönfelder verhandelt?"

Der Bauer schüttelte stumm den Kopf.

„Wissen Sie es nicht mehr? Oder wollen Sie es uns nicht sagen?"

Erneutes Kopfschütteln.

„Also wollen Sie es nicht sagen. Auch gut. Wir wissen es. Sie haben mit dem Makler über den Verkauf eines Stückes Ackerland gesprochen. Und Herr Schönfelder hat eine erstaunliche Summe dafür geboten, nicht wahr?"

Lührs hob die Schultern.

„Warum haben Sie das Angebot nicht angenommen? Sie hätten doch kaum einen noch höheren Preis herausschlagen können."

Wieder keine Reaktion.

„Lag es vielleicht daran, dass Ihre Schwester einem Verkauf nicht zugestimmt hätte? Sie hätte doch zustimmen müssen. Oder?"

Janko Lührs starrte auf einen imaginären Punkt auf der Tischplatte und presste die Lippen aufeinander.

Röverkamp nickte zufrieden, als hätte er die gewünschte Antwort erhalten. Er lehnte sich zurück und betrachtete stumm sein Gegenüber. Dann ließ er sich plötzlich nach vorne fallen und schoss die nächste Frage ab.

„Wer kümmert sich eigentlich um Ihre Hunde, wenn Sie nicht da sind?"

„Ein Nachbar", fuhr es Lührs heraus, „hat einen Schlü..." Er verschluckte den Rest und presste wieder die Lippen zusammen.

„Das ist aber schön", kommentierte der Hauptkommissar. „Ich meine, dass Ihre Hunde versorgt werden. Erfreulich ist auch, Sie sprechen zu hören, Herr Lührs. Ich dachte schon, Sie wollten gar nicht mit mir reden. Nun weiß ich wenigstens, dass Sie meine Fragen verstehen. Kommen wir also zum nächsten Punkt. Der betrifft Ihre finanzielle Situation. Sie haben nicht unerhebliche Schulden. Und Ihre Schwester wusste nichts davon. Sie hätte auch nichts wissen dürfen. Sonst hätten Sie Ärger bekommen. Stimmt's?"

Lührs antwortete nicht, senkte nur unmerklich den Kopf.

Marie beugte sich über ihren Schreibblock und notierte ihre Beobachtungen.

In freundlichem Plauderton fuhr Röverkamp fort. „Geschwister sind normalerweise für einander da und halten zusammen. Wie war das bei Ihnen und Ihrer Schwester?"

„Halbschwester", flüsterte Janko Lührs. „Sie war ... ist meine Halbschwester."

„Wieso *war* sie Ihre Halbschwester?" Der Hauptkommissar hatte plötzlich wieder Schärfe in der Stimme. „*Ist* sie das nicht mehr? Oder sprechen Sie in der Vergangenheit, weil Sie wissen, dass sie tot ist?"

Als Lührs wieder den Kopf schüttelte, bemerkte Marie kleine Schweißperlen auf seiner Stirn. Seine Hände verkrampften sich ineinander, so dass die Knöchel weiß hervortraten.

„Sie wissen also, dass Ihre Halbschwester tot ist", stellte Röverkamp fest.

„Nein! Nein! Ich ... sie ... Ich weiß nichts", brach es aus Janko Lührs hervor. „Ich weiß überhaupt nichts. Sie ... ist ... einfach ... weg."

„Das wissen wir auch", bestätigte der Hauptkommissar. „Uns interessiert aber, warum sie weg ist. Sehen Sie, Herr Lührs, Ihre Schwester – Entschuldigung, Halbschwester – ist nicht die erste Person, die von einem Tag auf den anderen plötzlich verschwindet. Wir haben schon viele solcher Fälle bearbeitet. Daher wissen wir, dass es immer ganz bestimmte Anzeichen gibt. Aber in diesem Fall gibt es keinerlei Hinweise darauf, dass die Vermisste freiwillig den Hof verlassen hat. Stattdessen haben wir Anhaltspunkte dafür, dass der – sagen wir – Fortgang Ihrer Halbschwester ganz handfeste Vorteile mit sich bringt. Für Sie, Herr Lührs. Nur für Sie. Ihre gemeinsame Vorgeschichte will ich gar nicht erst ..."

Röverkamp wurde unterbrochen, als die Tür des Verhörraumes aufschwang und Kriminaloberrat Christiansen plötzlich im Raum stand. Alle Köpfe fuhren herum. Der Chef hob entschuldigend die Hände und winkte den Beamten, ihm vor die Tür zu folgen.

„Es tut mir sehr Leid, aber ich muss Sie bitten, die Vernehmung einen Moment zu unterbrechen." Er führte sie in einen benachbarten Raum, wo ein Mann in einem dunkelblauen Anzug auf sie wartete, der den Blick aus dem Fenster gerichtet und ihnen den Rücken zugewandt hatte. Dennoch kam er Marie bekannt vor.

„Ich glaube, Sie kennen sich", sagte Christiansen. Der Mann drehte sich um und zeigte ein unechtes Lächeln. „Wir hatten bereits das Vergnügen. Um es kurz zu machen, Frau Kommissarin, meine Herren: Der Mann, den Sie ohne richterliche Anordnung festhalten, ist unverzüglich freizulassen. Es sei denn, Sie hätten handfeste Beweise gegen ihn. Haben Sie die, Röverkamp?"

Der Hauptkommissar schüttelte den Kopf. „Dann hätten wir Sie schon wegen eines Haftbefehls angesprochen. Allerdings lässt der bisherigen Verlauf der Vernehmung erwarten ..."

„Dann ist ja alles klar", schnitt der Staatsanwalt ihm das Wort ab. „Sie schicken den Mann unverzüglich nach Hause. Auf Wiedersehen, meine Herren, Frau Kommissarin."

Krebsfänger verließ den Raum, ohne die Tür zu schließen. Fassungslos lauschte Marie dem Klang seiner sich entfernenden Schritte.

„Was war das jetzt?", fragte sie. „Kann der Krebs... der Herr Staatsanwalt einfach so ... Ich verstehe das nicht."

Christiansen seufzte. „Offenbar hat Krebsfänger einen Hinweis aus dem Justizministerium bekommen. Er hat so etwas angedeutet. Inoffiziell natürlich. Aber formaljuristisch hat er Recht. Wir können den Lührs nicht festhalten, wenn wir keine gerichtsfesten

Beweise gegen ihn haben. Oder glauben Sie, dass er kurz davor ist, ein Geständnis abzulegen? In diesem Fall würde ich ... die Fortsetzung des Verhörs ... auf meine Kappe nehmen."

Röverkamp schüttelte erneut den Kopf. „Aber so weit kommen wir heute sowieso nicht mehr. Immerhin hat er uns ungewollt eine Reihe von Fragen beantwortet. Ich bin mehr denn je davon überzeugt, dass er seine Schwester umgebracht hat. Vielleicht ist es nicht das Schlechteste, wenn wir ihn gehen lassen. Wir werden ihn im Auge behalten. Vielleicht macht er einen Fehler. Schließlich muss die Leiche ja noch irgendwo sein."

Christiansen nickte vorsichtig. „Aber bitte unauffällig. Wenn Krebsfänger davon Wind bekommt, gibt es Ärger."

Entgeistert starrte Janko Lührs erst den Hauptkommissar und dann Marie an. Er öffnete den Mund und schloss ihn wieder.

Dann richtete er sich auf. „Gehen? Ich? Nach Hause?"

„Genau", bestätigte Röverkamp. „Wir können Ihnen – im Augenblick jedenfalls – nichts nachweisen. Also dürfen Sie nach Hause gehen. Jetzt. Sofort."

„Siehst du", sagte Röverkamp, nachdem Lührs von einem uniformierten Beamten hinaus geleitet worden war, „er hat selbst nicht daran geglaubt, dass er freikommt."

Marie nickte. „Ich kann es noch gar nicht glauben. Inzwischen halte ich ihn auch für den Mörder. Und nun muss ich mit ansehen, wie er ungeschoren davonkommt."

„Keine Sorge. Der bleibt nicht ungeschoren. Irgendwann – früher oder später – taucht die Leiche auf. Und dann nehmen wir ihn uns wieder vor."

„Und was machen wir jetzt?", fragte Marie.

„Wir gehen das Verhör noch einmal durch. Und machen zwei Protokolle. Eins für uns – mit seinen unfreiwilligen Antworten – und ein Vernehmungsprotokoll – mit allem, was er gesagt hat. Das darf er dann auch unterschreiben."

„Ich hätte nicht gedacht, dass man an den körperlichen Reaktionen eines Menschen so gut ablesen kann, was in ihm vorgeht."

Röverkamp lächelte. „Das ist nicht immer so. Dieser Lührs ist schon ein bisschen eine Ausnahme. Der Schönfelder zum Beispiel war deutlich cooler. Und wenn du mal Gelegenheit haben solltest, Typen vom Hamburger Kiez zu befragen, kannst du nicht einmal eine Video-Aufzeichnung von der Vernehmung in dieser Weise auswerten."

Marie nickte nachdenklich. „Das kann ich mir vorstellen." Dann hielt sie ihre Aufzeichnungen hoch. „Aber wie formulieren wir das?"

„Keine Sorge. Das kriegen wir schon hin."

Missmutig blätterte Felix Dorn die eingegangenen Pressemitteilungen durch. Die Cuxhavener Gruppe *Ebbe und Flut* gab ihre nächsten Auftritte bekannt, die Stadtverwaltung informierte über den aktuellen Planungsstand zur umstrittenen „Südlichen Anbindung Duhnen", und Cuxhavens Seeseite sollte um eine Attraktion reicher werden, wenn im umgebauten Empfangsgebäude Steubenhöft das Restaurant „Seestern" eröffnet würde.

Alles ganz nett. Aber nichts wirklich Spannendes dabei.

Vielleicht gab der Polizeibericht heute etwas her. Dorn durchsuchte die eingegangenen E-Mails. Schließlich stieß er auf die Nachricht aus der Polizeiinspektion Cuxhaven-Wesermarsch. Wie immer hatte der Pressesprecher den Artikel so vorformuliert, wie er ihn sich in der Zeitung vorstellte.

Wie die Kriminalpolizei mitteilt, hat es im Fall der unbekannten Toten, die (wie berichtet) durch einen Wurster Krabbenfischer aus der Nordsee gezogen wurde, noch keine Hinweise auf deren Identität gegeben. Die Polizei bittet weiterhin um Hinweise aus der Bevölkerung. Seit nunmehr einer Woche wird die 38-jährige Landwirtin Theda Lührs aus Cuxhaven-Köstersweg vermisst. Auch in diesem Fall bittet das zuständige Fachkommissariat um sachdienliche Hinweise. Frau Lührs ist 1,73 Meter groß und wiegt ca. 60 Kilo. Sie hat kurze blonde Haare und trug vermutlich eine helle Bluse, Reithosen und eine Lederweste. Hinweise auf den Verbleib der Vermissten können unter der Telefonnummer …

Dorn seufzte. *Dreimal Hinweise. Wenigstens das muss ich ändern. Der Bezug im ersten Satz ist auch nicht ganz klar. Der Rest kann meinetwegen so bleiben.* Er reckte sich gähnend. In seinem Kopf geisterte noch immer die Geschichte vom angeblichen Investitionsprojekt herum. Es ärgerte ihn, dass er in dieser Sache nicht vorankam. Statt einen Skandal aufdecken zu können, musste er sich mit journalistischem Kleinkram befassen.

Vielleicht hängen die Fälle ja zusammen. Eine Leiche taucht auf und eine Frau wird vermisst. Das riecht nach kriminellem Hintergrund. Heutzutage verschwindet niemand mehr aus eigenem Willen. Jedenfalls nicht spurlos. Wer weiß, warum die Kripo nicht weiterkommt. Vielleicht lohnt es sich, ein bisschen in diesem Fall herumzustochern.

Felix Dorn spürte, wie die Vorstellung, einem Rätsel auf die Spur zu kommen, seine journalistischen Lebensgeister weckte.

Zuerst würde er die Nachbarn ausfragen. Dann die Angehörigen auf dem Bauernhof. *Bei den zuständigen Kriminalbeamten muss ich auch nachhaken. Aus allem zusammen ergibt sich vielleicht ein Ansatzpunkt.*

Der Redakteur machte sich an die Arbeit, um seinen Schreibtisch so schnell wie möglich leer zu bekommen. Im Mai waren die Tage lang. Bestimmt konnte er noch heute Abend das eine oder andere Detail herausfinden.

12

Als Felix Dorn in den Köstersweg einbog, folgte ihm ein metallic-roter Jaguar S-Type Executive, den er schon in Höhe der Südersteinstraße bemerkt hatte. Den Wagen hatte er schon mal gesehen. Dorn setzte seinen Weg fort, den nachfolgenden Wagen im Rückspiegel im Auge behaltend.

Als er den Straßenabschnitt erreichte, an dem der Lührs-Hof zu finden sein musste, verringerte er die Geschwindigkeit, um nach der Hausnummer Ausschau zu halten, die er im Telefonbuch gefunden hatte. Der Jaguar überholte nicht, sondern blieb dicht hinter ihm. Plötzlich bog er in eine Hofzufahrt ein und war verschwunden. Dorn ließ seinen Wagen ausrollen und kam neben einer mannshohen Hecke zum Stehen. Er wartete einige Sekunden, dann stieg er aus und ging zu Fuß zurück. Vorsichtig näherte er sich dem offenen Hoftor, durch das der Jaguar gefahren war. Der rote Wagen parkte vor einem Bauernhaus, und Dorn sah gerade noch, wie ein Mann im Inneren des Hauses verschwand. Obwohl er ihn nur kurz gesehen hatte, war es ihm, als hätte er mit diesem Mann schon einmal zu tun gehabt.

Unschlüssig sah Felix Dorn sich um. In dem Augenblick, als er die Hausnummer entdeckte, sah er die Situation wieder vor sich. Der Makler, den er vor einiger Zeit wegen seiner Beteiligungen an den Fonds der städtischen Siedlungsgesellschaft befragt hatte, führte ihm sein neues Auto vor und erklärte ihm die Vorzüge des Executive. Schönefeld. Nein, Schönfelder. Frank Schönfelder.

Was will der auf dem Hof der Familie Lührs? Jetzt, nachdem gerade ein Mensch aus dieser Familie verschwunden ist?

Unwillkürlich war Dorn durch das Tor getreten. Ob er einfach hingehen und klingeln sollte? Manchmal führte der Überraschungseffekt zu brauchbaren Ergebnissen. Aber dann erinnerte er sich daran, wie geschickt Schönfelder bei der Frage nach seinen Fondsanteilen bei der *Siedlung* taktiert hatte. Wen auch immer der Makler hier traf, er würde sofort die Regie übernehmen und dafür sorgen, dass sein Gesprächspartner nichts ausplauderte.

Plötzlich ertönte ein gefährlich klingendes Knurren aus vielfachen Hundekehlen und schwoll bedrohlich an. Erst jetzt bemerkte Felix Dorn die Meute der Bullterrier neben dem Bauernhaus. Hastig zog er sich hinter die Hecke zurück. Obwohl die Tiere offenbar in einem Zwinger untergebracht waren, schien es ihm angeraten, ihr Revier nicht zu betreten. Es war wohl besser, zuerst ein paar Erkundigungen bei den Nachbarn einzuziehen. Um den Lührs-Hof und seine Bewohner würde er sich später kümmern. Und den Makler sollte er vielleicht erst dann befragen, wenn er schon ein paar Fakten in der Tasche hatte.

Felix Dorn ließ den Hof hinter sich und steuerte auf die nächste Einfahrt zu.

„Hast du 'n Whisky da?" Frank Schönfelder ließ sich in einen Sessel fallen und legte die Füße auf den Tisch. „Ich kann einen gebrauchen."

Janko Lührs schüttelte betrübt den Kopf. „Nur Korn. Und Aquavit."

„Nicht mal 'n Cognac?"

„Ich kann dir ein Bier holen, wenn du willst."

„Na gut. Wenn's schön kalt ist."

Janko Lührs verschwand und kehrte mit zwei beschlagenen Flaschen zurück. Schönfelder nickte anerkennend. „Na, das ist doch 'n Angebot." Er griff zu und ließ den Bügelverschluss aufschnappen. „Prost, Janko. Auf die Zukunft. Und auf einen erfolgreichen Deal." Die Flaschen klirrten gegeneinander, und die Männer tranken geräuschvoll.

„Ah, das tut gut." Der Makler stellte die Bierflasche ab und beobachtete aufmerksam seinen Kunden, der sich mit dem Handrücken über die Lippen fuhr.

„In Zukunft gibt es bei Janko Lührs nur noch das beste Bier", stellte er fest.

Der Bauer grinste. „Klaro. Und Whisky. Muss ich nur noch besorgen. Wenn du das nächste Mal kommst ..."

„Das ist wirklich sehr nett von dir, Janko. Und wenn ich das nächste Mal komme, machen wir einen Vertrag. Bis dahin musst du aber noch einiges erledigen."

„Ich? Wieso? Ich habe doch ..."

Schönfelder hob die Hände. „Ich will gar nicht wissen, was passiert ist. Ich weiß nur, dass deine Schwester nicht mehr da ist. Jetzt musst du dafür sorgen, dass du den Kaufvertrag auch allein unterschreiben kannst. Rechtswirksam. Das ist nicht so einfach. Du musst zu einem Notar gehen."

Er warf eine Visitenkarte auf den Tisch. „Hier. Das ist unser Mann."

„Rechtswirk...? Notar? Aber ich bin doch ... kann doch jetzt ..."

„Nichts kannst du. Deine Schwester ist ja nicht tot. Jedenfalls für die Behörden. Also kannst du sie auch nicht beerben. Bis du das Erbe antreten kannst, können Monate vergehen. So lange wollen meine Auftraggeber nicht warten. Du musst mit diesem Anwalt einen Dreh finden, wie du trotzdem einen gültigen Vertrag abschließen kannst. Geschäftsführung ohne Auftrag oder so was ähnliches. Jedenfalls muss es schnell gehen. Hast du das verstanden, Janko?"

Lührs nickte zögernd. „Eigentlich habe ich gedacht ..."

„Lass gut sein, Janko. Manchmal geht es nicht danach, was man denkt. Wir müssen uns an die Gesetze halten. Ein Kaufvertrag, der nachher nicht gültig ist, nützt uns überhaupt nichts. Also gehst du morgen zu diesem Anwalt. Der weiß schon Bescheid. Okay?"

Janko Lührs drehte seine Bierflasche in den Händen und drückte an dem Bügelverschluss herum. „Zum Anwalt", murmelte er. „Ich muss also zum Anwalt."

„Genau", bestätigte Frank Schönfelder. „Prost, Janko. Dein Bier ist wirklich gut. Und denk' daran, demnächst gibt's alles nur noch vom Besten. Bier, Schnaps, Fleisch für deine Hunde, schicke Klamotten. Und du kaufst dir ein neues Auto. Nicht so einen Bauernkübel, sondern eins, auf das die Weiber stehen. Und dann geht es rund, mein Lieber. Wirst sehen. Hier werden sich die Bräute die Klinke in die Hand geben. Und nicht nur die Klinke, das sage ich dir."

Der Besucher trug eine Uniform. Keine grüne. Der Stoff war dunkelblau, fast schwarz. Den Schirm seiner weißen Mütze schmückte ein Lorbeerkranz, jedenfalls glaubte Marie einen solchen in der glänzenden Verzierung zu erkennen. Der Mann war das, was Oma Lina eine stattliche Erscheinung genannt hätte. Dieses Bild wurde jedoch durch eine abgewetzte Aktentasche ein wenig abgeschwächt, die der Besucher bei sich trug.

„Guten Tag. Mein Name ist Hansen. Kapitän zur See Heiko Hansen. Marinefliegergeschwader drei, Nordholz. Ich möchte zu Herrn Hauptkommissar Röverkamp. Ich bin angemeldet."

Marie erhob sich. „Treten Sie ein, Herr ... Hansen. Oder muss ich Kapitän sagen?"

Hansen lächelte. „Keineswegs. Es sei denn, Sie wären im Nebenberuf Angehörige der Marine."

Marie lächelte zurück. „Eine reizvolle Vorstellung. – Herr Röverkamp muss jeden Moment hier sein. Ich bin Marie Janssen, Kriminalkommissarin. Bitte nehmen Sie Platz." Sie wies auf die Sessel der Besucherecke, die ihr plötzlich abgenutzt und schäbig vorkamen.

„Danke. Sehr freundlich."

Der Kapitän ließ sich vorsichtig nieder und sah sich im Dienstzimmer der Kriminalbeamten um. „Bei Ihnen scheint auch nicht gerade der Luxus zu herrschen."

Marie lachte. „Das kann man wohl sagen. Aber uns geht's hier im Vergleich zu manchen Dienststellen noch ganz gut."

Kapitän zur See Heiko Hansen nickte verständnisvoll. Marie bemerkte, wie er unauffällig zur Uhr sah. „Kann ich Ihnen weiterhelfen?", fragte sie. „Hauptkommissar Röverkamp und ich arbeiten zusammen."

„Dann arbeiten Sie auch an dem Fall der verschwundenen Frau vom Köstersweg?"

„Allerdings." Marie sah den Kapitän an. „Haben Sie etwa eine Leiche aus dem Wasser gezogen?"

Hansen schüttelte den Kopf. „Wie kommen Sie darauf? Wir gehören zwar zur Marine, aber wir sind Flieger. Luftaufklärung. Wir beobachten diese Welt gewissermaßen von einer höheren Warte aus. Von unseren Beobachtungen machen wir gelegentlich Fotos. Und deshalb bin ich hier.

Die Sache ist nur insofern etwas heikel, als ich Ihnen einen Hinweis geben möchte. Aber nicht offiziell. Denn dann müsste ich bei meiner vorgesetzten Dienststelle erst einen Antrag einreichen. Und die muss sich dann ans Verteidigungsministerium wenden. Bis wir eine Genehmigung bekommen, Ihnen Material aus unserer Arbeit zur Verfügung zu stellen, kann viel Zeit vergehen. Wenn wir Pech haben, bekommen wir gar keine. Ich denke aber, es reicht, wenn Sie einen Blick auf eine mehr oder weniger zufällig entstandene Aufnahme werfen, die offiziell gar nicht existiert."

„Klingt nach einem Rätsel", sagte Marie, die das Gefühl hatte, nicht recht zu verstehen, um was es dem Kapitän ging.

„Wenn Sie mal schauen wollen." Hansen zog ein großformatiges Foto aus seiner Aktentasche.

Marie beugte sich über das Bild. „Wo ist das? Und was ...?"

„Schauen Sie auf diese Stelle." Der Marineoffizier tippte mit dem Zeigefinger auf das Blatt.

„Sieht aus wie ein Auto. Von oben. Natürlich von oben, wenn es eine Luftaufnahme ist. Entschuldigung."

Hansen lächelte. „Sie müssen sich nicht entschuldigen. Für die meisten Menschen ist diese Perspektive sehr ungewohnt. Sie erkennen darum vieles nicht, obwohl es ihnen aus dem täglichen Leben bekannt ist. Da wir uns ständig mit derartigen Bildern beschäftigen, fallen uns bestimmte Dinge sofort auf. Und meinen Leuten ist aufgefallen, was neben diesem Fahrzeug zu sehen ist. Nämlich ein Mensch, der neben dem Personenwagen auf dem Wegrand steht. Und etwas abseits ist ein längliches Paket zu erkennen. Nach Form und Größe könnte es sich ebenfalls um einen Menschen handeln."

„Habe ich richtig gehört? Ein Mensch in einem Paket?" Hauptkommissar Röverkamp war hereingekommen und beugte sich über das Foto. „Wo ist das?"

„Im Wanhödener Moor."

„Können wir das behalten?" Röverkamp wies auf das Foto.

Hansen schüttelte bedauernd den Kopf. „Ich habe Ihrer Mitarbeiterin schon erklärt ..."

„Darf ich die Herren bekannt machen?", unterbrach Marie. „Hauptkommissar Röverkamp – Kapitän Hansen. Herr Hansen kommt vom Marine ... also von den Marinefliegern in Nordholz."

Die Männer schüttelten einander die Hände. „Jetzt verstehe ich", sagte Röverkamp. „Militärisches Geheimnis. Wir brauchen das Foto auch nicht unbedingt. Wir markieren die Stelle in unserer Karte. – Marie, bist du so nett? – Und dann müssen wir erst mal vor Ort schauen, ob es sich um das handelt, was Sie vermuten. Bis dahin bleibe ich skeptisch. Oft genug hat sich gezeigt, dass die Dinge nicht so sind, wie sie scheinen."

Er hob entschuldigend die Schultern. „Dreißig Jahre Berufserfahrung. Aber trotzdem vielen Dank, Herr Hansen. Falls uns Ihr Hinweis tatsächlich zu einer Leiche führt, werden Sie es sicher in der Zeitung lesen. Wir werden die Quelle unserer Information allerdings nicht öffentlich machen."

„Darum wollte ich Sie gerade bitten." Kapitän Hansen wirkte erleichtert.

„Kein Problem", versicherte Röverkamp. „Wir müssen niemandem erklären, warum wir dort gesucht haben. Es hätte ja auch ein Spaziergänger die Szene beobachten und uns anonym anrufen können. Was uns sehr helfen würde, wäre der Zeitpunkt, zu dem die Aufnahme entstanden ist."

Hansen nickte und las Uhrzeit und Datum vom Rand des Bildes ab.

Nachdem sich der Marineoffizier verabschiedet hatte, betrachtete Röverkamp die Markierung auf der Karte. „Ich kann es kaum glauben", murmelte er. „Aber es wäre eine Erklärung. Und es ist nicht weit vom Lührs-Hof entfernt."

„Erklärung wofür?", fragte Marie.

„Dafür, dass wir auf dem Hof keine Spur von der Frau gefunden haben. Wenn Lührs sie umgebracht hat, musste er ja die Leiche irgendwie verschwinden lassen. Und das Moor ist dafür keine schlechte Gelegenheit. Moor oder Meer. Beides liegt hier vor der Tür. Vielleicht hat er in der Zeitung von unserer Wasserleiche gelesen und befürchtet, dass seine Schwester genau so wieder auftauchen würde. Also hat er sie ins Moor gebracht. Wir müssen prüfen, ob die Farbe des Autos auf dem Luftbild zu Lührs Wagen passt. Allerdings ..."

„Allerdings?"

Röverkamp seufzte. „Eigentlich ist das alles viel zu einfach, als dass es schon die Lösung sein könnte."

„Aber", wandte Marie ein, „das ist doch ein ganz ungewöhnlicher Zufall, dass die Marineflieger an diesem Tag an dieser Stelle

Aufnahmen gemacht haben. Wo sie doch normalerweise ganz woanders ... Ich meine, niemand konnte mit dieser Möglichkeit rechnen. Schon gar nicht Janko Lührs. Und dass dieser Kapitän Hansen die Aufnahme nicht gleich in den Papierkorb geworfen hat, sondern zu uns gebracht hat, ist eigentlich auch erstaunlich."

„Da hast du auch wieder recht. Also los. Wir fahren hin. Fragt sich nur, wer uns das Paket da rauszieht. Ich glaube, wir brauchen die Feuerwehr."

Während Röverkamp telefonierte, schoss Marie die Frage durch den Kopf, ob der Marineflieger ein Angehöriger der toten Birte Hansen sein konnte.

Felix Dorn war hochzufrieden. Zwar waren die Leute anfangs misstrauisch und in ihren Äußerungen zurückhaltend gewesen, aber einige waren aufgetaut, nachdem sie begriffen hatten, dass er von jener Zeitung kam, die bei ihnen auf dem Tisch lag. Und nachdem sie Gelegenheit gehabt hatten, sich über dieses oder jenes zu beklagen („Die Zeitung müsste auch mal ..., warum liest man so wenig über ...?") und bereitwillig über ihre eigenen Sorgen und Probleme geplaudert hatten, deren sich der Redakteur angeblich anzunehmen gedachte, hatte er das Gespräch auf die verschwundene Nachbarin gelenkt. Natürlich kannte man sich, half sich gelegentlich mit Traktoren oder Erntemaschinen aus, wusste von den unterschiedlichen Leidenschaften der Geschwister Lührs und bedauerte die armen Menschen, denen das Schicksal die Eltern genommen und ein belastendes Erbe aufgebürdet hatte. Dass die Geschwister Lührs den Hof verkaufen wollten, hielten die Nachbarn nicht für möglich. „Ich glaube, das dürfen die gar nicht. Der Alte soll das in seinem Testament verfügt haben. Aber jetzt, wo die Schwester weg ist ... Ich meine, wenn sie nicht wiederkommt, vielleicht verkauft der Janko den Hof. Oder er verpachtet das Land. Sie war ja immer dagegen. Schon wegen der Pferde. Die war ja verrückt mit den Pferden."

Als Felix Dorn zu seinem Wagen zurückkehrte, sah er den roten Jaguar aus der Hofeinfahrt rollen und auf den Köstersweg einbiegen.

Wahrscheinlich ist Janko Lührs jetzt allein. Günstige Gelegenheit.
Er passierte das Hoftor und hielt Ausschau nach den Hunden. Als er sich dem Haus näherte, begannen die Bullterrier wieder zu knurren. Aber da sie sich allesamt hinter dem Maschendraht eines Zwingers befanden, setzte er seinen Weg fort.

Anscheinend hatten die Tiere aber ihren Herren alarmiert. Die Tür des Bauernhauses öffnete sich, und ein kräftiger, untersetzter Mann mit einer Schirmmütze trat auf den Treppenabsatz.

„Guten Tag", rief Dorn. „Ich komme von den Cuxhavener Nachrichten. Mein Name ist Felix Dorn. Sind Sie Herr Lührs? Ich würde Sie gern sprechen."

„Warum?", fragte der Bauer, ohne den Gruß zu erwidern. Seine Miene drückte Misstrauen aus.

„Sie sind doch der Bruder von Theda Lührs? Wir wollen unseren Lesern zeigen, wie schwer es heutzutage in der Landwirtschaft ist. Und wenn dann noch jemand ausfällt ... Sie müssen doch jetzt alles allein machen. Ich kann mir gar nicht vorstellen, wie das gehen soll. Und dann die Rassehunde." Dorn wies zum Zwinger. „Sind Sie Züchter?"

Lührs' Miene entspannte sich. Er kam auf Dorn zu und streckte ihm seine schwielige Hand entgegen.

„Angenehm." Er lüftete die Mütze ein wenig und kratzte sich am Hinterkopf.

Der Redakteur witterte seine Chance. Offenbar hatte er die richtige Stelle getroffen. „Das sind Bullterrier, wenn ich nicht irre. Können Sie mir etwas über Ihre Hunde erzählen?"

„Reinrassiger American Staffordshire Bullterrier. Kommt aus den USA. Solide gebauter Hund, muskulös, aber beweglich."

Dorn zeigte sich beeindruckt. „Starke Tiere."

„Ja", erklärte Lührs. „Der American Staffordshire Terrier muss für seine Größe den Eindruck großer Stärke vermitteln. Er sollte untersetzt und gedrungen sein, nicht langbeinig oder leicht gebaut."

Erstaunlich, wie gut Herr und Hund zueinander passen. Felix Dorn frohlockte innerlich. Der Bann war gebrochen. Er erfuhr alles über Kopf und Gesichtsschädel, Nasenschwamm und Lefzen. Wie Hals und Körper, Gliedmaßen und Rute, Gangwerk und Haarkleid beschaffen sein mussten, damit die Tiere der offiziellen Klassifikation entsprachen.

„Jede Abweichung ist ein Fehler", schloss Janko Lührs seinen Vortrag.

Dorn nickte verständig, verzichtete aber darauf, weitere Fragen zu stellen. Ihn interessierte etwas ganz anderes.

„Diese wertvollen Hunde brauchen doch bestimmt viel Pflege und Zuwendung. Wie schaffen Sie das jetzt alles – ohne Ihre Schwester? Sie hat Ihnen sicher viel Arbeit abgenommen?"

„Nicht bei den Hunden", antwortete Lührs. „Sie hat sich ... kümmert sich hauptsächlich um die Pferde."

„Wenn Sie jetzt alles allein machen müssen – werden Sie trotzdem alles behalten? Ich meine die Pferde, die Weiden, das Ackerland."

Der Bauer zögerte mit der Antwort. Zu lange, fand Dorn. Rasch schob er einen Gedanken nach. „Wäre es nicht vernünftig, einen Teil ihrer umfangreichen Ländereien abzugeben?"

Lührs sah ihn nachdenklich an und nickte kaum wahrnehmbar. „Könnte sein. Aber das ist noch nicht ..."

„Spruchreif?"

„Genau. Ich muss erstmal zu einem An..." Lührs schien sich an etwas zu erinnern und verstummte. „Darüber schreiben Sie aber nichts, oder?" In seinen Augen flackerte erneut Misstrauen auf.

„Keine Sorge, Herr Lührs. Ich schreibe nur über das, was Sie wollen. Aber mich interessiert natürlich auch das Drumherum. Das verstehen Sie doch?"

Lührs nickte. „Die Hunde. Sie könnten über die Hunde schreiben. Die Leute haben ja keine Ahnung von diesen Tieren. Nur Vorurteile. Ich plane eine Zucht. Wenn man sie richtig züchtet und richtig erzieht, sind das ganze liebe Tiere."

„Einverstanden", sagte Dorn. „Aber vielleicht können wir uns auch noch ein bisschen privat unterhalten. Vielleicht bei einem Glas Bier?"

Obwohl es heller Tag war, wirkte die Szene gespenstisch. Über dem Moor hatte sich der Frühnebel noch nicht vollständig aufgelöst. Weiße Schwaden waberten über die schwarze Wasserfläche, die von graugrünen Grasinseln durchzogen war. Die Blaulichter der Streifenwagen und des Feuerwehrfahrzeugs warfen stumm ihr zuckendes Licht in die Nebelschwaden.

Obwohl hier sicher nicht mit Passanten gerechnet werden musste, hatten die Polizisten das Gebiet mit rot-weißem Trassierband vorschriftsmäßig abgesperrt. Dann waren die Beamten vom Erkennungsdienst über das Gelände gerobbt, hatten den Boden nach Fasern abgesucht und Fuß- und Reifenabdrücke genommen.

Jetzt stießen Männer in orangefarben leuchtenden Westen mit langen Stangen vom sicheren Weg aus in die dunkle Brühe des Sumpfes und verursachten schmatzende Laute, wenn sie sie wieder herauszogen.

Kommissarin Janssen und Hauptkommissar Röverkamp beobachteten schweigend die Arbeit der Feuerwehrmänner. Marie spürte die eigene Anspannung ebenso wie die ihres Kollegen.

Die uniformierten Polizisten standen etwas abseits und unterhielten sich leise, während sich die Männer von der Feuerwehr wortlos Meter um Meter voran arbeiteten.

Das Gezwitscher der Vogelwelt, die ihren Gesang unterbrochen hatte, als die Fahrzeugkolonne angerollt war, war wieder angeschwollen. In Maries Ohren klangen die Stimmen der Vögel unwirklich, wie aus einer anderen Welt. *Dabei sind wir es, die aus der anderen Welt in die Natur eingedrungen sind.*

Hauptkommissar Röverkamp zog die Karte aus der Tasche. „Vielleicht hätten wir uns doch das Foto geben lassen sollen. Leihweise. Hätten es ja hinterher vernichten können."

Marie schüttelte den Kopf. „Ich glaube nicht, dass wir dann schlauer wären. Wir wissen ja nicht, was wirklich passiert ist. Aber wenn jemand in dieser Gegend ein Paket abgeladen hat, muss es hier sein. Ich habe ganz genau hingesehen, Konrad. Das kannst du mir glauben. Auf den Zentimeter genau ließ sich der Punkt nicht ablesen. So präzise war die Luftaufnahme nicht. Und unscharf war sie auch."

„Ich mache dir doch keinen Vorwurf, Marie." Röverkamp wedelte mit der Karte. „Inzwischen weiß ich ja, wie sorgfältig du arbeitest." Er hob entschuldigend die Hände. „Es war mehr das Gefühl, vielleicht nicht alles getan zu haben. Wenn wir hier nichts finden, weiß ich auch nicht mehr weiter. Vielleicht sind wir ja sowieso auf dem falschen Dampfer, und Theda Lührs ist doch freiwillig gegangen. Wohin auch immer."

Marie sah ihren Kollegen aufmerksam an. „Komisch. Du hast doch immer gesagt, dass wir Geduld brauchen. Mein Gefühl sagt mir, dass es nur eine Frage der Zeit ist, bis wir fündig werden. Vielleicht müssen die Leute auch tiefer gehen. Ich habe keine Ahnung, wie schnell so ein Paket im Moor versinkt. Und wie ..."

„Hier ist etwas!"

Die Köpfe der Ermittler fuhren herum. So schnell es der morastige Boden erlaubte, eilten die Männer zu dem Kollegen, der gerufen hatte.

Fünf oder sechs Feuerwehrleute tasteten nun mit ihren Stangen in dem schwarzen Untergrund. „Einer holt den Seilzug", kommandierte der Truppführer. „Zwei gehen rein."

Während einer der Feuerwehrmänner das Einsatzfahrzeug näher an die Fundstelle rangierte, schoben andere breite Holzbohlen ins Moor.

Zwei Männer stiegen in hüfthohe Wathosen mit angearbeiteten Gummistiefeln. Nachdem sie von ihren Kameraden mit Seilen gesichert worden waren, wateten sie in den Sumpf, wo sie rasch bis über die Knöchel in den moorigen Grund sanken. Sie kletterten auf die schwimmenden Bohlen und balancierten auf dem schwankenden Untergrund bis zur Fundstelle. In gebückter Haltung schoben sie metallene Greifarme in den Sumpf. Ihre Bewegungen wirkten wie in einer Zeitlupe-Aufnahme. Schließlich hob einer die Hand, und gemeinsam begannen sie, das unbekannte Objekt an die Oberfläche zu ziehen. Dabei versanken sie mitsamt den Holzbohlen mehr und mehr in der schwarzen Brühe.

Plötzlich rief einer der Männer und winkte. Ein Kollege, der bereits das Seil aus der Winde des Einsatzfahrzeuges gezogen hatte, warf den Männern den Haken zu. Bevor das schwere Eisenstück versinken konnte, packte es einer der Feuerwehrleute und schob es mit beiden Händen vor sich in den Morast. Inzwischen war nur noch sein Oberkörper zu sehen.

Marie sah Röverkamp an. „Hoffentlich kommt der da wieder raus." Der Hauptkommissar nickte beruhigend. „Ich glaube, die wissen, was sie tun."

Der Motor der Winde lief an. Und langsam, sehr langsam, begann sich unter der Oberfläche des schwarzen Sumpfes etwas zu bewegen. Es gurgelte und schmatzte, Blasen stiegen auf, Wasser und Schlick strömten auseinander, schließlich kam ein längliches, schlammig-schwarzes Bündel zum Vorschein. Sobald es festen Grund erreicht hatte, packten die Feuerwehrleute zu und zogen es auf die Straße. Es hatte die Form eines menschlichen Körpers. Unter dem Dreck schimmerte blaue Plastikfolie hervor. In der Mitte hatte der Haken ein Stück der Umhüllung aufgerissen. Als die Männer das Paket ablegten, rutschte eine menschliche Hand heraus.

Marie starrte auf die schlammverkrusteten Finger und zog das Foto von Theda Lührs aus der Tasche. Vorsichtig öffneten sie den Plastiksack, am Kopf der Leiche.

13

Als Röverkamps Dienst-Passat auf den Hof rollte, war Janko Lührs gerade damit beschäftigt, die Hunde zu füttern. Er stand mit dem Rücken zur Tür im Zwinger und warf ihnen aus einer Blechschüssel faustgroße Fleischbrocken zu, die die Tiere geschickt auffingen und gierig verschlangen.

Erst als die Schüssel geleert und das letzte Stück Fleisch im Rachen eines der Bullterrier verschwunden war, drehte er sich zu den Besuchern um. „Was wollen Sie schon wieder?", rief er ohne Anstalten zu machen, den Zwinger zu verlassen.

„Wir haben Ihre Schwester gefunden!", rief Hauptkommissar Röverkamp über das Dach seines Passat, bevor er die Wagentür zufallen ließ. „Jetzt brauchen wir Sie. Können Sie mit nach Cuxhaven kommen? Es dauert nicht lange."

„Wirklich? Da bin ich aber froh." Lührs kniff die Augen zusammen und starrte den Kriminalbeamten misstrauisch an. „Und warum nach Cuxhaven?"

„Wir müssen ins Städtische Krankenhaus. Altenwalder Chaussee."

„Krankenhaus? Wieso Krankenhaus?"

Quietschende Autoreifen unterbrachen sie. Mit aufheulendem Motor preschte ein Streifenwagen durch die Hofeinfahrt und kam neben ihnen zum Stehen. Zwei uniformierte Beamte sprangen heraus.

Verärgert wandte Röverkamp sich zu ihnen um. „Wer hat euch denn aufgefordert, hier so einen Wind zu machen. Ich hatte doch ausdrücklich ..."

Maries Aufschrei ließ ihn herumfahren.

Janko Lührs hatte die Tür aufgestoßen und ein Kommando gebrüllt. Wie eine unförmige Masse brach die Meute aus dem Gefängnis. Nur eine Sekunde schienen die Hunde orientierungslos, dann sprangen sie laut kläffend in gewaltigen Sätzen auf die Besucher zu.

„Zurück in den Wagen!", rief Röverkamp und hastete um den Passat, um auf die Fahrerseite zu kommen. Aus den Augenwinkeln beobachtete er, wie die uniformierten Kollegen hastig in ihren Streifenwagen kletterten. Er erreichte die Tür, riss sie auf und warf sich in den Wagen.

Entsetzt erkannte er, dass Marie noch immer am Türgriff zerrte. Im Hintergrund näherten sich die rasenden Bullterrier. Mit fliegenden Händen zog und drückte er an der inneren Verriegelung. Schließlich sprang die Tür auf.

Marie fiel auf den Sitz und klappte die Wagentür hinter sich zu. Gleichzeitig krachte der erste Bullterrier gegen das Blech. Im nächsten Augenblick umsprang die Hundemeute unter ohrenbetäubendem Gebell die Fahrzeuge. Die Bullterrier schlugen ihre Zähne gegen die Scheiben, und ihre Mäuler hinterließen Spuren schleimigen Geifers auf dem Glas.

„Das war knapp", stöhnte Marie. „Meine Güte, hatte ich einen Schiss. Mir ist ganz schlecht."

Röverkamp musterte sie besorgt. „Das verdanken wir den Idioten da hinten. Weiß gar nicht, warum die wie die Verrückten auf den Hof brettern müssen."

Maries Stimme vibrierte ein wenig. „Sollen wir ohne Lührs abziehen? Oder fordern wir Verstärkung an?"

„Erst mal schicken wir die grünen Kollegen weg. Vielleicht kommt der Kerl ja noch zur Besinnung. Wir warten einfach, bis er seine Hunde wieder eingesammelt hat."

„Das kann aber dauern."

„Einen Versuch ist es wert. Ich habe keine Lust, hier eine Hundertschaft anrücken zu lassen und ein Blutbad unter den Bullterriern anzurichten. Die Viecher können ja schließlich nichts dafür, dass ihr Herrchen durchdreht."

Er griff zum Funkgerät und wies die Streifenwagenbesetzung an, den Hof zu verlassen, während die Hunde mit unverminderter Angriffslust und Lautstärke um die Wagen tobten.

Vorsichtig bewegte sich der Polizeiwagen rückwärts. Als er das Hoftor erreichte, ließen die Hunde von ihm ab. Nun umsprangen alle fünf Tiere den Passat.

„Was hat der denn vor?", rief Marie und deutete auf ein aufschwingendes Garagentor, hinter dem ein schwerer Traktor mit Frontlader auftauchte. Schon heulte der Motor auf, und die Maschine kroch aus der Garage. Während das Fahrzeug über den Hof rollte, senkte sich der Frontlader ab. Ein Paar gewaltiger Palettengabeln zielte auf den Dienstwagen. Röverkamp griff nach seiner Waffe, doch bevor er ein Ziel erfassen konnte, knirschte es unter dem Wagenboden, der PKW wurde angehoben und bewegte sich plötzlich seitwärts. Marie stieß einen Schrei aus und klammerte sich an Röverkamps Oberarm fest. Im nächsten Augenblick krachte der Wagen mit der Fahrerseite gegen die Mauer eines Stallgebäudes. Das Motorengeräusch erstarb.

„Der hat uns eingeklemmt", stellte Röverkamp fest. Offenbar lässt er den Traktor einfach so stehen."

Marie riss am Türgriff, aber ihr war längst klar, dass der Frontlader gegen die Türen drückte. „Ich glaub' es nicht. Wir sind gefangen!"

Röverkamp hatte schon das Mikrofon des Funkgerätes in der Hand. „Nicht lange, Marie. Keine Angst. Und Lührs kommt auch nicht weit."

Während der Hauptkommissar seine Anweisungen ins Mikrofon sprach, beobachtete Marie, wie Janko Lührs zu seinem Wagen eilte. Auf seinen Pfiff stürzten die Hunde heran und verschwanden im Inneren des Cherokee. Der Bauer schwang sich auf den Fahrersitz, und im nächsten Moment schoss der Wagen durch das Hoftor und verschwand aus ihrem Blickfeld.

Felix Dorn hatte lange vor dem Haus des Maklers ausgeharrt. Aber das Warten hatte sich gelohnt. Als der Jaguar davongerauscht war, verließ Dorn seinen Wagen und stieg die Stufen zum Eingang der Villa hinauf. Seine Erinnerung an die Mitarbeiterin des Maklers war vage, aber der Eindruck einer gewissen Empfänglichkeit für Äußerlichkeiten war haften geblieben. Er hatte seinen besten Anzug und seine elegantesten Schuhe angezogen, sich von einem Freund eine teure Seidenkrawatte und eine falsche Rolex ausgeliehen. Nun war nur noch zu hoffen, dass sie sich nicht an ihn erinnerte. Ein leichter amerikanischer Akzent, den er schon als Schüler nach einem USA-Aufenthalt eingeübt hatte, würde helfen, seine Vorstellung glaubwürdig erscheinen zu lassen.

Er setzte ein strahlendes Lächeln auf und überfiel die Sekretärin mit einem Redeschwall, bevor sie die Abwesenheit des Maklers überhaupt erwähnen konnte. „Guten Tag. Entschuldigen Sie bitte, dass ich unangemeldet hereinplatze. Mein Name ist Dorn, Felix Dorn. Von der TV-Movie-World Film Company Los Angeles. Ich bin nur kurze Zeit in der Stadt. Morgen muss ich wieder in Hamburg sein. Und dann jagt ein Termin den anderen. Ich habe leider viel zu wenig Zeit, mich über geeignete Objekte zu informieren. Man sagte mir, Sie hätten die besten Immobilien. Ich suche etwas ganz Besonderes. Stilvoll, aber mit allem zeitgemäßen Komfort. Können Sie mir helfen?"

Die junge Frau zögerte kurz, musterte ihn interessiert, bat ihn schließlich herein. „Ich kann Ihnen ja mal zeigen, was wir aktuell im Angebot haben."

Wenig später saß Dorn vor einem Monitor, neben sich einen dampfenden Kaffee, und flirtete nach allen Regeln der Kunst mit Schönfelders Sekretärin, nannte sie beim Vornamen und beglückte sie mit wohl dosierten Komplimenten.

Während Sabrina ein Exposé nach dem anderen heranschleppte, blätterte Dorn auf dem Bildschirm die Angebote durch. In einem unbeobachteten Augenblick hatte er ein weiteres Fenster geöffnet und von dort aus begonnen, in den Tiefen der Festplatte nach Kundendaten zu suchen.

Nicht wenige der Namen, auf die er stieß, waren ihm bekannt. Überrascht und fasziniert zugleich registrierte er die Immobiliengeschäfte, an denen führende Cuxhavener Kommunalpolitiker und Geschäftsleute beteiligt waren. Was hätte er dafür gegeben, alle diese Daten kopieren zu können.

Hier ist ein journalistischer Goldschatz verborgen. Ich sollte ein Verhältnis mit Sabrina anfangen, vielleicht komme ich dann irgendwann an die Daten.

Leider gab es keine Möglichkeit, Kopien anzufertigen. Dorn suchte weiter. Für seine aktuelle Recherche würde es genügen, auf eine ganz bestimmte Information zu stoßen.

Als er den Namen entdeckte, sog er unwillkürlich Luft durch die Zähne.

„Haben Sie etwas gefunden?", fragte Sabrina.

„Bingo", murmelte Dorn und schloss das verräterische Fenster. Laut sagte er: „Ja. Volltreffer. Das ist es." Er zeigte auf den Monitor.

„Bitte stellen Sie mir alle Unterlagen darüber zusammen. Ich muss jetzt leider gehen. Sobald ich wieder in Cuxhaven bin, rufe ich Sie an. Und dann dürfen Sie mir das Objekt persönlich zeigen. Einverstanden?"

Die Sekretärin sah den Besucher unsicher an. „Ich weiß nicht ..."

Felix Dorn erhob sich. „Das kriegen Sie schon hin. Und herzlichen Dank für Ihre Mühe."

Während er zu seinem Wagen eilte, tastete er nach seinem Handy. *Jetzt muss Sommer mitziehen. Am besten rufe ich ihn sofort an. Das wird ein Knaller.*

Im Büro des Maklers starrte die Sekretärin auf das Bild, das der Montor anzeigte. *Was will einer wie der mit dem Alten Leuchtturm?*

Instinktiv war Janko Lührs in die Wanhödener Straße eingebogen und hatte mit Vollgas beschleunigt. Die Tachonadel wanderte auf die 140 zu, als er die Kurve am Steingrab erreichte und den Wagen scharf abbremsen musste, um nicht von der Fahrbahn abzukommen. Als er die Autobahnunterführung erreichte, wusste er, wohin er fahren würde. Er raste durch Wanhöden, um die Autobahn-Anschlussstelle Nordholz zu erreichen. Niemand hielt ihn auf. Mit quietschenden Reifen bog er in die Auffahrt zur A 27 ein.

In zwei Stunden würde er in Hannover sein. Den Wagen würde er irgendwo abstellen. Dann würde er bei Kalle Strüver untertauchen. Morgen früh die Konten abräumen. Und dann mit Kalle auf dessen 40-Tonner Deutschland verlassen. Kalle fuhr täglich nach Rotterdam. Er war schon einmal mitgefahren. In Holland würden sie ihn nicht suchen.

Janko Lührs holte das Letzte aus seinem Cherokee heraus. Mit der Lichthupe scheuchte er Linksfahrer zur Seite. Nur die LKW ließen sich davon nicht beeindrucken. Seit der Abfahrt Verden-Ost hinderte ihn nun schon das Elefantenrennen zweier Lastwagen am Überholen. Wütend drückte Lührs auf die Hupe und ließ das Fernlicht aufblinken. Hinter ihm schlossen zwei dunkle Limousinen auf. Er versuchte, links an dem überholenden LKW vorbeizuziehen, doch der zog ebenfalls nach links.

Janko Lührs riss das Steuer herum, um auf dem Standstreifen an den Hindernissen vorbei zu fahren. Doch plötzlich waren drei Lastwagen nebeneinander. Ihre Bremslichter leuchteten auf.

Blitzartig durchzuckte ihn die Erkenntnis, dass dies kein Zufall sein konnte. Mit aller Kraft trat er auf die Bremse. Kreischend radierten die Reifen des Cherokee über die Fahrbahn. Der Wagen drohte auszubrechen, fing sich wieder, kam zum Stehen. Lührs kurbelte wild am Lenkrad, um zu wenden. Doch plötzlich waren die dunklen Limousinen neben ihm, vermummte Gestalten sprangen heraus und richteten Maschinenpistolen auf ihn.

„Sie haben ihn." Hauptkommissar Röverkamp legte den Telefonhörer auf. „Auf der Autobahn bei Walsrode haben sie ihn geschnappt. Ohne Probleme. Keine Verletzten, kein Sachschaden."

Kommissarin Janssen stieß einen Seufzer der Erleichterung aus. „Gott sei Dank. Ich hatte schon befürchtet ... Man weiß ja nie ... Wenn einer dermaßen durchdreht ... Jedenfalls bin ich froh, dass nichts weiter passiert ist."

„Wir werden Lührs mit den Fakten konfrontieren. Er ist dort gewesen, wo wir die Leiche gefunden haben. Die Kollegen haben Reifen- und Fußspuren gefunden. Die Reifenabdrücke passen zum Fahrzeugtyp. Einen genauen Vergleich bekommen wir, wenn der Cherokee und sein Besitzer wieder hier sind."

Marie nickte. „Hat der Arzt schon etwas zur Todesursache sagen können?"

„Hat er. Unter Vorbehalt natürlich. Der Schuss in den Schädel war offenbar aufgesetzt. Möglicherweise mit einem Bolzenschussgerät. Solche Dinger findet man bei Hausschlachtern und auf Bauernhöfen. Wenn Lührs so ein Gerät benutzt hat und wir es bei ihm finden, ist er geliefert. Ich denke aber, dass er auch so ..."

„... ein Geständnis ablegen wird?"

„Und dann ist der Fall abgeschlossen", bestätigte der Hauptkommissar. „Jedenfalls für uns." Er sah seine Kollegin nachdenklich an. „Und wenn wir sein Geständnis haben, werde ich ein paar Tage ausfallen. Ich muss in die Klinik nach Drebstadt. Kann die Operation nicht länger aufschieben. Bis alle Untersuchungsergebnisse vorliegen und die Akten vollständig sind und wir den Fall an Krebsfänger übergeben können, bin ich wieder da."

Marie Janssen schüttelte den Kopf. „Die Akten sollten dein geringstes Problem sein, Konrad. Und mach dir um mich keine Sorgen. Ich komme schon zurecht. Bis nach Debstedt ist es nicht weit. Ich werde dich besuchen und die Krankenschwestern fragen, ob du vernünftig bist. Und wenn du brav warst, werde ich dich vielleicht über den neuesten Stand der Ermittlungen informieren."

Konrad Röverkamp lächelte verhalten. „Du redest wie Iris." Als seine Kollegin ihn verständnislos ansah, fügte er hinzu: „Meine Tochter."

*

Felix Dorns Artikel schlug ein wie eine Bombe. Nicht nur in den Redaktionsräumen der Cuxhavener Nachrichten war die Sensationsmeldung Tagesgespräch. Auch an Frühstückstischen in Familien, Hotels und Pensionen hatte sie Diskussionen ausgelöst.

Tropen-Landschaft in Cuxhaven?
Geheimplan für Millioneninvestition
Von Felix Dorn

Wenn die Cuxhavener nicht in die Karibik fahren können, muss die Karibik eben nach Cuxhaven kommen. Nach diesem Motto scheinen unsere Stadtväter Bürger und Kurgäste beglücken zu wollen. Mit Hilfe eines Großinvestors soll – offenbar am Gudendorfer See – nach dem Vorbild von „Tropical Islands" (Brand, Landkreis Dahme-Spreewald) ein Urlaubs- und Badeparadies mit karibischem Ambiente entstehen. Die Stadt hat bereits begonnen, rund um den See Grundstücke aufzukaufen. Obwohl Cuxhaven bei der Pro-Kopf-Verschuldung an der Spitze liegt, wurde das Land zum Teil zu ungewöhnlich hohen Preisen erworben. Weder der Oberbürgermeister noch die Fraktionsvorsitzenden der im Rat vertretenen Parteien waren bisher zu einer Stellungnahme bereit.
Unserer Zeitung liegen Hinweise vor, nach denen die Planungen bereits so weit fortgeschritten sind, dass der Stadtrat längst hätte einbezogen werden müssen. Nachfragen bei Ratsmitgliedern lassen jedoch weit gehende Ahnungslosigkeit erkennen. Nun herrscht Empörung über die Geheimhaltung. Ein Ratsherr, der nicht genannt werden will, hat zum Ausdruck gebracht, was offenbar viele denken: „Der konspirative Umgang mit dem Thema lässt auf fragwürdige Hintergründe schließen."
Nach unseren Informationen ist nur den Fraktionsspitzen bekannt, worum es bei dem Projekt geht. Für unsere Leserinnen und Leser haben wir bei der Unternehmensleitung der „Tropical Islands" recherchiert. In der ehemaligen Cargo-Lifter-Halle an der A 13 zwischen Berlin und Dresden, deren Abmessungen Platz für acht Fußballfelder böte und in der die gesamte Skyline des Potsdamer Platzes unter-

gebracht werden könnte, haben die Macher eine künstliche tropische Urlaubslandschaft angelegt. Zahlende Gäste (15 bzw. 20 Euro für vier Stunden, je nach Wochentag) können dort „in der Südsee schwimmen oder am Strand spielen, in der Lagune entspannen oder Beach-Partys feiern, am Bali-Tor flirten oder im Borneo-Langhaus Cappuccino trinken und vieles mehr".
Zur Rentabilität der Anlage konnten oder wollten die Betreiber keine Angaben machen. Lesen Sie dazu auch den Kommentar im Wirtschaftsteil.

Geradezu hektisch ging es im Rathaus zu. Fraktionssitzungen wurden einberufen und wieder unterbrochen, weil die Vorsitzenden zu – wie es hieß – meinungsbildenden Prozessen fraktionsübergreifende Gespräche führen oder sich mit dem Oberbürgermeister abstimmen mussten.

Felix Dorn versuchte auf den Fluren des Rathauses an weitere Informationen zu kommen. Sein Hauptinteresse galt der Frage, wer der unbekannte Investor war, mit dem sich die Stadtoberen eingelassen hatten. Aber selbst die ihm sonst gewogenen Ratsmitglieder und Parteienvertreter wichen ihm aus. Offensichtlich wollte keiner von ihnen im Gespräch mit einem Zeitungsredakteur gesehen werden.

„Ist doch immer wieder schön, der Urlaub in Cuxhaven. Wenn nur das Auspacken nicht wäre!" Elfriede Uhlenbrock nahm ihrem Mann die Kühltasche aus der Hand. „Gib her, das nehme ich." Sie blieb neben dem geöffneten Kofferraum des Mercedes stehen und sah zu, wie ihr Mann die Koffer aus dem Wagen hob. „Meine Kosmetiktasche fehlt noch", sagte sie und streckte die freie Hand aus.

Heribert Uhlenbrock tauchte erneut unter den Kofferraumdeckel und brachte ein rotes Beautycase zum Vorschein. „Du kannst reingehen und was zu essen vorbereiten. Ich habe Hunger. Den Rest mache ich schon."

„Gut. Dann packe ich schon mal den Fisch und die Brötchen aus. Aber vergiss nicht wieder die Tasche mit meinen Schuhen, Heribert."

Ihr Mann brummte etwas Unverständliches und hob einen der schweren Koffer an, um ihn zur Haustür des Einfamilienhauses zu tragen.

Elfriede Uhlenbrock sah sich in der Straße um. Um diese Zeit war das Münstertor wie ausgestorben. Eine ordentliche Straße. Ordentliche Häuser mit ordentlichen Gardinen und ordentlichen Vorgärten. Samstagmittag waren Rinnstein und Bürgersteige gefegt. Die Bewohner der Häuser am Münstertor saßen beim Mittagessen. Es gab niemanden in Telgte, dem sie jetzt von der herrlichen Zeit am Strand von Cuxhaven-Duhnen vorschwärmen und den frischen Räucheraal, den sie heute Morgen vor der Abfahrt noch erstanden hatte, unter die Nase halten konnte. „Wir bringen uns immer Aal aus Cuxhaven mit", hätte sie gern erklärt. „Und frische Krabben. Jedes Jahr. Das verlängert den Urlaub."

Da sich keine der Nachbarinnen blicken ließ, folgte sie ihrem Mann zur Haustür.

Wie jedes Jahr blieben die Koffer und die übrigen Gepäckstücke im Flur stehen, während Elfriede Uhlenbrock im Haus die Jalousien hochzog und ihr Mann den Wagen in die Garage rangierte.

Wie jedes Jahr deckte die Hausfrau den Esstisch in der Küche, und Heribert Uhlenbrock öffnete eine Flasche Bier, die er auf dem Weg von der Garage aus dem Keller mitgebracht hatte.

Als Elfriede Uhlenbrock den gut verpackten Aal aus dem Zeitungspapier wickelte, fiel ihr Blick auf das Foto einer jungen Frau. „Die kenn' ich doch!", rief sie. „Gib mir mal die Lesebrille, Heribert." Sie überflog den Text neben der Fotografie und schlug die Hand vor den Mund. Die fettigen Aale rutschten aus dem Papier und klatschten auf die Tischplatte. „Mein Gott, das Mädchen ist tot. Und die wissen nicht mal, wie sie heißt und wo sie herkommt. Ich glaube, ich muss da mal anrufen. Ich habe doch mit ihr gesprochen. Und sie hat mir erzählt ..."

„Aber nicht jetzt", protestierte Heribert und nahm einen Schluck aus der Flasche. „Jetzt essen wir erst mal."

Elfriede hob die Aale mit zwei spitzen Fingern von der Tischplatte und legte sie auf die Teller. „Gut. Ich rufe später an. Und nimm dir ein Glas, Heribert."

Die Seepark-Klinik in Debstedt war größer, als Konrad Röverkamp sie sich vorgestellt hatte. Neben der Urologie gab es noch andere Abteilungen in dem Komplex, der aus mehreren kreuzweise angeordneten Blöcken bestand und ihn an eine Kaserne erinnerte. Er war froh, dass er von seinem Zimmer aus nicht gegen ein anderes Gebäude schauen musste, sondern freie Sicht in die Landschaft hatte. In der Ferne konnte er sogar die Kräne des Bremerhavener Containerterminals erkennen.

Als er sein Mobiltelefon in der Schublade verstaute, hielt er einen Moment inne und überlegte, ob er seine Tochter anrufen sollte. Doch er verwarf den Gedanken. Sie wäre beunruhigt und würde womöglich angereist kommen. Als junge Rechtsanwältin, die ihren Platz in der etablierten Anwaltschaft erst noch erkämpfen musste, durfte sie sich eine kurzfristige Abwesenheit eigentlich nicht erlauben.

Röverkamp setzte sich aufs Bett und ließ die Gedanken laufen. Er sah Iris in schwarzer Robe vor Gericht plädieren. Präzise, prägnant, professionell. Einfach glänzend. Janko Lührs wurde auch von einer jungen Anwältin vertreten. Er hatte keinen Rechtsbeistand haben wollen, aber irgendjemand hatte Dr. Solveig von Salm beauftragt, die sich trotz ihrer kaum mehr als dreißig Jahre bereits einen Ruf als brillante Strafverteidigerin erarbeitet hatte.

Aber auch sie hatte nicht verhindern können, dass Janko Lührs angesichts der erdrückenden Beweislage ein Geständnis ablegte.

Es versprach spannend zu werden, wie die Anwältin ihre Verteidigungsstrategie aufbauen würde.

Wahrscheinlich wird sie prominente Psychiater auftreten lassen, die dem Angeklagten traumatische Kindheits- und Jugenderlebnisse mit der Halbschwester und zerrüttete Familieverhältnisse bescheinigen. Und am Ende kommt womöglich Totschlag heraus.

„Wir können uns jetzt fertig machen", unterbrach eine Stimme von der Tür her seine Gedanken.

14

Der Mann, der Marie Janssen seit Tagen beobachtete, wartete auf seine Chance. Er wollte sie haben, und er würde sie bekommen.

Ihr Bild war bereits in seinem Besitz. Die Digitalkamera hatte brauchbare Bilder geliefert, aber das Ergebnis stellte ihn nicht zufrieden. Wenn der Körper, auf den er am Computer ihr Gesicht montiert hatte, auch passend erschien und echt wirkte, war es doch nicht dasselbe. Niemand hätte die Manipulation bemerkt. Aber er wusste, dass es nicht ihr Körper war, den er ansah, nicht ihre Brüste, nicht ihr schönstes Geheimnis. Und darum wollte sich die Wirkung nicht einstellen.

Wenn er eine dieser neuen Mini-Kameras in ihrer Wohnung installieren könnte – das wär's. Um die Funkbilder aufzufangen, würde er mit Empfänger und Notebook in der Nähe parken müssen. Das wäre kein Problem. Aber wie sollte er in die Wohnung kommen, um die Spy-Cam anzubringen?

Es gab nur einen Weg. Und der führte über sie. Die Chancen dafür waren besser geworden, seit der Hauptkommissar nicht mehr aufgetaucht war. „Erkrankt", hatte man ihm in der Telefonzentrale gesagt. Das konnte alles Mögliche bedeuten, auch dass er jeden Tag wieder im Büro erscheinen konnte. Aber er würde die Gelegenheit nutzen. Sie ansprechen. Mit ihr ins Gespräch kommen. Sie nach ihrer Wohnung fragen. Vielleicht ergab sich etwas.

„Wir haben hier eine Anruferin", sagte die Mitarbeiterin aus der Zentrale, „die etwas zu der Wasserleiche von Dorum sagen möchte. Eine Frau Uhlenbrock aus Teltge. Nehmen Sie das Gespräch entgegen?"

„Selbstverständlich." Marie spürte, wie ihr Herz schneller schlug. Sollte sich doch noch eine Spur finden lassen?

„Guten Tag, Frau Uhlenbrock. Ich bin Kriminalkommissarin Janssen. Sie können uns etwas sagen?"

„Das will ich wohl meinen", antwortete die Frau. „Ich habe das Foto gesehen. Von dem toten Mädchen. Als ich den Aal ausgepackt habe. Schrecklich. Wir bringen uns nämlich immer geräucherten Fisch aus Cuxhaven mit, wenn wir nach Hause fahren. Von diesem Fischimbiss in Duhnen. Seeteufel. Gegenüber vom Duhner Buernhus. Da wohnen wir immer. Sehr zu empfehlen. Kennen Sie vielleicht. Und der war in Zeitungspapier eingewickelt. Der Aal, meine ich. Eine Cuxhavener Zeitung. Da war dieses Foto drin. Normalerweise liest man die ja nicht als Urlauber. Wir lassen uns immer die Münstersche Zeitung nachschicken. In dem Artikel stand eine Telefonnummer. Ich habe gleich zu meinem Mann gesagt, da muss man anrufen."

„Und Sie haben die Frau erkannt?"

„Wenn ich es doch sage. Wir waren auf dem Dampfer. Sie hat neben mir gesessen. So ein nettes Mädchen. Und dann so etwas. Schrecklich. Ist sie ertrunken?"

„Auf welchem Dampfer, Frau Uhlenbrock?"

„MS Flipper. Schönes Schiff. Nach Neuwerk. Habe ich das nicht gesagt?"

„Wann genau war das?"

„Warten Sie mal. Da muss ich direkt überlegen ..."

Marie Janssen notierte das Datum und die ungefähre Uhrzeit der Begegnung. Und machte sich weitere Notizen. Schließlich schrieb sie Name und Adresse der Anruferin in ein Formular, das sie in die Ermittlungsakte heftete.

Als das Gespräch beendet war, atmete sie tief durch. *Hätte nicht gedacht, dass ein Telefongespräch so anstrengend sein kann.*

Sie betrachtete ihre Aufzeichnungen und zog die Computer-Tastatur heran. *Ich muss das alles noch mal ordentlich und systematisch aufschreiben. Am besten sofort, solange die Erinnerung noch frisch ist.*

Die junge Frau hatte der unbekannten Mitreisenden allerlei Informationen über sich anvertraut. Erstaunlich unbefangen. Und was Marie besonders wunderte: Elfriede Uhlenbrock hatte sich fast alles gemerkt.

Als Marie ihre handschriftlichen Notizen übertragen hatte, schien es ihr, als fügten sich die Informationen zu einem zwar unvollständigen, aber in seinen Konturen erkennbaren Bild zusammen.

Die Tote war ungefähr 25 Jahre alt, stammte vermutlich aus einem Dorf bei Bielefeld, hatte zuletzt in Österreich als Kellnerin gearbeitet, wo sie aus der gemeinsamen Wohnung mit ihrem Freund ausgezogen war, nachdem sie sich von ihm getrennt hatte. Sie war an die Nordseeküste gekommen, um einige Zeit Urlaub zu machen und sich gleichzeitig eine Stelle in der Gastronomie zu suchen. Ihre Wahl war auf Cuxhaven gefallen, weil sie als kleines Kind mit ihren Eltern mehrmals in den Ferien auf einem Campingplatz in Döse gewesen war. Später hatten sich ihre Eltern scheiden lassen, und sie hatte zuerst bei ihrer Mutter, dann beim Vater gelebt. Nach einer Ausbildung zur Restaurantfachfrau in Detmold hatte sie ein Jahr in Bielefeld gearbeitet, danach in der Schweiz. Schließlich war sie wegen eines Kollegen, in den sie sich verliebt hatte, nach Salzburg gegangen.

Bei ihrer Ankunft auf dem Bahnhof in Cuxhaven hatte sie jemanden getroffen, der ihr eine günstige Unterkunft angeboten hatte. In Duhnen.

Auf dem Schiff war sie ohne Begleitung gewesen. Während der Rückfahrt hatte Elfriede Uhlenbrock sie nicht mehr gesehen. Das Mädchen hatte weiße Turnschuhe getragen, eine helle Hose und ein in verschiedenen Rottönen gemustertes, nabelfreies Oberteil. Eine blaue Windjacke hatte sie über die Schultern gehängt.

Marie seufzte innerlich. *Erstaunlich, was manche Menschen wildfremden Mitreisenden alles anvertrauen. Aber hilft uns das weiter? Jetzt kennen wir schon fast die Lebensgeschichte der Toten und wissen trotzdem nicht, wer sie war.*

Ihren Namen hatte sie Elfriede Uhlenbrock nämlich nicht genannt.

Ein Mann, der eine junge Frau am Bahnhof anspricht und ihr ein Zimmer anbietet. Merkwürdig. Sollte das unser Mann sein? Dann suchen wir einen männlichen Gastgeber aus Duhnen. Einen gewerbsmäßigen Vermieter? Oder jemanden, der nur in diesem Fall ein Zimmer angeboten hatte? Alles sehr vage.

Marie begann, alle Fragen zu notieren, denen sie nachgehen wollte. Um herauszubekommen, an welchem Tag genau die Frau das Schiff nach Neuwerk genommen hat, würde sie noch einmal mit ihr telefonieren. Dann könnte sie bei der Besatzung nachforschen, wer sie eventuell noch gesehen hat. Vielleicht war der Mörder ja auf dem Schiff gewesen. Die Kollegen in Nordrhein-Westfalen könnten anhand der Anhaltspunkte zur Berufsausbildung vielleicht in Detmold und Bielefeld etwas herausfinden. Eine Suchmeldung in den dortigen Zeitungen könnte Hinweise liefern. Und hier in Cuxhaven müsste sie nach dem Vermieter suchen. Leider hatte die Frau seinen Namen nicht erwähnt.

Marie konnte nicht verhindern, dass ihr der Rote Claas in den Sinn kam. Sie schüttelte über sich selbst den Kopf und legte den Ausdruck zur Seite. Ohne konkreten Ansatzpunkt ließ sich keine Ermittlungsstrategie entwickeln. Schon gar nicht gegenüber einem Hirngespinst.

Ein männlicher Vermieter wäre dagegen schon fast so etwas wie ein Täterprofil. Aber das würde man nicht laut sagen können. Schon gar nicht in einem Kurort. Und sie konnten ja kaum alle in Frage kommenden Männer zu einem DNA-Test vorladen. Allenfalls freiwillig. Und das auch nur, wenn ...

Das Telefon unterbrach ihren Gedankenfluss. Diesmal war es ein Kollege aus der Wache im Erdgeschoss.

„Wir haben hier einen Koffer, mit dem wir nichts anfangen können. Vom Fundbüro. Sie meinen, dass den kaum jemand verloren haben könnte. Er wurde nämlich im Yachthafen gefunden. Im Wasser. Sie bearbeiten doch den Fall mit der Wasserleiche von Dorum. Vielleicht gehört beides zusammen."

„Was ist denn drin?"

„In dem Koffer? Keine Ahnung. Soll ich ihn aufmachen?"

„Nein. Aber es wäre sehr freundlich, wenn Sie ihn mir bringen könnten."

„Kein Problem. Ich bringe ihn gleich rauf."

Wie findet man einen Koffer im Hafenbecken? Wird dort ausgeschachtet? Um diese Jahreszeit? Und wie kommt er dorthin. Einen Koffer verliert man nicht so ohne weiteres. Ob ihn jemand dort verschwinden lassen wollte?

Es klopfte an der Tür.

„Herein!"

Ein uniformierter Beamter trat ein. „Wo soll ich das Ding hinstellen?" Er hielt den mit einer Kruste getrockneten Schlamms überzogenen Koffer weit von sich.

„Einfach auf den Boden", antwortete Marie. „Ich kümmere mich gleich darum. Hat man Ihnen gesagt, wie das Ding aus dem Yachthafen zum Fundbüro gekommen ist?"

„Leider nein." Der Beamte schüttelte den Kopf und wandte sich zur Tür. „Viel Vergnügen", sagte er. „Und tschüß."

Nachdem der Kollege die Tür hinter sich geschlossen hatte, wurde Marie klar, warum er es so eilig hatte, den Koffer loszuwerden. Ein modrig-fischiger Geruch breitete sich im Büro aus. Sie öffnete ein Fenster und betrachtete die Quelle der unangenehmen Düfte.

Einer Schublade ihres Schreibtisches entnahm sie ein Paar Latex-Handschuhe und streifte sie über, um den Koffer zu untersuchen.

Es klopfte erneut an der Tür. Diesmal wurde sie ohne ihre Aufforderung geöffnet. Und nur soweit, dass ein Kopf durch den Spalt passte.

„Guten Tag, verehrte Kollegin. Darf man eintreten? Oder störe ich bei wichtigen Ermittlungen?"

„Ach, du bist es, Jens. Komm rein. Vielleicht kannst du mir helfen."

Polizeiobermeister Kienast trat ein und stolperte fast über den Koffer. Verblüfft starrte er auf das Gepäckstück vor seinen Füßen.

Marie lachte. „Ich weiß, dass es eklig aussieht und stinkt. Trotzdem muss ich das Teil öffnen."

Da die Schlösser verriegelt waren, erbot sich der Kollege, Werkzeug zu holen. Während er unterwegs war, erinnerte sich Marie daran, dass sie an ihrem Schlüsselbund noch die Schlüssel ihrer Koffer trug, in denen sie bei ihrem Umzug einen Teil ihrer Kleidung verstaut hatte. Sie probierte sie durch, und zu ihrer eigenen Überraschung sprangen die Riegel auf.

Sie klappte den Deckel hoch und wich zurück. Dem Inneren entströmte ein Geruch wie aus einem Abwasser-Kanal. Nachdem sich die Duftwolke halbwegs verzogen hatte, hob Marie vorsichtig einige Kleidungsstücke an. Sie waren feucht, aber der Schlamm hatte nicht den Weg in den Koffer gefunden. Was vor ihr lag, war zweifellos das Urlaubsgepäck einer jungen Frau. Vielleicht jener Frau, die Elfriede Uhlenbrock beschrieben hatte. Denn zwischen Blusen und Bikinis, Unterwäsche und Röcken entdeckte sie weiße Turnschuhe, eine helle Hose und ein Oberteil in rötlichen Farben. Und eine blaue Windjacke. Alles lag ungeordnet durcheinander. Dazwischen Ziegelsteine.

Obwohl sie wusste, dass sie die genaue Analyse des Kofferinhaltes den Kollegen des zuständigen Fachkommissariates oder – wenn diese nicht weiterkamen – den Kriminaltechnikern des LKA überlassen sollte, durchsuchte sie den Koffer auf Hinweise zu seiner Besitzerin. Sie griff in die Taschen der Kleidungsstücke und erforschte den Inhalt einer Kosmetiktasche. Sie fand keinen einzigen Anhaltspunkt. Enttäuscht klappte sie den Deckel zu. Wenn Koffer und Inhalt im Labor untersucht wurden, fanden sich vielleicht doch noch Spuren, die Rückschlüsse – wenn schon nicht auf den Täter – so doch wenigstens auf die Identität der Besitzerin erlaubten.

Als Kienast mit dem Werkzeugkasten des Hausmeisters zurückkehrte, stand der Koffer bereits neben der Tür.

Marie Janssen hob bedauernd die Schultern. „Vielen Dank für die Mühe, Jens. Ich hatte zufällig einen passenden Schlüssel und habe schon mal hineingesehen. Das Ding muss zum FK 5. Könntest du so freundlich sein ..."

„Kein Thema. Ich bringe ihn sofort rüber. Und? Hast du was gefunden, das dir weiterhilft?"

Die Kommissarin schüttelte den Kopf. „Leider nein. Aber vielleicht finden die Kollegen was."

Kienast nahm den Koffer auf und verabschiedete sich. Marie fragte sich, was er eigentlich gewollt hatte. Wahrscheinlich wollte er sie an den gemeinsamen Segeltörn erinnern und hatte es über der Sache mit dem Koffer vergessen.

Männer verhielten sich manchmal seltsam.

„Guten Tag, Herr Röverkamp. Ich bin Sabine Cordes, Ihre Narkose-Ärztin. Haben Sie ein wenig Zeit für mich?"

Konrad Röverkamp, der mit seinen Gedanken in der Cuxhavener Polizeiinspektion gewesen war, sah irritiert auf. In sein Krankenzimmer schwebte eine Frau, die keineswegs wie eine Ärztin aussah und ein warmherziges Lächeln aus braunen Augen in seine Richtung sandte. Sie sprach mit einer angenehm sanften Stimme. Einige verirrte, von irgendwoher ins Zimmer reflektierte Strahlen der Abendsonne warfen zitternde Lichtflecken in ihr kastanienbraunes Haar.

Statt eines weißen Kittels trug sie eine türkisfarbene Bluse, einen farblich passenden, kurzen Rock und ein Paar Schuhe, deren Eleganz er an den Füßen einer Krankenhaus-Ärztin nicht erwartet hatte.

Die Überraschung musste wohl in seinem Gesicht geschrieben stehen, denn sie blieb mitten im Raum stehen und lachte leise.

„Keine Angst, Herr Röverkamp. Ich komme nicht mit dem Holzhammer. Nur mit ein paar Fragen. Bevor ich Sie in die Welt der Träume geleite, muss ich einiges über Ihr Vorleben wissen. Natürlich nur das medizinische." Sie wedelte mit einigen bedruckten Blättern. „Können wir das heute noch erledigen?"

Röverkamp lauschte dem Klang der Stimme, während seine Augen von ihrer Urheberin gefesselt wurden. Schließlich bemerkte er ihren fragenden Blick.

„Ja. Natürlich. Selbstverständlich. Entschuldigung. Ich war wohl gerade …"

„… mit den Gedanken woanders? Wahrscheinlich bei der Arbeit. Das ist normal. Besonders am ersten Tag." Sie wies auf den freien der beiden Stühle, die zum Inventar des Krankenzimmers gehörten. „Darf ich mich setzen?"

Er sprang auf und rückte den Stuhl zurecht. „Entschuldigung. Selbstverständlich. Bitte nehmen Sie Platz."

Sabine Cordes setzte sich und schlug die Beine übereinander. Die Papiere legte sie auf dem kleinen Tisch ab. Mit einem silbernen Kugelschreiber tippte sie auf die Blätter. „Ich muss Ihnen eine Reihe von Fragen stellen, um herauszufinden, mit wem ich es zu tun habe. Medizinisch gesehen. Damit es bei der Narkose keine Komplikationen gibt. Einige dieser Fragen werden Ihnen seltsam vorkommen, aber Ihre Antworten geben uns Aufschluss darüber, wie wir die Narkosemittel dosieren und auf welche begleitenden Maßnahmen wir uns eventuell einstellen sollten. Können Sie das verstehen?" Sie lächelte und sah ihn aufmerksam an.

Röverkamp registrierte eine Vielzahl kleiner Lachfältchen um die Augen. *Wahrscheinlich lächelt sie oft. Aber es ist kein professionelles Lächeln. Dafür ist es zu warmherzig.* Er nickte stumm und lächelte unsicher zurück. Ihm wurde soeben bewusst, dass er nicht richtig zugehört hatte.

„Bitte", sagte er. „Legen Sie los."

Die Ärztin notierte zunächst seine Angaben zu Alter, Größe und Gewicht. Dann fragte sie nach seinem Beruf.

„Polizist", antwortete er.

„Bei Polizist", sagte sie und lachte leise in sich hinein, „stelle ich mir immer einen Mann in weißer Uniform vor, der in der Mitte einer Straßenkreuzung auf einem Podest steht und mit seinen Armen den Verkehr regelt. Ein Bild aus einem Kinderbuch. Aber ich glaube, das gibt es gar nicht mehr. Oder?"

„Nur in Ausnahmefällen", bestätigte Röverkamp und fragte sich, wie alt sie wohl sein mochte. An den Schläfen hatte er ein paar silberne Fäden entdeckt. *Ende vierzig vielleicht.*

„Könnten Sie vielleicht ein bisschen genauer ...?"

„Was hat mein Beruf mit der Narkose zu tun?" Sofort bereute Röverkamp die Gegenfrage, die ihm schärfer geraten war, als er beabsichtigt hatte.

„Eine berechtigte Frage." Sabine Cordes schien keineswegs getroffen. „Einen unmittelbaren Zusammenhang gibt es tatsächlich nicht. Aber ich würde mir gern ein Bild von dem Menschen machen, mit dem ich es zu tun habe. Je besser ich die Gesamtpersönlichkeit einschätzen kann, desto sicherer kann ich handeln."

Röverkamp dachte einen Moment nach. „Das leuchtet ein", sagte er schließlich. „Mir geht es genauso. Ich bin Kriminalbeamter. Je mehr ich über meine ... *Patienten* weiß, desto besser kann ich sie einschätzen. Entschuldigen Sie die Frage."

Die Ärztin schüttelte den Kopf. „Sie müssen sich nicht entschuldigen. Es ist Ihr gutes Recht, in Frage zu stellen, was Ihnen nicht einleuchtet." Wieder registrierte er ihr kaum hörbares inneres Lachen. „Es kommt gleich noch schlimmer, Herr Röverkamp. Aber wie gesagt, es geht darum, Überraschungen auszuschließen."

„Kein Problem", warf der Hauptkommissar ein. „Ich werde ab sofort brav alle Fragen beantworten. Nach bestem Wissen und Gewissen."

Sabine Cordes lächelte. „Das ist sehr freundlich von Ihnen, Herr Röverkamp. Also ... Tragen Sie ein künstliches Gebiss?"

Nachdem die Anästhesistin Konrad Röverkamp nach ärztlichen Behandlungen, Operationen, Bluttransfusionen und verschiedenen Krankheiten befragt und über Ablauf, Wirkung und mögliche Nebenwirkungen der Narkose aufgeklärt hatte, ließ sie ihn einen Passus unterschreiben, mit dem er seine Einwilligung zum vorgesehenen Betäubungsverfahren erklärte.

Damit war das Gespräch offensichtlich beendet. Die Ärztin erhob sich und streckte die Hand aus, um sich zu verabschieden. „Vielen Dank, Herr Röverkamp. Wir sehen uns dann kurz vor der OP."

Röverkamp beeilte sich, von seinem Sitzplatz hochzukommen, und ergriff ihre Hand. Plötzlich hatte er das Bedürfnis, das Gespräch zu verlängern, mit der Ärztin nicht nur über Medizinisches zu reden, sie festzuhalten, um ... Doch ihm fiel nichts ein. Kein kluger Satz. Kein Bonmot. Nichts. So hielt er einfach ihre Hand fest und suchte in ihren Augen nach einem Zeichen.

Sie ließ es geschehen und lächelte. Geduldig? Nachsichtig? Spöttisch? Oder doch herzlich?

„Ja", brachte er schließlich heraus und gab ihre Hand frei. „Vor der OP." Seine Stimme klang belegt.

Das Gefühl, alles auf den Weg gebracht zu haben, um die Ermittlungen voranzubringen, gab Marie die innere Freiheit, an ihre eigenen Angelegenheiten zu denken. Und weil es ein milder Abend zu werden versprach, nutzte sie die Gelegenheit, um zur Abschnede hinauszufahren und im Baumarkt wenigstens die Teile für ihre Wohnung zu besorgen, die sie besonders dringend benötigte. Der Gedanke, auf dem Motorroller nicht alles transportieren zu können, schoss ihr durch den Kopf, aber sie schob ihn beiseite. Irgendwie würde es schon gehen.

Marie genoss die Fahrt durch den frühen Abend. Ohne Eile schwamm sie im Verkehr mit. Sie war offenbar nicht die einzige, die zum Einkaufen die Abschnede ansteuerte. An der Ampelkreuzung hatte sich auf der Spur für die Linksabbieger eine Schlange gebildet. Doch heute machte ihr die Verzögerung nichts aus. Das Wochenende stand vor der Tür. Und sie würde ihre Wohnung weiter verschönern. Oder auch mal gar nichts tun.

Vergnügt summte sie vor sich hin.

Ich les heut keine Zeitung, ich hab heut keine Meinung, bin außer Dienst gestellt, heute dreht die Welt mal eine Runde ohne mich ...

Als sie endlich eine Grünphase erwischte, folgte ihr die Fahrzeugschlange. Darin ein dunkler Golf GTI.

Maries Einkaufswagen war voller geworden, als sie geplant hatte. Neben Garderobenhaken, Lampen und Duschvorhang waren ihr auch noch Farbe und Pinsel zum Ausbessern einiger Schrammen, die beim Aufstellen der Möbel entstanden waren, sowie ein kleines Ablage-Regal fürs Bad hineingeraten.

Im Topcase ihres Rollers bewahrte sie für solche Fälle immer einen Rucksack auf. Die kleineren Teile würde sie darin unterbringen und die Stange für den Duschvorhang seitlich unter der Sitzbank festbinden.

Dann blieb das Topcase frei, und sie konnte sogar noch ein paar Lebensmittel von Marktkauf mitnehmen.

Vorsichtig bog sie in die Abschnede ein, um gleich wieder links auf den großen Parkplatz zu steuern. Sie fand einen Abstellplatz in der Nähe des Haupteingangs und ließ ihren Roller dort zurück, um sich mit Lebensmitteln für das Wochenende zu versorgen.

Als sie mit der prall gefüllten Papiertüte aus dem Gedränge des Eingangsbereiches ins Freie trat, sah sie einen Mann mit dunkler Brille, der neben ihrem Motorroller an einem Wagen lehnte, rauchte und das Zweirad zu mustern schien. Marie blinzelte gegen die Helligkeit des Himmels.

15

Heinz Bollmann hatte sich mit den Herren aus Cuxhaven zu einer Telefonkonferenz zusammenschalten lassen. Ohne Umschweife kam er zur Sache. „Ihr habt", polterte er, „die Sache offensichtlich nicht im Griff. Wie kommen diese Informationen an die Öffentlichkeit? Kann mir das vielleicht mal jemand erklären?"

Der Oberbürgermeister räusperte sich.

„Wie bitte?", bellte Bollmann.

„Es handelt sich wohl weniger um Informationen als um Spekulationen. Wir gehen davon aus, dass dieser ... Journalist irgendetwas aufgeschnappt und sich den Rest zusammengereimt hat. Dabei muss er die ... äh ... Sachlage eher zufällig getroffen haben. Jedenfalls gibt es bei uns keine undichte Stelle. Wir haben das überprüft. Darum glauben wir, dass von der Veröffentlichung keine konkrete Gefahr ausgeht. Nach unserer Auffassung ..."

„Ich höre wohl nicht recht", unterbrach Bollmann den Politiker. „Keine Gefahr? Das ganze Projekt ist in Gefahr. Was glaubt ihr denn, was jetzt passiert? Das ist wie ein Buschfeuer. Ihr könnt das doch gar nicht mehr eindämmen. Erst kommen die Grünen, dann die benachbarten Anlieger. Und irgendwo findet sich immer ein oberschlauer Lehrer, der nichts Besseres zu tun hat, als eine Bürgerinitiative zu gründen. Dann haben wir den Salat. Die sorgen nämlich erst richtig für öffentliches Trara. Und ganz nebenbei steigen die Grundstückspreise ins Unermessliche, weil die Bauern sich ihre Äcker vergolden lassen wollen."

„In diesem Punkt", widersprach einer der Vertreter der Stadt, „sind die Risiken überschaubar. Wir haben bereits die meisten Grundstücke in der Hand. Einschließlich derer, die wir für infrastrukturelle Maßnahmen benötigen. Im übrigen darf ich Sie daran erinnern, dass wir es sind, die das Preisrisiko bei der Grundstücksbeschaffung tragen."

„Gut", lenkte Bollmann ein. „Lassen wir das. Hauptsache, ihr habt am Ende das Land komplett im Sack. Was ist mit dem Zeitungsfritzen? Habt ihr keinen Einfluss auf euer Lokalblättchen?

Das ist doch im höchsten Maße geschäftsschädigend, was die machen. Und gegen die Zukunft der ganzen Region. Nehmt euch den Verleger vor. Der soll den Burschen aus dem Verkehr ziehen."

„Wir werden uns bemühen, Herr Bollmann." Der Oberbürgermeister war um einen versöhnlichen Ton bemüht. „Uns allen liegt die Verwirklichung der Pläne sehr am Herzen. Ich werde mit dem Verlagsleiter sprechen. Wenn sich der junge Mann nicht stoppen lässt, werden wir unsere Sicht der Dinge in die Öffentlichkeit bringen. Dem wird sich die Zeitung nicht entziehen können. Und außerdem ..."

„Wie jetzt?", fuhr Bollmann dazwischen. „Ihr wollt selbst in eine öffentliche Diskussion über das Projekt einsteigen?"

„Warum nicht?", entgegnete der Oberbürgermeister. „Da unsere Pläne ohnehin bekannt sind, können wir unsere Argumente auch offensiv vertreten. Schließlich profitiert die Stadt mit ihren Bürgern ebenso davon wie die gesamte Region. Wenn der Tourismus einen Schub bekommt, wirkt sich das in allen Bereichen aus. Damit haben wir schnell die Geschäftswelt auf unserer Seite. Außerdem können wir eine Diskussion über die bisherige Geheimhaltung vermeiden, wenn es um die Sache selbst geht. Wir behaupten einfach, dass der Entwurf für eine Pressemitteilung versehentlich zu früh an den Redakteur gegangen ist. Selbstverständlich hätten zunächst die Fraktionen beraten und der Rat einen Beschluss fassen sollen."

Bollmann lachte meckernd. „Nicht schlecht, Herr Specht. So viel Finesse hätte ich euch gar nicht zugetraut. Respekt. Also gut. Versuchen wir's. Ihr macht euer Ding, und ich sehe mir das an. Wenn's gut läuft, habt ihr gewonnen. Aber falls eure Taktik nicht aufgeht und die Gefahr besteht, dass wir um jeden Bauabschnitt Prozesse führen müssen, könnt ihr die Sache vergessen. Dann fange ich gar nicht erst an."

„Wir werden Sie auf dem Laufenden halten", sagte der Oberbürgermeister.

Bollmann schnaufte. „Das will ich mir auch ausgebeten haben. Also bis dann." Damit beendete er die Verbindung.

*

„Du schon wieder?" Marie Janssen schüttelte ungläubig den Kopf. „Reiner Zufall", lachte Jens Kienast und trat seine Zigarette auf dem Boden aus. „Hab gerade fürs Wochenende eingekauft. Da habe ich deinen Roller gesehen. Ich habe nämlich heute Nachmittag in deinem Büro ganz vergessen, weshalb ich eigentlich gekommen war."

„Den Eindruck hatte ich auch", grinste Marie. „Hat dich der stinkende Koffer so aus dem Konzept gebracht? Oder ist das schon die Altersdemenz?"

Kienast verzog das Gesicht zu einer übertrieben zerknirschten Miene. „Das war jetzt aber nicht besonders nett. Aber du hast ja Recht. Manchmal hat man nicht alle Sinne beisammen. Wenn's schlimmer wird, darfst du mich einweisen lassen."

Marie lachte und stellte ihren Einkauf neben dem Motorroller ab.

Ihr Kollege wies auf die Tüte und dann auf ihr Fahrzeug. „Willst du das alles auf dem Roller transportieren?"

„Klar. Warum nicht?" Marie begann, Brot und Margarine, Joghurt und Käse, Milch und Tiefkühlpizza umzupacken. Bei der ersten Weinflasche begann es eng zu werden, die zweite würde nicht mehr ins Topcase passen. Sie nahm ihren Rucksack ab, um den Chianti dort noch unterzubringen."

„Das wird ja eine ziemlich wacklige Angelegenheit", bemerkte Kienast. „Und dieses Gestänge da an der Seite entspricht sicher auch nicht der Straßenverkehrsordnung. Gib mir das Teil. Und den Rucksack. Ich bringe dir die Sachen nach Hause. Ist ja nicht weit nach Groden."

Marie betrachtete unschlüssig ihren Einkauf. „Das wäre wirklich sehr nett. Ich habe mir wohl doch etwas zu viel zugemutet. Vielen Dank, Jens."

„Da nich' für", antwortete der Kollege und nahm ihr den Rucksack ab. Marie löste das Band, mit dem sie die Stange für den Duschvorhang befestigt hatte, und drückte sie Kienast in die Hand.

„Also dann – bis gleich. Und dann verrätst du mir, was du eigentlich von mir wolltest, okay?"

„Logo, deshalb habe ich doch auf dich gewartet. Bis gleich."

Sie schwang sich auf den Roller und setzte ihren Helm auf. Während sie auf der Abschnede in Richtung Groden rollte, fragte sie sich, woher Jens ihre Adresse kannte. *Ach ja, er hat mich neulich nach Hause begleitet. War eigentlich ein netter Abend. Vielleicht kann ich mich heute revanchieren. Und ihn zur Pizza einladen.*

„Soll ich dir das Teil anbringen?", fragte Jens Kienast, als sie vor dem Haus in der Freiherr-vom-Stein-Straße standen.

„Hast du denn Zeit?"

„Klar. Hab nichts Besonderes vor. Wenn ich dir irgendwie helfen kann ..."

„Und was ist mit deinem Einkauf?" Marie zeigte auf seinen Wagen.

„Einkauf? – Ach so." Er machte eine wegwerfende Handbewegung. „Kann im Auto bleiben. Nur 'ne Dauerwurst und ein paar Dosen."

„Na dann ... Ich nehme das Angebot an. Aber dafür lade ich dich nachher zur Pizza ein." Marie wandte sich zur Tür. „Ich gehe mal vor."

In dem kleinen Flur ihrer Wohnung drehte sie sich zu ihrem Kollegen um und zeigte auf die Wände, aus denen an zwei Stellen Kabel hingen. „Kannst du auch Lampen anschließen? Hier müssten auch die Garderobenhaken angebracht werden."

Jens Kienast sah sich um und musterte die Stelle, auf die sie gezeigt hatte. „Kein Problem. Wird alles erledigt. Hast du Werkzeug?"

Marie wies auf eine Tür. „Das ist die Abstellkammer. Da findest du alles. Hoffe ich jedenfalls. Wenn nicht, können wir unten bei Hinrichs klingeln. Meine Vermieter. Die sind sehr hilfsbereit."

Kienast öffnete die Tür und zog einen Werkzeugkasten hervor. „Du bist aber gut ausgestattet", sagte er anerkennend, nachdem er ihn geöffnet hatte. „Sogar eine Bohrmaschine."

„Mein Vater." Marie hob die Schultern. „Er meint, dass so etwas in jeden Haushalt gehört. War sein Geschenk zum Einzug. Ich hätte eigentlich lieber ... Aber er hat Recht. Sein Werkzeug hat mir schon gute Dienste geleistet."

Jens kramte zwischen den Werkzeugen herum. „Aber ein Spannungsprüfer fehlt. Ich gehe noch mal kurz runter. Ich glaube, ich habe einen im Wagen. Bin gleich wieder da."

„Okay", rief Marie, die in der Küche ihren Einkauf auspackte. „Ich bereite schon mal die Pizza vor. Du bleibst doch zum Essen?"

„Wenn du darauf bestehst", antwortete der Kollege und verließ die Wohnung.

Eilig räumte Marie im Wohnzimmer ein paar herumliegende Sachen beiseite, warf im Schlafzimmer die Tagesdecke über ihr Bett und kontrollierte im Badezimmer-Spiegel ihr Aussehen.

Als Jens wieder erschien, war sie in eine frische Bluse geschlüpft, hatte ihre Lippen nachgezogen und ein wenig Parfüm hinter die Ohren getupft.

„Du siehst gut aus", stellte er fest, als er hinter ihr in der Tür stand, den Duschvorhang in der einen, die Bohrmaschine in der anderen Hand. „Weißt du das eigentlich?"

„Danke, Jens." Maries Spiegelbild lachte ihn an. „Das hört jede Frau gern."

„Ich meine es ernst", sagte er.

„Um so besser." Marie lächelte erfreut und drückte sich an ihm vorbei. „Du hast jetzt freie Bahn. Ich verschwinde in der Küche und belege die Pizza. Wie lange brauchst du für den Duschvorhang und die Garderobenhaken und die Lampen?"

„Eine halbe Stunde. Wenn's keine Komplikationen gibt."

„Wunderbar. Kommt genau hin. Dann ist die Pizza fertig."

Eineinhalb Stunden später fragte sich Marie, wie der Abend wohl enden würde. Jens hatte alle Teile aus dem Baumarkt fachmännisch angebracht und sogar noch ihre Stereoanlage angeschlossen. Jens hatte Interesse an ihrer Arbeit gezeigt und sich nach ihren Ermittlungen erkundigt. Und er hatte ihr von seiner Arbeit an den Stränden erzählt und vom Segeln auf der Nordsee geschwärmt – und seine Einladung erneuert. Für das nächste Wochenende. Zum Segeltörn nach Neuwerk.

Inzwischen war die Pizza vertilgt, eine große Schüssel Salat geleert und die Flasche Chianti ausgetrunken.

Sie hatte eine CD eingelegt und irgendwann – bei Wind of Change von den Scorpions – hatte er ihre Hand genommen und sie aus dem Sessel gezogen.

Und nun tanzten sie. Bewegten ihre Körper im Einklang mit der Musik durch das Dämmerlicht des Raumes. Marie fühlte die Wärme seiner Hände auf dem Rücken, spürte, wie sie sich in ihr auszubreiten und eine unkontrollierbare Glut auszulösen drohte. Und in ihr kämpfte die Vernunft gegen die Sehnsucht, sich fallen und alles geschehen zu lassen, was der Augenblick verlangte.

Als die Meldung aus dem Polizeibericht in den Tageszeitungen erschien, nahm kaum jemand Notiz von ihr. Das Verbrechen war immer und überall gegenwärtig. Auch im Landkreis Cuxhaven. Verhaftungen von Verdächtigen waren heutzutage nicht sonderlich ungewöhnlich. Offenbar war auch den Nachrichtenredakteuren die Information nicht besonders aufregend erschienen, denn sie hatten ihr nur wenig Raum gegeben. Allenfalls in der Nachbarschaft des Lührs-Hofes wurden ein paar Worte des Erstaunens geäußert, als die Nachricht von der Festnahme erschien. Zwar war nicht der volle Name genannt worden, aber wer sich auskannte, wusste, um wen es ging. *Nein, das hätte man dem Janko niemals zugetraut. Obwohl – er war ja schon ein seltsamer Mensch. Aber dass einer seine eigene Schwester umbringt – unvorstellbar. Sie soll allerdings sehr eigen gewesen sein. Wer weiß schon, was sich auf dem Hof alles abgespielt hat. Irgendwie hängt das wohl mit dem alten Lührs zusammen. Man soll über Tote nichts Schlechtes reden, aber der muss ja ein Schürzenjäger gewesen sein. Und getrunken hat er auch. Und Kinder von zwei verschiedenen Frauen. Das kann ja nicht gut enden.*

Diejenigen, die es betraf – die politischen Planer der CaribicWorld -, hätten mit der Meldung selbst dann nichts anfangen können, wenn der Name des Mordverdächtigen ausgeschrieben gewesen wäre. Schließlich hatten sie – weil sie dazu neigten, Verantwortung erst dann zu übernehmen, wenn Erfolge vorzuweisen waren – mit den Grundstücksankäufen einen Makler betraut.

Bei diesem würde die Nachricht einschlagen wie ein Blitz. Doch sie hatte ihn noch nicht erreicht, denn er befand sich in Hamburg, um dort mit Interessenten wegen einer Villa an der Elbchaussee zu verhandeln. Und da seine Sekretärin nicht erkannte, welche Brisanz die Festnahme eines ihrer Kunden für das Geschäft haben konnte, blieb Frank Schönfelder der Blitzeinschlag vorerst erspart.

Nur einer wurde von heftiger Unruhe erfasst. Felix Dorn ahnte etwas von der Sprengkraft, die in der kurzen Mitteilung steckte. Janko L. Das konnte nur Lührs sein. Wenn er tatsächlich des Mordes an seiner Schwester verdächtigt wurde, war möglicherweise das Projekt am Gudendorfer See bedroht. Denn aus der Untersuchungshaft heraus konnte er kaum das Land verkaufen, über das er mit Schönfelder in Verhandlungen stand. Oder doch? Musste er nicht das Erbe angetreten haben, um darüber verfügen zu können?

Ein rechtliches Problem, das Felix Dorn aus eigener Kenntnis nicht lösen konnte. Dafür brauchte er einen Juristen. Paul Marten. Sein Schulfreund aus gemeinsamen Tagen am Amandus-Abendroth-Gymnasium hatte Jura studiert und arbeitete als Anwalt in einer Cuxhavener Kanzlei.

Dorn hatte Glück. Er erreichte Marten beim ersten Versuch, und der ließ sich nicht lange bitten. „Es gibt verschiedene Möglichkeiten", erklärte der Jurist, nachdem der Redakteur seine Frage vorgetragen hatte. „Gehen wir vom wahrscheinlichsten Fall aus, dass die Erblasserin kein Testament hinterlassen hat und also die gesetzliche Erbfolge eintritt. Zunächst muss dein Freund beim Amtsgericht einen Erbschein beantragen. Dieses führt ein Erbscheinerteilungsverfahren durch, das ungefähr sechs Wochen in Anspruch nimmt."

„So lange?"

„Ja. Und das ist in deinem Fall eine kritische Phase. Denn falls dem Amtsgericht bekannt wird, dass gegen den Antragsteller ein Ermittlungsverfahren läuft, muss es prüfen, ob ein Sachverhalt vorliegt, der einen Erbfolgeausschluss nach sich ziehen kann."

„Was könnte das sein?", fragte Dorn.

„Beispielsweise könnte der Antragsteller als erbunwürdig eingestuft werden. Das ist in der Regel immer dann der Fall, wenn gegen ihn wegen eines Verbrechens gegen den Erblasser ermittelt wird, das eine mindestens einjährige Haftstrafe nach sich zieht."

„Aber wenn gegen jemanden ermittelt wird, ist er ja noch nicht verurteilt", wandte Dorn ein.

„Das ist korrekt", bestätigte Marten. „Deshalb wird ja der Erbschein auch nicht verweigert. Das Verfahren ruht nur so lange, bis der potentielle Erbe verurteilt oder freigesprochen wird."

„Du hast gesagt, dass dem Amtsgericht bekannt werden muss, was dem Antragsteller vorgeworfen wird. Wenn die das nun gar nicht mitkriegen, kann es doch passieren, dass der Erbschein erteilt wird, der Verdächtige später aber wegen eines Verbrechens gegen die ... Dings ... die Erblasserin verurteilt wird? Das Gerichtsverfahren kann ja länger dauern als sechs Wochen.

Paul Marten lachte verhalten. „Theoretisch kann das in der Tat passieren. Ist aber unwahrscheinlich. Zum einen dürfte die ermittelnde Behörde – also die Staatsanwaltschaft – diesen Aspekt kaum übersehen, zum anderen kann das Gericht – auch später noch – ein Erbscheineinzugsverfahren eröffnen. Also das Erbe nachträglich zurückfordern."

„Und wenn der Erbe inzwischen verkauft hat? Mit Kaufvertrag und notarieller Beurkundung?"

„Dann gibt es Arbeit für uns. Ich meine, für uns Juristen. Denn dann wird es schwierig. Der Käufer hat ja im guten Glauben gehandelt. Also wird er auf Erfüllung des Vertrages bestehen. Und schon haben wir einen schönen Prozess."

„Wenn ich das alles richtig verstehe", fasste Dorn zusammen, „ist nicht damit zu rechnen, dass der Verdächtige sein Land verkaufen kann. Andererseits ist es aber auch nicht völlig ausgeschlossen. Es kommt wieder einmal darauf an, wie gerissen seine Anwälte sind."

„Ich würde es anders formulieren", bestätigte Paul Marten. „Aber sachlich ist es so richtig."

Felix Dorn dachte nach. In die Pause hinein fragte der Anwalt: „Und? Kannst du mit der Auskunft etwas anfangen? Ich meine, für deine Arbeit bei der Zeitung?"

„Keine Ahnung. Jedenfalls im Augenblick. Ich muss erst noch darüber nachdenken. Ich danke dir trotzdem für deine Hilfe, Paul. Immerhin weiß ich jetzt, was passieren kann."

„Gern geschehen, Felix. Und ruf mal wieder an. Vielleicht können wir ja mal zusammen ein Bier trinken gehen."

„Gute Idee. Tschüß, Paul." Dorn legte auf. In seinem Kopf kreisten juristische Fachbegriffe um das Bild von Janko Lührs. *Fest steht nur eins. Der Typ hat einen Fehler gemacht. Mit schwerwiegenden Folgen. Auch für Cuxhaven und die Region. Fragt sich nur, ob es Glück oder Unglück ist, wenn die CaribicWorld nicht gebaut wird. Aber wie auch immer – die Sache bietet Stoff für viele Spalten.*

Unschlüssig musterte er die verschiedenen Züge, die auf dem Bahnhof zur Abfahrt bereitstanden. Er würde sich für einen entscheiden müssen. Aber er war unsicher. Die Schrift auf den Anzeigetafeln verschwamm, wenn er versuchte, die Ziele abzulesen. *Vielleicht brauche ich eine Brille. In meinem Alter wäre das nicht ungewöhnlich. Ich muss mir das merken. Und jetzt frage ich den Stationsvorsteher.*

Seltsam, ihm war entfallen, wohin er verreisen wollte. Der Mann mit der roten Mütze schüttelte bedauernd den Kopf, hob die Signalkelle und blies in eine Trillerpfeife. Aber es war nichts zu hören. Der Zug setzte sich trotzdem in Bewegung. Er versuchte, eine Tür zu öffnen, um auf den fahrenden Waggon zu springen, packte den Griff und stieß sich vom Boden ab. Inzwischen war der Zug so schnell geworden, dass der Fahrtwind in seine Kleidung fuhr und ihn in die Luft hob. Plötzlich wusste er, dass er beide Arme ausbreiten musste, um zu fliegen. Im nächsten Augenblick wurde er in die Höhe getragen. Mit Armen und Händen konnte er den Flug steuern. Nach links und rechts und oben und unten. Der Eisenbahnzug war verschwunden, und er glitt über eine grüne Landschaft, fühlte sich schwerelos und frei und fragte sich, warum er nicht früher bemerkt hatte, wie leicht das Fliegen war.

Das Land unter ihm zeigte die gleiche Form wie die Karte des Landkreises Cuxhaven in seinem Büro in der Polizeiinspektion. Er konnte links die Weser erkennen, rechts die Elbe und geradeaus die Nordsee. Später würde er sich die Küste genauer anschauen. Neuwerk vor allem. Vielleicht auch Helgoland. Aber erst musste er im Büro nach dem Rechten sehen. Es gab etwas, das dringend erledigt werden musste. Im Augenblick wusste er nicht was, nur dass es wichtig war. Und dass es mit Marie zu tun hatte. Mit ihr musste er etwas besprechen. Was war es nur? Er versuchte, den Gedanken zu fassen, der in seinem Unterbewusstsein vagabundierte. Vergebens. Aber es würde ihm gelingen, wenn er dort wäre.

Im Rücken spürte er die Sonnenstrahlen. Ihre Wärme war angenehm in der kalten Luft, die ihn von vorn anwehte. *Ich muss mich umdrehen, dann wird es wärmer.* Der Versuch, sich zur Seite zu drehen, misslang. Etwas hielt ihn fest. Und er hatte das Gefühl, das Gleichgewicht zu verlieren und nicht mehr zu fliegen. Er fragte sich, warum er plötzlich auf dem Rücken lag. In dem Augenblick hörte er Stimmen und wurde von hellem Sonnenlicht geblendet. Dann erschien ein Schatten vor seinen Augen. „Er kommt zu sich", sagte eine Stimme. Eine angenehme Stimme. Sie löste einen wärmenden Impuls aus und erinnerte ihn an eine Frau, deren Namen er kannte. Er versuchte ihn auszusprechen, aber seine Lippen wollten ihm nicht gehorchen. Schließlich gelang ihm ein undeutlicher Laut.

„Hat er Sabine gesagt?" Jemand lachte, und er schlug die Augen auf.

„Willkommen im Diesseits, Herr Röverkamp."

Das Gesicht.

Sabine Cordes.

„Sie haben alles gut überstanden. Wie fühlen Sie sich?"

Konrad Röverkamp blinzelte. Danke, gut, wollte er antworten. Aber sein Hals war trocken, und ihm gelang nur ein Krächzen.

Sabine Cordes streichelte seine Hand. „Das wird gleich besser. Und morgen dürfen Sie schon mal aufstehen."

Röverkamp schloss die Augen. Morgen? Sollte er nicht morgen operiert werden?

16

Trotz der kühlen Morgenluft genoss Marie den frischen Fahrtwind auf dem Roller. Auf dem Weg zur Polizeiinspektion gingen ihr die Bilder vom Freitagabend durch den Kopf.

Jens Kienast. Warum war sie so unsicher? Er war ein Kollege. Oft genug hatte sie gehört, dass man sich auf keinen Fall mit einem Kollegen einlassen durfte. *Warum eigentlich nicht?* Er war nett. Und höflich. Und hilfsbereit. Aber irgendwie auch seltsam. Jeder andere hätte die Situation ausgenutzt, die Gelegenheit beim Schopf ergriffen. Sie wäre bereit gewesen. Oder doch nicht? Sie wusste es nicht. Schließlich hatte er nichts in der Richtung versucht. Sie auch nicht. Und dann hatte er sich ganz plötzlich verabschiedet.

Sie hatte sich lange im Spiegel betrachtet. War sie nicht attraktiv? Bildete sie sich nur ein, hübsch zu sein? Nun ja, sie war nicht besonders groß, besaß nicht jene Formen, die von Männern geschätzt wurden, ihre Oberweite verdiente dieses Wort nicht. Aber die blonden Haare, das schmale, ebenmäßige Gesicht mit den blauen Augen und den schön geschwungenen Lippen hatten zumindest auf der Polizeischule ein paar Kollegen die Köpfe verdreht. Zwei hatten sich ihretwegen sogar geprügelt und waren disziplinarisch verwarnt worden. Sie hatte keinen von ihnen ermuntert. War seit der Schulzeit mit Stefan zusammen gewesen.

Stefan. Hatte er sie verlassen, weil die andere ihm mehr weibliche Formen geboten hatte?

Marie stieß einen Seufzer aus und musste kurz das Visier ihres Helmes öffnen, weil es beschlug. Sie bremste ab. Hinter ihr hupte jemand, dann quetschte sich ein BMW mit aufheulendem Motor an ihr vorbei. Kurz darauf leuchteten seine Bremslichter auf. Vor ihr, in der Konrad-Adenauer-Allee, staute sich mal wieder der Verkehr. Sie hatte doch über die Südersteinstraße fahren wollen. Warum war sie nicht abgebogen?

Ich sollte mich aufs Fahren konzentrieren, sonst nimmt mich noch so ein Idiot auf die Hörner.

Als Marie Janssen die Tür zum Büro öffnete, tauchte Kriminaloberrat Christiansen am Ende des Flures auf. Er winkte. „Frau Janssen, einen Moment bitte. Ich habe da etwas für Sie. Sie bearbeiten doch den Fall der Wasserleiche. Ich meine die von dem Krabbenkutter. Die Kollegen vom Dauerdienst hatten am Samstag noch eine Anfrage von der Zimmervermittlung. Bei denen hat ein Mann angerufen, der seine Tochter vermisst. Jedenfalls kann er sie nicht erreichen. Und er ist davon überzeugt, dass sie in Cuxhaven ist. Als Touristin. Hier ist die Nummer. Vielleicht rufen Sie dort mal an. Und wenn Sie nicht weiterkommen, sagen Sie mir bitte Bescheid. Ich fordere dann bei den Kollegen in NRW Hilfe an. Der Anruf kam aus ... Bielefeld."

Er drückte ihr ein gefaltetes Blatt Papier in die Hand.

„Bielefeld?" Marie war elektrisiert. „Das könnte der Vater der Toten sein. Wir wissen inzwischen, dass sie wahrscheinlich aus einem Dorf bei Bielefeld stammt."

„Das wissen Sie bereits? Respekt, Frau Kollegin. Was wissen Sie sonst noch? Ich hätte allerdings die Bitte, dass Sie mich gelegentlich auf den neuesten Stand bringen."

Marie spürte die Röte auf ihren Wangen. „Selbstverständlich, Herr Christiansen. Soll ich sofort ...?"

„So eilig ist es auch wieder nicht, Frau Janssen. Prüfen Sie diese Spur. Und dann setzen Sie mich ins Bild. Einverstanden?"

„Selbstverständlich, Herr Christiansen."

„Sie wiederholen sich, Frau Kollegin." Christiansen lächelte hintergründig. „Allzu geschmeidige Mitarbeiter sind mir ein Gräuel. Nehmen Sie sich ruhig ein Beispiel an Hauptkommissar Röverkamp. Hat seinen eigenen Kopf und wenig Respekt vor der Obrigkeit. Ich höre, Sie kommen gut mit ihm zurecht. Das freut mich. Wie geht's ihm übrigens?"

Marie hob die Schultern. „Ich werde ihn morgen besuchen. Dann ..."

„Das ist sehr nett von Ihnen. Grüßen Sie ihn bitte von mir. Er soll sich schonen. Nach dieser Art von Operation braucht der Körper ein paar Tage Ruhe. Das wird man ihm zwar dort auch sagen, aber Röverkamp ist nicht der Typ, der sich daran hält."

Christiansen musterte sie forschend. „Vielleicht haben Sie ja Einfluss auf ihn."

Marie betrat das Büro, das ihr – wie schon in den letzten Tagen – ein wenig öde erschien. Doch sie schob die aufkeimende Frage nach der Ursache beiseite und ließ sich rasch auf ihrem Stuhl nieder, um zum Telefonhörer zu greifen.

Sie faltete Christiansens Zettel auseinander und tippte die Nummer ein. Während sie auf das Rufzeichen lauschte, betrachtete sie die Namen und Notizen, die jemand auf dem Blatt hinterlassen hatte.

Ingo Bensky. (Vater). Jasmin. (Tochter). Seit zwei Wochen Urlaub in Cuxhaven oder Umgebung. Hat sich nicht gemeldet. Handy (Nr. 0173 285 ...) nicht erreichbar.

Wenn die Teile des Puzzles wirklich so zusammenpassten, wie es schien, waren sie ein gutes Stück vorangekommen. Hatte die Tote erst einen Namen, würde sich ihr Aufenthalt in Cuxhaven und den Kurgebieten nachzeichnen lassen.

Und sie kamen dem Mörder näher.

Plötzlich wurde ihr klar, dass sie vielleicht mit dem Vater der Toten sprechen würde. Mit einem Vater, der auf ein Lebenszeichen seines Kindes wartete. Aus dem Urlaub. *Was sage ich ihm? Ich kann doch nicht am Telefon ..."*

Marie legte den Hörer auf. Darüber musste sie erst nachdenken. Den Anruf konnte sie auch später noch erledigen.

Sie sah die Hausmitteilungen durch, die ihr heute nicht besonders interessant erschienen. Erneut nahm sie den Telefonhörer zur Hand. *Vielleicht haben ja die Kollegen von der KTU was gefunden. Dann weiß ich schon etwas mehr, wenn ich mit dem Vater spreche.* Sie drückte die Kurzwahl.

Nach dem Gespräch starrte Marie fassungslos auf den Hörer. *Das ist ja nicht zu glauben. Das muss ich Christiansen erzählen. Am besten sofort. Dann kann ich ihn auch wegen des Telefongesprächs fragen. Vielleicht übernimmt er es, wenn ich ihn darum bitte.*

„Die haben den Koffer verschlampt?" Der Kriminaloberrat zog die Augenbrauen zusammen, so dass über seiner Nasenwurzel eine tiefe Falte erschien. „Das kann doch nicht wahr sein. Sind Sie sicher, dass Sie ihn an der richtigen Stelle abgegeben haben?"

Marie errötete. „Ja ... äh ... nein. Also ... ich ... ich habe ..."

„Sie sprechen in Rätseln, Frau Kollegin. Ist der Koffer nun im richtigen Fachkommissariat angekommen oder nicht?"

Marie gab sich einen Ruck. „Ich habe einen Kollegen ... gebeten, ihn rüberzubringen. Und der hat mir versichert, dass er ihn abgegeben hat. Die Kollegen haben das auch bestätigt. Der Koffer hat bei ihnen im Flur gestanden. Aber als ich gerade angerufen habe, war er nicht mehr da."

Christiansen schüttelte den Kopf. „Ich kümmere mich später darum. Und das mit dem Anruf machen wir anders. Es sieht ja wirklich so aus, als wenn das der Vater der Toten ist. Dann müssen die Kollegen vor Ort helfen. Schicken Sie bitte eine E-Mail mit dem Foto nach Bielefeld. Ich rufe dann dort an und sorge dafür, dass jemand mit ihm spricht und uns so schnell wie möglich über das Ergebnis informiert."

Kommissarin Janssen erhob sich. „Vielen Dank. Für die Unterstützung." Christiansen winkte ab und griff zum Telefon. „Dafür nicht. Wir hören voneinander." Er tippte bereits die Kurzwahl des FK 5.

Marie verließ erleichtert den Raum. Das Gespräch hatte sie sich schwieriger vorgestellt.

„Ich weiß gar nicht, was ich hier noch soll." Konrad Röverkamp hatte Mühe, seine Ungeduld zu verbergen. „Mir geht's doch gut." Wie zum Beweis sprang er auf und machte ein paar Kniebeugen. Sein Zimmergenosse war zum Glück gerade nicht anwesend.

Sabine Cordes schloss die Tür des Krankenzimmers hinter sich und lachte leise. „Freuen Sie sich, dass es Ihnen gut geht. Ich bin im Übrigen der falsche Adressat. Wollte nur mal nach Ihnen sehen. Mein Job ist erledigt. Sprechen Sie mit dem Oberarzt. Vielleicht lässt er Sie einen oder zwei Tage früher gehen."

„Entschuldigung", lenkte Röverkamp ein. „Sie haben ja Recht. Ich freue mich, dass Sie da sind." Er sah in ihre Augen und spürte so etwas wie Sehnsucht nach Nähe. Und gleichzeitig fürchtete er sich davor, dass sie ihren Höflichkeitsbesuch mit ein paar unverbindlichen Genesungswünschen beenden und den Raum verlassen würde. Und er würde sie nie wieder sehen.

„Um ehrlich zu sein", sagte er, „befinde ich mich in einem Zwiespalt. Einerseits möchte ich zu meiner Arbeit zurückkehren. Da wartet ein ungelöster Fall auf mich. Andererseits ..." Röverkamp musste sich räuspern.

„Außer dem Fall warten doch bestimmt auch ein paar Menschen auf Sie. Oder?"

Der Hauptkommissar schüttelte den Kopf. „Mein Chef vielleicht. Und meine Assistentin – nein – Kollegin heißt das ja heute. Also eine junge Kommissarin, die eigentlich noch nicht allein ermitteln dürfte."

„Das sind alle? Ihr Chef und Ihre Mitarbeiterin? Sonst niemand?"

Röverkamp schüttelte erneut den Kopf. „Nein. Niemand. Vielleicht noch meine Zimmerwirtin."

In Sabine Cordes Blick glaubte er Anzeichen für eine Mischung aus Bedauern und Interesse zu erkennen.

„Und andererseits?", fragte sie leise.

„Andererseits ..." Eine plötzliche Leere im Gehirn zwang Konrad Röverkamp zu einer Pause. Dann kreisten verwegene Gedanken in seinem Kopf, aber er fand die passenden Worte nicht. Schließlich hörte er sich sprechen. „Andererseits fällt es mir schwer, diese Klinik zu verlassen. Weil ... weil Sie hier sind. Und ich Sie nicht mehr sehe, wenn ich ..."

„Ich bin hier nicht angebunden", sagte die Ärztin. Ihre Augen lächelten, aber ihre Stimme klang ernst.

Röverkamp schluckte. „Heißt das ... Sie würden eventuell ... Wenn ich Sie bitten würde, ich meine, wenn ich Sie einladen würde ... zu einem Essen zum Beispiel ..."

Er hatte vergessen, wie er den Satz begonnen hatte und verstummte. Und er spürte, wie ihm das Blut in die Wangen stieg.

„... würde ich nicht nein sagen." Sabine Cordes ergriff Röverkamps Hand. „Aber jetzt muss ich gehen. Ich habe noch zu tun."

„Ja, aber ... die Einladung ..." Er hielt ihre Hand fest. *Verdammt. Ich kenne mich hier doch gar nicht aus. Wohin lädt man eine Frau – eine solche Frau – zum Essen ein? Wohl kaum in eine Hafenkneipe. Und dieses Landgasthaus passt auch nicht so ganz. Ich muss Marie anrufen. Sie kann mir bestimmt einen Tipp geben.*

„Ihnen wird schon etwas einfallen", lachte die Ärztin, als hätte sie seine Gedanken lesen können, und entzog ihm ihre Hand. „Jetzt kann ich wirklich nicht länger warten. Für Sie als Kriminalist dürfte es kein Problem sein, mich zu finden, wenn Sie mich ... brauchen."

Nachdem Sabine Cordes den Raum verlassen hatte, spürte Konrad Röverkamp den Schweiß unter den Achseln. *Mein Gott, ich bin aus der Übung. Warum verhält sich ein gestandener Mann wie ich wie ein Pennäler, wenn er einer außergewöhnlichen Frau begegnet? Vielleicht sollte ich die Sache doch besser auf sich beruhen lassen. Ich werde mich hoffnungslos blamieren.*

Noch während sich dieser Gedanke formte, wusste eine andere Stelle seiner grauen Zellen, dass er sie einladen würde. *Ich brauche Blumen. In der Nähe von Krankenhäusern gibt es doch immer Blumen.*

Konrad Röverkamp begann sich anzukleiden. Die nächsten Stunden würde er keinesfalls in diesem Krankenzimmer verbringen. Schon gar nicht im Bett.

Nachdem er vor dem Spiegel sein Aussehen kontrolliert und probeweise ein paar Mal den Bauch eingezogen hatte, warf er seine Jacke über und trat entschlossen zur Tür. Als er sie öffnete, stieß er fast mit einem Blumenstrauß zusammen.

Langsam senkte sich das farbenfrohe Gebinde, und dahinter kam ein lachendes Gesicht zum Vorschein.

„Das ist aber eine Überraschung. Komm rein. Sind die für mich?"

Marie Janssen musterte ihren Kollegen. „Du siehst gar nicht aus wie ein Krankenhaus-Patient."

„Danke, Marie. Das ist der Satz des Tages. Ich fühle mich nämlich auch nicht so und will so schnell wie möglich hier raus. Komm, wir stellen die Blumen ins Wasser. Und dann gehen wir ein paar Schritte. Ich wollte gerade ein bisschen an die frische Luft. Begleitest du mich?"

„Ja, gern." Marie Janssen sah sich um und zog unwillkürlich die Nase kraus. „Ich mag Krankenhäuser nämlich auch nicht besonders."

„Was gibt es Neues?", fragte Hauptkommissar Röverkamp, als sie das Klinikgebäude hinter sich gelassen hatten.

„Einiges", antwortete Marie. „Aber du bist ja nicht im Dienst. Du musst dich schonen. Das soll ich dir übrigens auch von Kriminaloberrat Christiansen ausrichten."

„Danke. Sehr freundlich. Aber spann' mich nicht auf die Folter. Wenn es neue Entwicklungen gibt, will ich das wissen. Und zwar sofort."

„Na gut", seufzte Marie. „Also. Wir wissen jetzt, wer die Tote aus der Nordsee ist. Der Vater hat sich gemeldet. Sie – also die Tochter – heißt Jasmin Bensky, ist – war – vierundzwanzig Jahre alt, Restaurantfachfrau, stammt aus einem Bielefelder Vorort und war auf der Suche nach einem Job in einem Hotel oder Restaurant."

Röverkamp blieb unvermittelt stehen. „Wissen wir, wo sie gewohnt hat?"

„Leider nicht. Es gibt allenfalls einen Anhaltspunkt. Sie hat einer Mitreisenden auf einer Dampferfahrt nach Neuwerk von einem Mann erzählt, der sie am Bahnhof angesprochen hat, als sie in Cuxhaven angekommen ist. Der soll ihr eine günstige Unterkunft angeboten haben."

„Es hat aber niemand einen Gast als vermisst gemeldet. Das könnte bedeuten, dass dieser Vermieter ..."

„... unser Mann ist", ergänzte Marie. „Dafür spricht auch die Sache mit dem Koffer."

„Die Sache mit dem Koffer?"

„Eine dumme Geschichte." Marie berichtete von dem Koffer, der unverhofft aufgetaucht und gleich wieder verschwunden war.

„Was für eine Schlamperei!" Röverkamp schüttelte fassungslos den Kopf. „Aber du hast Recht. Wenn das Mädchen durch seinen Vermieter umgebracht worden ist, muss der Täter auch versucht haben, ihre Hinterlassenschaft zu beseitigen. Das grenzt den Kreis der möglichen Täter ein."

„Aber selbst wenn unsere Theorie stimmt – wie sollen wir ihn finden?"

Röverkamp hob die Schultern. „Da kommt viel Kleinarbeit auf uns zu."

„Vielleicht kann man ihn in eine Falle locken. Wenn ich zum Beispiel als allein stehende Reisende auf dem Bahnhof ankäme ..."

„Vergiss es, Marie. Wir sind hier nicht beim Fernsehen."

„Aber ..."

„Nix aber. So etwas kommt nicht in Frage. Sag mir lieber, wie du auf die Mitreisende gestoßen bist."

„Die hat sich auf Grund des Fotos in der Zeitung gemeldet."

„Und warum erst jetzt?"

„Wegen des geräucherten Aals." Marie konnte ein kleines Lachen nicht unterdrücken, als sie sich an das Gespräch mit Elfriede Uhlenbrock erinnerte. „Das ist eine längere Geschichte. Aber ich erzähle sie dir gern. Komm, lass uns weitergehen."

„Alles in allem nicht schlecht", stellte der Hauptkommissar fest, nachdem seine Kollegin auch diesen Teil des Ermittlungsstandes geschildert hatte. „War das jetzt alles?"

„Leider ja", bestätigte Marie.

„Gut. Dann lass uns von etwas anderem reden. Kommst du mit deiner Wohnung voran?"

„Ich bin so gut wie fertig eingerichtet. Ein Kollege hat mir bei den letzten Arbeiten geholfen."

„Wie schön. Heißt der Kollege zufällig Kienast?"

Marie spürte ein leichtes Unbehagen bei dieser Frage. „Ja", antwortete sie zögernd. „Warum?"

Röverkamp schüttelte den Kopf. „Nur so."

Eine Weile gingen sie schweigend nebeneinander her. Schließlich blieb der Hauptkommissar stehen und sah Marie an. „Ich hätte dann noch eine eher private Frage."

„Nur zu. Wenn ich sie beantworten kann ..."

„Kannst du mir ein Restaurant empfehlen? Ich meine eins mit irgendwie ... besonderem ... Ambiente. Für ..."

„Für?"

„Na ja, für ... eine ... Einladung."

„In Cuxhaven?"

„Also ... es könnte auch hier sein. Wenn du dich hier auskennst?"

„Jetzt verstehe ich." Marie lächelte vielsagend. „Du möchtest eine Dame ausführen? Dann wäre vielleicht der Friesenhof nicht schlecht. Liegt auf halbem Wege zwischen hier und Cuxhaven. Beim Dorumer Tief. Wo wir neulich ..."

„Ach ja. Das ist gut. Vielen Dank." Röverkamp wandte sich zum Weitergehen.

Marie folgte ihm und musterte ihren Kollegen von der Seite. *Also hat er hier eine Frau kennen gelernt. Aber das erzählt er mir natürlich nicht.* Wie gern hätte sie nachgefragt. Aber sie mochte nicht taktlos erscheinen und verschob die Frage. Irgendwann würde sich eine Gelegenheit ergeben.

„Ab morgen bin ich wieder im Dienst", verkündete Röverkamp, als Marie sich eine Stunde später verabschiedete.

„Aber ich dachte, du musst noch ein paar Tage ... Bestimmt werden die Ärzte ..."

„Gar nichts muss ich." Röverkamp sprach mit grimmiger Entschlossenheit. „Noch nicht mal aufs Klo. Und die Herren Doktores können mich mal. Ich will vor dem Wochenende wieder in Cuxhaven sein."

Während seiner letzten Nacht in der Klinik schlief Konrad Röverkamp wenig. Die Auseinandersetzung mit dem Oberarzt war kurz und heftig gewesen und hatte darin geendet, dass er eine Erklärung unterschrieben hatte, das Krankenhaus auf eigenen Wunsch vorzeitig zu verlassen. Trotz der sichtlichen Verärgerung des Mediziners war Röverkamp erleichtert gewesen.

Weil ihm die Zeit knapp geworden war, hatte er den Blumenstrauß von Marie genommen und sich zum Dienstzimmer der Anästhesistin Dr. Cordes durchgefragt. Er war lange nicht so verlegen gewesen, hatte es aber geschafft, sein Anliegen einigermaßen flüssig vorzutragen. Sabine Cordes hatte sich über den prachtvollen Strauß beglückt gezeigt und die Einladung angenommen.

Ein wenig plagte ihn nun das schlechte Gewissen.

Was ihm den Schlaf raubte, war aber weder die Erinnerung an die Auseinandersetzung mit dem Arzt noch die Freude über die Verabredung mit Sabine Cordes, sondern der Gedanke an den ungelösten Fall. Die Erkenntnisse, die Marie mitgebracht hatte, deuteten darauf hin, dass der Täter im Raum Cuxhaven zu suchen war. Außerdem konnten die Ähnlichkeiten mit den Fällen aus der Vergangenheit nicht länger als Zufall angesehen werden. Und der Mörder konnte jederzeit wieder aktiv werden. Er brauchte nur auf eine Frau zu stoßen, die seinen Vorstellungen entsprach. Jung, zierlich, blond, blauäugig.

Diese Erkenntnis hatte ihn erschreckt. Zwar war es nicht unbedingt wahrscheinlich, dass der Täter schon bald wieder zuschlug, aber er konnte zu jener Sorte gehören, die nicht periodisch vorgingen, sondern auf eine passende Begegnung warteten.

Er musste sich vorwerfen, Maries These vom Serientäter nicht ernst genug geprüft zu haben. Sobald er wieder im Büro war, würde er sich die Akten der zurückliegenden Fälle vornehmen. Und unter diesem Aspekt noch einmal gründlich studieren.

Außerdem wollte er sich noch eine ganz andere Akte ansehen. Dazu würde er die Hilfe von Kriminaloberrat Christiansen benötigen. Und es erschien ihm höchst zweifelhaft, ob dieser dazu bereit sein würde.

Am liebsten wäre er sofort aufgestanden und nach Cuxhaven gefahren.

Gegen Morgen fiel er schließlich in einen unruhigen Schlaf. Im Traum sah er einen gesichtslosen Mann, der ein junges Mädchen verfolgte. Es trug die Züge von Iris. Sie war sich keiner Gefahr bewusst und bewegte sich arglos durch die Stadt. Röverkamp versuchte sie zu warnen, aber er bekam kein Wort heraus, so sehr er sich auch bemühte. Erleichtert beobachtete er, wie das Mädchen auf einen Motorroller stieg und davonfuhr. Doch plötzlich sah er sie wieder. Auf einem Schiff. Aus Iris war Marie Janssen geworden, sie hielt einen Blumenstrauß in der Hand und saß neben einer fülligen Urlauberin. Beide waren in eine Unterhaltung vertieft, deren Worte er nicht verstand. Der Mann ohne Gesicht saß ihnen gegenüber.

Röverkamp wollte zu ihnen, aber er konnte sich nicht bewegen. Er winkte den Frauen zu, um sie auf die Gefahr aufmerksam zu machen. Sie winkten zurück und lachten. Röverkamp gestikulierte mit beiden Armen. Dabei schlug seine Hand gegen einen harten Gegenstand.

Er erwachte, als die Nachttischlampe scheppernd zu Boden fiel.

17

Der improvisierte Krisenstab traf sich im Büro des Oberbürgermeisters. Jeder Teilnehmer hatte vor sich die Kopie eines Zeitungsartikels, dessen wesentlicher Inhalt jedoch allen bereits bekannt war. Die meisten hatten ihn zu Hause am Frühstückstisch gelesen und waren entsetzt gewesen.

CaribicWorld auf der Kippe
Scheitert Mega-Freizeitpark an fehlendem Grundstück?
Von Felix Dorn

Das zunächst im Geheimen geplante und nunmehr von unseren Stadtoberen als „Zukunftsprojekt für die Region" gepriesene Urlaubs- und Freizeitzentrum am Gudendorfer See steht offenbar auf tönernen Füßen. Um mit dem Bau der Anlage beginnen zu können, muss die Stadt über die entsprechenden Grundstücke verfügen. Nach uns vorliegenden Informationen befindet sich jedoch noch nicht die gesamte benötigte Fläche in ihrem Besitz. Und es erscheint fraglich, ob sie das noch fehlende Land in absehbarer Zeit erwerben kann. Ein Grundstückseigentümer befindet sich derzeit in Untersuchungshaft. Nach Auskunft der Staatsanwaltschaft wird er verdächtigt, für den

Tod seiner Schwester verantwortlich zu sein, die als Miteigentümerin dem Landverkauf hätte zustimmen müssen. Selbst wenn der Mann alleiniger Erbe ist, kann er – wegen des gegen ihn bestehenden Verdachts – nicht über das Grundstück verfügen. Nach Aussage eines von uns befragten Rechtsanwaltes kann in dieser Situation kein gültiger Kaufvertrag zu Stande kommen. Bis Redaktionsschluss war weder vom Oberbürgermeister noch von den Parteien eine Stellungnahme zu erhalten. Lesen Sie dazu auch unseren Kommentar „Verzockt" (Kasten rechts).

In gereizter Atmosphäre hatten sich die Vertreter der Parteien zunächst gegenseitig für die Veröffentlichung verantwortlich gemacht. Nur mit Mühe gelang es dem Oberbürgermeister, die Anwesenden zu bewegen, auf den Kern der Sache zu kommen.

„Meine Herren", sagte er, „die Frage, wer hinter der Kampagne steckt, führt uns nicht weiter. Selbst wenn wir die Antwort finden, sind wir nicht klüger. Wir müssen vielmehr einen Weg suchen, das Projekt doch noch zu retten. Da Zusammenhänge und Hintergründe nun einmal bekannt sind, geht es jetzt nur noch darum, die letzten noch ausstehenden Grundstückskäufe abzuwickeln. Und zwar möglichst schnell. Sonst springt der Investor ab."

„Unmöglich", warf der Jurist aus der Stadtverwaltung ein. „Wenn die Informationen zutreffen, ist zumindest in diesem einen Fall ein Ankauf nicht mehr möglich. Da hat sich der Redakteur schon richtig informiert."

„Damit wäre das Projekt gestorben", stellte der Oberbürgermeister fest. Er sah in die Runde. „Oder hat jemand eine Idee, wie wir die Situation retten können?"

Die Bilder der mobilen SpyCam waren nicht so gut wie die aus den Kameras im Appartement. Aber sie erfüllten ihren Zweck. Er konnte sie sehen. Konnte sie beobachten, ohne dass sie etwas ahnte. Sie bewegte sich völlig unbefangen, streckte sich vor dem Spiegel die Zunge heraus, gähnte, ohne die Hand vor den Mund zu halten. Sie putzte die Zähne mit einer elektrischen Zahnbürste, kratzte sich an der Hüfte und kontrollierte ihre Achselhaare.

Oder sie bürstete ihr Haar, während sie auf dem Klo saß . Weil es nur eine Kamera gab, konnte er nicht mehr als ihre Beine sehen, wenn sie dort hockte. Und weil er kein Mikrofon hatte installieren können, musste er auf das Geräusch verzichten.

Durch den milchigen Duschvorhang war nichts zu erkennen, aber sie duschte schnell. Die anderen hatten sich mehr Zeit gelassen. Eine hatte den Wasserstrahl benutzt, um es sich selbst zu machen. Ihr Stöhnen hatte ihn gleichzeitig erregt und abgestoßen. Schließlich hatte er es nicht mehr ertragen und den Ton abgestellt.

Eine andere hatte sich hinter dem Vorhang abgetrocknet und war erst dann, das Handtuch vor den Körper haltend, aus der Wanne gestiegen. Als fühlte sie sich beobachtet.

Sie zog den Vorhang zur Seite, bevor sie sich abzutrocknen begann. Und sie blieb in der Dusche, wenn sie die Beine rasierte oder die Schamhaare stutzte.

Dann kam er auf seine Kosten.

Natürlich gab es bessere Bilder im Internet und schärfere Filme in der Videothek. Aber die waren nichts gegen das, was ihm sein Monitor bot. Er wollte keine Frau sehen, die alle sehen konnten. Schon gar keine, die es mit anderen Männern trieb. Er wollte sie für sich allein. Ihr nah sein. Ihr zusehen. Sie mit seinen Blicken streicheln.

Später ... auch ... mit den Händen.

Wenn sie sich über den Bildschirm bewegte, gehörte sie ihm. Ganz allein ihm. Manchmal verirrte sich ihr Blick in seine Richtung. Dann spürte er das Blut in seinen Adern. Bald würde sie ihn wirklich sehen. Und fühlen. Seine Hände würden über ihren Körper gleiten, die sanften Kurven nachzeichnen, Hügel und Täler erkunden. Sie würde unter seinen Berührungen erschaudern, die feinen Härchen auf ihren Unterarmen würden sich aufrichten und die Knospen ihrer Brüste aufgehen.

Sie würde bereit sein.

Und still.

Für ihn.

Wenn sie still war, war alles gut. Nur still. Das andere wollte er nicht denken. Das andere war laut, schrill, böse. Er war nicht böse. Das andere war böse. Wenn sie still war, blieb das Böse fern.

Er schob den Regler zurück und ließ die Sequenz von vorn starten. Ihre Bewegungen gefielen ihm. Sie waren harmonisch. Obwohl die Bilder wirklich nicht besonders gut waren, vermittelten sie ihm das Gefühl tiefer Vertrautheit. Als würde er sie schon sehr lange kennen.

Sie würde das auch spüren. Und still sein.

Als Konrad Röverkamp am Morgen das Büro betrat, verschlechterte sich seine ohnehin nicht gerade frühlingshafte Laune schlagartig um etliche Grade auf seiner nach unten offenen Stimmungsskala.

Der Kollege, der sich auf seinem Stuhl niedergelassen hatte und mit Kommissarin Janssen sprach, gehörte zu jener Sonderkommission, die sich mit der Frage nach weiteren Opfern eines Kindermörders befasste. Er hatte hier nichts zu suchen, schon gar nicht auf Röverkamps Platz.

Und um seiner Kollegin Marie nachzustellen, war der Kriminaloberkommissar nach Röverkamps Empfinden bei weitem zu alt. Außerdem gehörte er zu jener Sorte Kollegen, die bei jeder passenden und unpassenden Gelegenheit mit ihren Ermittlungserfolgen prahlten. Schon deshalb fand er ihn unsympathisch.

„Was machst *du* hier, Holtmann?", fragte er ohne Gruß und ließ die Tür geräuschvoll ins Schloss fallen. „Habt ihr in eurem Kommissariat nicht genug zu tun?"

Der Angesprochene drehte sich zu Röverkamp um und grinste breit. „Welche Laus ist dir denn über die Leber gelaufen? Hast du eine neue Wasserleiche? Und noch immer keinen Täter? Soll ich euch ein paar Tipps geben?"

„Was immer du auf Lager hast – behalte es für dich", knurrte Röverkamp und warf seine Jacke über den Haken. „Wir brauchen keinen Nachhilfeunterricht. Und es wäre mir sehr lieb, wenn du dich erstens von meinem Platz und zweitens aus diesem Büro entfernen würdest."

„Kein Problem, Herr Hauptkommissar. Wir sind sowieso gerade fertig. Und es liegt mir natürlich fern, dir deinen Sessel streitig zu machen."

„Fertig? Womit?" Röverkamps Stimme bekam einen drohenden Unterton.

„Das kann dir die Kollegin selbst erzählen." Holtmann klappte ein Notizbuch zusammen und erhob sich. Während er die abgegriffene Kladde in seiner Lederjacke verstaute, reichte er Marie seine freie Hand. „Auf Wiedersehen, Frau Kollegin. Vielen Dank für Ihre Hilfe."

An der Tür drehte er sich noch einmal um. „Mach's gut, Röverkamp. Und entschuldige die Störung. Wird nicht wieder vorkommen. Voraussichtlich jedenfalls."

Bevor er endgültig die Tür hinter sich schloss, warf er Marie Janssen noch einen verschwörerischen Blick zu. „Hoffentlich ist er bei Ihnen weniger bissig." Dann klappte die Tür zu.

Konrad Röverkamp wartete, bis sich die Schritte des Besuchers entfernt hatten. „Was wollte Holtmann hier? Ist er ...? Hat er dich ...?"

Marie sah ihn mit großen Augen an. „Guten Morgen, Konrad. Was ist los? Stimmt irgendetwas nicht?"

„Morgen", brummte Röverkamp. „Mir gefällt nicht, dass der hier so unangemeldet auftaucht. Und es würde mir auch nicht gefallen, wenn er dich ..."

Marie lachte leise. „Konrad, du bist doch nicht etwa eifersüchtig? Der Kollege war dienstlich hier. Und falls es dich beruhigt – mein Fall ist er auch nicht. Im Übrigen hatte er sich angemeldet."

„Dienstlich? Weshalb?" Der Hauptkommissar untersuchte die Sitzfläche seines Bürostuhls, als vermutete er eine Beschädigung.

„Wegen des Tatverdächtigen in den Fällen Levke und Felix. Ich sollte eine Aussage machen. Zu seiner Persönlichkeit. Ich konnte aber nicht viel ..."

„Du? Wieso solltest du ...?"

„Ich kenne den Mann, Konrad. Von früher. Er war sogar mal bei uns zu Hause."

Röverkamp ließ sich auf seinen Sitz fallen und schnappte hörbar nach Luft.

„Der war bei dir zu Hause?"

„Ja. Er hat meine Freundinnen und mich manchmal von der Disco in Bremerhaven nach Hause gefahren. Meistens haben uns unsere Eltern gebracht und abgeholt. Abwechselnd. Aber manchmal hat er uns gefahren. Für uns war das damals nur so ein gutmütiger Trottel. Einer, den man ausnutzen konnte. Es hat doch keiner geahnt ... Meiner Mutter wird heute noch schlecht, wenn sie daran denkt."

„Das kann ich verstehen." Röverkamp schüttelte den Kopf. „Nicht zu glauben. Sachen gibt's ..."

„... die gibt's gar nicht", bestätigte Marie. „Zum Beispiel Patienten, die sich nicht an die Anweisungen ihrer Ärzte halten. Wieso bist du schon wieder im Büro? Solltest du nicht noch ein paar Tage Ruhe halten?"

„Es geht schon", winkte Röverkamp ab. „Ich darf nur nicht Rad fahren." Er grinste. „Und körperliche Arbeit ist auch verboten. Aber damit habe ich keine Probleme. Gegen leichte Bürotätigkeit ist jedenfalls nichts einzuwenden."

Er sah die Zweifel in Maries Mienenspiel.

„Wirklich", versicherte er in bemüht leichtem Tonfall. „Alles bestens. Mach dir keine Sorgen." Dass ihn am Morgen die rote Färbung seines Urins erschreckt hatte, behielt er für sich. *Ich kann das Mädchen nicht mit meinem Altherrenleiden belasten. Irgendwann werden die Blutungen schon aufhören.*

Marie lächelte hintergründig. „Und sonst?"

„Wie – und sonst?"

„Deine Verabredung. Ist sie zu Stande gekommen?"

„Ach so. Ja. Vielen Dank noch mal für den Tipp. Sabine, ich meine Frau Doktor Cordes, kennt den Friesenhof. Sie fand den Vorschlag gut."

„Das freut mich, Konrad. Ich wünsche dir jedenfalls einen schönen Abend."

„Danke", murmelte Hauptkommissar Röverkamp und nickte gedankenverloren. Für einige Sekunden schien er nicht anwesend zu sein. Doch dann straffte er sich und sah seine Kollegin an.

„Gibt es Neuigkeiten in unserem Fall?"

Marie Janssen wies auf die Flipchart mit der Fallskizze. „Ich habe mir noch mal Gedanken über die These vom mordenden Vermieter gemacht. Dazu würde ja der Fall von 1984 nicht passen.

Birte Hansen. Sie ist hier aufgewachsen. In Sahlenburg, um genau zu sein. Und sie hat zum Zeitpunkt ihres Todes noch bei ihren Eltern gelebt. Also hätte in diesem Fall der Täter auch in ihrem Umfeld gesucht werden müssen."

Röverkamp nickte. „Stichwort Beziehungstat."

„Mir scheint", fuhr Marie fort, „dass die Ermittlungen in diese Richtung seinerzeit nicht sehr intensiv geführt worden sind. Man hat sich, finde ich, viel zu schnell auf Tod durch Ertrinken festgelegt. Und insgesamt ist die Akte auch ziemlich dünn. Vielleicht wollte man auch Fremdverschulden nicht in Erwägung ziehen. Um die Öffentlichkeit nicht zu beunruhigen. Es war schließlich Saison. So ähnlich wie bei unserem jetzigen Fall. Ich habe deshalb die Eltern von Birte aufgesucht. Karin und Hendrik Hansen."

Der Hauptkommissar unterdrückte ein Lächeln. Diese junge Kommissarin erinnerte ihn nicht nur an seine Tochter; in ihrem Eifer, der Lösung des Falles näher zu kommen, erkannte er auch seinen eigenen Tatendrang als junger Beamter wieder.

„Und?", fragte er. „Hast du etwas in Erfahrung gebracht, das nicht in der Akte stand?"

„Allerdings", antwortete Marie. „Natürlich keine Fakten, wie man sie gern in Ermittlungsakten hätte. Aber eine Geschichte. Mit Erlebnissen und Eindrücken. Und ich finde, man kann daraus Schlüsse ziehen. Soll ich sie erzählen? Sie ist aber etwas länger."

„Nur zu", ermunterte Röverkamp seine Kollegin. „Ich höre gern Geschichten."

„Am Anfang dachte ich", begann Marie Janssen, „sie wollten nicht über den Tod ihrer Tochter sprechen. Es fiel ihnen sichtlich schwer, sich auf die Erinnerung einzulassen. Sie haben den Verlust anscheinend nie verwunden. Aber irgendwann hat Frau Hansen zu sprechen begonnen. Zuerst stockend und unter Tränen, dann immer flüssiger, hat sie berichtet, was sie und ihr Mann erlebt haben.

„Ich mache mir Sorgen", sagte Karin Hansen und wies nach draußen. „Birte müsste längst zurück sein. Wenn sie nicht bald kommt, müssen wir etwas unternehmen."

Hendrik Hansen nickte. Schon mehrmals war er aufgestanden, war vor die Tür getreten und hatte in alle Richtungen Ausschau gehalten.

„Du hast Recht", antwortete er, nachdem er ein weiteres Mal einen Blick auf die Straße geworfen hatte. „Und wir sollten auch gar nicht länger warten. Ich fahre mal Richtung Wernerwald. Vielleicht kann ich sie irgendwo aufgabeln."

Als er vom Flockengrund in die Nordheimstraße einbog, machte sein Herz einen Sprung. Aus der Oskar-von-Brock-Straße kam ihm eine Joggerin entgegen.

Aber es war nicht Birte. Trotzdem stoppte er und ließ die Scheibe herunter. „Waren Sie im Wernerwald?", rief er der jungen Frau zu. Die Läuferin nickte, machte aber keine Anstalten, ihr Tempo zu drosseln.

Hansen sprang aus dem Wagen. „Warten Sie! Entschuldigung! Ich suche meine Tochter. Sie ist auch im Wernerwald gelaufen. Eine junge Frau. Blond. Haben Sie sie vielleicht gesehen?"

Die Frau hielt kurz inne, schüttelte erneut den Kopf und murmelte etwas wie: „Tut mir Leid."

Hansen stieg wieder ins Auto und fuhr weiter. Trotz der feuchtkalten Luft, die inzwischen vom Meer in den Ort gekrochen war, schwitzte er. Und ein vages Gefühl der Angst breitete sich vom Magen her in ihm aus.

Viel zu schnell durchfuhr er die Wernerwaldstraße. Am Sahlenburger Strand parkte er und lief ein Stück am Strand entlang in Richtung Wittendünen.

Von Birte keine Spur.

Er hastete zurück zum Wagen, wendete und raste nach Hause. Seine Frau erwartete ihn an der Tür.

„Nichts", rief Hansen schon an der Gartenpforte. „Ich habe sie nirgends gesehen."

„Wir müssen sie suchen." In Karin Hansens Stimme schwang Furcht. „Wenn ihr etwas zugestoßen ist ... Ich mache mir Vorwürfe ..."

„Noch gibt es keinen Grund zur Sorge." Hansen klang wenig überzeugend. „Aber wir sollten trotzdem etwas tun. In dem Nebel wird es allerdings schwierig sein ... Ich habe eine Idee. Wir brauchen einen Hund, einen richtigen Spürhund. Ich weiß auch, wo wir einen bekommen." Er wandte sich zum Gehen. „Bleib du hier. Falls Birte auftaucht. Ich fahre zu Clausen. Der hat doch diesen Suchhund. Mit dem er letztes Jahr einen Preis gewonnen hat."

Während Hendrik Hansen erneut in seinen Wagen stieg und den Motor anließ, dachte er an Birte, sah sie vor sich, wie sie leichtfüßig und locker am Strand entlang lief. Ein hübsches Mädchen. Seine Tochter. Sein ganzer Stolz. Sie würde studieren. Und vielleicht das Hotel übernehmen. Ihr Bruder hatte alles andere im Kopf als das, was man von ihm erwartete. Interessierte sich nur für Schiffe und Flugzeuge. Hatte sich bei der Bundeswehr verpflichtet und wollte unbedingt zu den Marinefliegern. Birte half gerne im Hotel und war bei den Mitarbeitern beliebt. Ihr durfte nichts zugestoßen sein.

Am Swatten Diek wurde Hansen aus seinen Gedanken gerissen. Unmittelbar vor seinem Mercedes rannte ein junger Mann auf die Straße, ohne auf den Verkehr zu achten. Für den Bruchteil einer Sekunde glaubte Hansen ihn im nächsten Augenblick über die Motorhaube fliegen zu sehen. Er verriss das Steuer und trat auf die Bremse. Der Wagen drohte auszubrechen, fing sich aber und kam mit quietschenden Reifen zum Stehen. *Verdammt, das war knapp. Ich muss langsamer fahren. Das fehlte noch. Ein Unfall. Jetzt.*

Hansen spürte sein Herz und atmete tief durch. *Ruhe bewahren. Da vorne wohnt Clausen. Es sind nur noch hundertfünfzig Meter.*

Er hatte den Motor abgewürgt und musste neu starten. Dabei sah er sich um.

Der Junge war ihm bekannt vorgekommen. Er hatte ihn schon einmal gesehen. Im Hotel? Nein. Mit Birte. Wahrscheinlich einer aus der Freundesclique. Hansen hatte Mühe, die jungen Männer auseinander zu halten, die Birte mit nach Hause brachte. Ihre Namen hatte er sich immer nur kurze Zeit merken können. Dieser junge Mann, den er beinahe überfahren hätte, hatte einen ungewöhnlichen Namen. So viel war ihm immerhin in Erinnerung geblieben. Aber er kam nicht drauf.

Ist jetzt auch egal. Ist ja nichts passiert. Aber ich weiß viel zu wenig über Birte. Was sie macht, wenn sie nicht zu Hause ist, mit wem sie zusammen ist, wer ihre Freunde sind.

Johann Clausen verlor nicht viele Worte, nahm seinen Hund an die Leine und folgte Hendrik Hansen zum Wagen.

„Erst zu dir", sagte er, als Hansen den Motor anließ. „Wir brauchen was von deiner Tochter. Damit Basco ihren Geruch aufnehmen kann. Ein Kleidungsstück. Oder ein Paar Schuhe."

Als die Männer vor dem Haus am Flockengrund aus dem Wagen stiegen, stürzte Karin Hansen auf sie zu. „Habt ihr sie gefunden?"

Die Männer schüttelten stumm die Köpfe. „Wir sind doch erst auf dem Wege", sagte ihr Mann. „Wir brauchen was von Birte. Woran der Hund schnuppern kann."

Karin Hansen schluchzte auf, eilte aber ins Haus und kehrte mit einer Jacke zurück. „Geht das?", fragte sie und hielt Clausen das Kleidungsstück hin.

Der nahm ihr die Jacke ab und legte sie wortlos in den Wagen. „Tja", murmelte er. „Dann wollen wir mal."

„Ich komme mit", rief Karin Hansen. „Sechs Augen sehen mehr als vier."

Die Männer sahen sich an.

Hendrik Hansen schüttelte den Kopf. „Wir können Oma nicht allein lassen. Und es ist besser, wenn du zu Hause bist. Falls Birte auftaucht. Außerdem gibt es nicht viel zu sehen – bei dem Nebel. Wir müssen uns jetzt auf den Hund verlassen."

Wenig später eilten die Männer am Sahlenburger Strand entlang. Clausen hatte den Weimaraner an der Jacke schnuppern und dann von der Leine gelassen. Die Schnauze dicht am Boden, rannte der Suchhund voraus. Wechselte von einer Seite des Weges zur anderen und wieder zurück, folgte schließlich einem Trampelpfad und führte die Männer zur Falkenhütte und zum Finkenmoorteich. Dann quer durch den Wernerwald zur Himmelshöhe, am Waldrand entlang zum Wolfsberg. Schließlich erreichten sie keuchend das Watt. Der Weimaraner sprang an der Wasserkante hin und her und knurrte verhalten.

„So'n Schiet", brummte Johann Clausen.

„Was bedeutet das?", fragte Hansen mit schwacher Stimme. Ihm war schlecht von der Lauferei. Oder vor Angst. Vielleicht auch von beidem.

„Basco hat die Spur verloren."

„Und was machen wir jetzt?" Hansen war kaum zu verstehen.

Clausen hob die Schultern. „Vielleicht sollten wir die Polizei verständigen."

18

„Und?", fragte Konrad Röverkamp, der aufmerksam zugehört hatte. „Haben sie?"

Marie Janssen nickte. „Erst relativ spät am Abend. Und dann gab es die übliche Suchaktion. Mit einer Hundertschaft. Und mit Spürhunden und freiwilligen Helfern. Am nächsten Tag das Ganze noch einmal. Aber da war die Hoffnung schon gering, das Mädchen noch lebend zu finden. Sie kannte sich hier gut aus. Darum ging man davon aus, dass sie sich nicht verlaufen haben konnte. Und suizidgefährdet war sie auch nicht. Also musste man annehmen, dass ihr etwas zugestoßen war."

„Aber irgendwann muss die Leiche doch aufgetaucht sein."

„Das ist sie. Im doppelten Sinn des Wortes", bestätigte Marie. „Sie wurde angeschwemmt. Einige Tage später. Am Strand der Insel Neuwerk."

Röverkamp legte die Stirn in Falten. „Neuwerk? Warum steht das nicht in der Akte?"

„Das habe ich mich auch gefragt. Aber es gibt vielleicht eine Erklärung. Der Kollege, der den Fall damals untersucht hat, erinnert sich an einen sehr jungen und ehrgeizigen Staatsanwalt, dessen

Familie mit den Hansens befreundet war. Er – also der Kollege – meint, dass allen Beteiligten daran gelegen war, den Todesfall so schnell und geräuschlos wie möglich zu den Akten zu legen. Wegen der Familie, wegen der Hotelgäste, wegen des Kurbetriebs – was weiß ich. Neuwerk ist Hamburger Gebiet. Um nicht die Hamburger Polizei einschalten zu müssen, hat man die Leiche unauffällig zum Festland gebracht. Wäre der Leichenfund auf Neuwerk bekannt geworden, hätte sich die Sache nämlich nicht mehr aus den Zeitungen heraushalten lassen."

Röverkamp pfiff leise durch die Zähne. „Und wer ist dieser Kollege? Mit dem hast du offenbar auch schon gesprochen."

„Klar." Marie strahlte ihren Kollegen an. „Hauptkommissar a. D. Otto Bremer. Ein netter älterer Herr. Lebt in Wremen und ist schon lange in Pension. Statt Verbrecher jagt er heute Schnecken und Maulwürfe in seinem Garten."

Röverkamp schüttelte staunend den Kopf. „Hat er dir noch mehr erzählt? Oder war das mit der Fundstelle schon alles, was nicht in der Akte steht? Das hilft uns doch nicht wirklich weiter. Oder?"

„Das nicht", bestätigte Marie. „Aber vielleicht etwas anderes. Hauptkommissar Bremer war ein junger Mann aufgefallen, der sich bei der Suchaktion hervorgetan hat. Ein Bekannter der Toten. Und gleichzeitig derjenige, der sie zuletzt gesehen hat. Ein gewisser Jens-Ole Stichling, genannt Jenno. Muss damals achtzehn Jahre alt gewesen sein. Bremer hatte von Anfang an das Gefühl, dass der Junge mehr wusste, als er gesagt hat. Später hat sich sein Eindruck zu einer festen Überzeugung verdichtet. Aber man hat ihm nicht erlaubt, seinem Verdacht nachzugehen."

„Nicht zu glauben, dass so etwas möglich ist", empörte sich Röverkamp.

„Nein", sagte Marie. „Ich verstehe das auch nicht."

Der Hauptkommissar nickte gedankenvoll. „Und du meinst, wir sollten diesen Stichling aufspüren?"

„Genau das meine ich. Ich habe auch schon mal ein bisschen nachgeforscht. Es hat in Cuxhaven eine Frau mit diesem Namen gegeben, die geschieden war und mit ihrem Sohn zusammengelebt hat. Sie ist Anfang der neunziger Jahre nach München gezogen. Dort ist sie aber nicht gemeldet. Möglicherweise hat sie noch einmal geheiratet und heißt jetzt anders. Oder sie hat ihren Mädchennamen wieder angenommen. Was aus dem Sohn geworden ist, habe ich leider noch nicht herausgefunden. Er ist jedenfalls weder in Cuxhaven noch in München gemeldet.

Als nächstes versuche ich, bei den Schulen nachzufragen. Vielleicht lassen sich ehemalige Mitschüler ausfindig machen, die etwas über ihn wissen."

„Jens-Ole Stichling." Konrad Röverkamp malte den Namen auf seine Schreibtischunterlage. „Theoretisch könnte der heute einen anderen Namen tragen. Es soll ja Männer geben, die den Namen ihrer Frau annehmen. Oder er hat die Namensänderung seiner Mutter mitgemacht. Dann wird's schwierig."

„Warum schwierig?", fragte Marie. „Es muss doch heutzutage möglich sein, jemanden zu finden, von dem man Geschlecht, Alter und seinen früheren Namen kennt. Über jeden von uns werden so viele Daten gesammelt und in irgendwelchen Computern gespeichert. Haben wir denn keinen Zugriff auf die Dateien der Einwohnermeldeämter?"

Der Hauptkommissar schüttelte den Kopf. „Das würde uns auch nicht weiterhelfen. Und in den Computern von LKA und BKA finden wir ihn nur, wenn er als Straftäter in Erscheinung getreten ist. Falls er tatsächlich seinen Namen geändert hat, müssen wir bei den Standesämtern nachfragen. In Cuxhaven und in München. Das kann dauern. Aber uns wird nichts anderes übrig bleiben, wenn wir diese Spur verfolgen wollen. Aber vielleicht kriegst du ja in der Zwischenzeit etwas über die Schulen heraus."

Marie sah ihren Kollegen forschend an. „Du bist nicht hundertprozentig überzeugt, stimmt's?"

„Hundertprozentig nicht." Röverkamp schmunzelte. „Da hast du Recht. Aber – sagen wir – zu fünfzig Prozent. Und das sollte ausreichen. Du kannst loslegen. Klemm dich ans Telefon, um herauszufinden, wer bei den Standesämtern für Namensänderungen zuständig ist. Und dann schickst du denen ein offizielles Amtshilfe-Ersuchen."

„Gern!" Marie strahlte. „Ich fange sofort an. Und du solltest wieder nach Hause gehen und dich ausruhen. Ich kümmere mich um unseren Fall. Und du erholst dich. Es wäre doch nicht schön, wenn du deine Verabredung wieder absagen müsstest, weil du zur Nachbehandlung musst."

Irritiert starrte Röverkamp seine Kollegin an. „Meinst du wirklich? Kann das passieren?"

„Natürlich kann das passieren, Konrad. Mein Vater hatte vor einigen Jahren die gleiche Operation. Kaum war er zu Hause, hat er sich auf die Gartenarbeit gestürzt. Erst hatte er wieder Blut im Urin, dann kamen die Schmerzen zurück. Schließlich musste meine Mutter ihn ins Krankenhaus bringen."

Röverkamp schwieg und fragte sich, ob das leichte Ziehen im Unterleib als Schmerz bezeichnet werden konnte. „Na ja", murmelte er schließlich. „Gartenarbeit mache ich nun wirklich nicht. Außerdem habe ich eine Verabredung mit dem Kriminaloberrat. Aber vielleicht hast du Recht. Ich überleg's mir noch."

Er wies auf die Akten. „Könnte ich die mitnehmen? Oder brauchst du sie noch? Ich wollte sie noch einmal gründlich durchgehen."

Marie schüttelte den Kopf. „Ich kenne sie inzwischen fast auswendig. Nimm sie ruhig mit."

Der Vormittag in der Polizeiinspektion hatte Röverkamp stärker angestrengt, als er sich eingestehen mochte. Das Gespräch mit Christiansen war zwar langwierig gewesen, und er hatte noch bis Mittag auf die Unterlagen warten müssen. Aber er hatte sie bekommen. Dass er keinen überzeugenden Grund hatte, die Personalakte eines Kollegen einzusehen, war ihm erst aufgegangen, als er versucht hatte, den Kriminaloberrat zu überzeugen. Wenn er die Sache mit dem verschwundenen Koffer nicht hätte anführen können, wäre er wohl mit seinem Ansinnen gescheitert. Seine Andeutung, Marie Janssen könnte sich mit Kienast einlassen, war jedoch nicht auf fruchtbaren Boden gefallen.

„Ihre Fürsorge ehrt Sie", hatte Christiansen gesagt. „Aber wäre der Kontakt Ihrer Mitarbeiterin zu einem Kollegen nicht in erster

Linie eine Privatangelegenheit? Oder gibt es etwas, das ich wissen sollte?"

Röverkamp hatte sich schwer getan, rationale Argumente vorzutragen. Seine väterlichen Gefühle gegenüber Marie Janssen konnte er ebenso wenig ins Feld führen wie sein Misstrauen gegenüber diesem Kommissar, der dauernd um sie herumschlich.

Schließlich hatte er sich von Marie verabschiedet und mit einem Paket Akten in der Tasche den Heimweg angetreten. Die Witwe Karstens hatte ihn mit einem Krabben-Omelett verwöhnt. Anschließend war er auf seinem Bett eingeschlafen. Eigentlich hatte er nur für ein paar Minuten ausruhen wollen, aber die Müdigkeit hatte ihn übermannt.

Missmutig registrierte er, dass er den Nachmittag verschlafen hatte. Seine Aktentasche mit den dienstlichen Unterlagen lehnte unberührt neben dem Sessel am Fenster. *Auch gut. Die Akten haben eigentlich Zeit. Noch das ganze Wochenende. Ich sehe sie mir morgen an.*

Röverkamp richtete sich auf und schwang die Beine über die Bettkante. Ein leichter Schmerz erinnerte ihn an die überstandene Operation. Aber er fühlte sich besser. Vielleicht ging es doch aufwärts.

Körperliche Beeinträchtigungen zu akzeptieren, fiel Konrad Röverkamp schwer. Das Gefühl, den Anforderungen des Alltags nicht gewachsen zu sein, ärgerte und ängstigte ihn gleichermaßen.

Marie Janssen hatte den Arbeitstag zunächst damit verbracht, bei den Cuxhavener Schulen nachzufragen. Ohne Ergebnis. Dann hatte sie mit den Einwohnermeldeämtern telefoniert, um die für Namensänderungen zuständigen Sachbearbeiter herauszufinden. In Cuxhaven war das kein Problem gewesen. Sie war auf eine freundliche Dame gestoßen, hatte ihr Anliegen geschildert und eine offizielle Anfrage angekündigt. Die Beamtin würde nach dem Vorgang suchen und die gewünschten Auskünfte erteilen, sobald das Schreiben des Kommissariats vorlag.

Die Münchener waren weniger entgegenkommend gewesen. Sie möge, hatte man ihr beschieden, einen Antrag beim niedersächsischen Innenministerium einreichen. Wenn von dort eine hinreichend begründete Anfrage beim bayerischen Ministerium einging, würde man – im Rahmen der personellen Möglichkeiten – der Sache nachgehen. Marie hatte die entsprechenden Schreiben formuliert und Kriminaloberrat Christiansen vorgelegt.

Anschließend hatte sie ihre Berichte vervollständigt.

Als sie die Polizeiinspektion verließ, pfiff sie fröhlich vor sich hin. Das Bewusstsein, etwas erreicht und wichtige Ermittlungen auf den Weg gebracht zu haben, gab ihr ein Gefühl von Zufriedenheit. Und vor ihr lag ein freies Wochenende. Mit der Aussicht auf einen aufregenden und spannenden Ausflug. Sie war lange nicht mehr auf einem Segelboot gewesen und malte sich ein abwechslungsreiches Erlebnis aus. Die Vorstellung, sich unter geblähten Segeln den Nordseewind um die Nase wehen zu lassen, zog notwendigerweise die Frage nach der angemessenen Bekleidung nach sich. Und was sonst noch einzupacken war. Für die Übernachtung.

Während sie ihren Roller durch den Feierabendverkehr in Richtung Groden steuerte, erschienen vor ihrem inneren Auge verschiedene Varianten sommerlicher Outfits, die sich aus dem zusammenstellen ließen, was ihr Kleiderschrank hergab.

Auf jeden Fall gehörte ein Bikini dazu, ein leichter Sommerrock, zwei oder drei Tops und ein paar Jeans. Vielleicht auch ein Pullover und eine Windjacke – falls es doch kühler werden sollte.

Während sie sich in luftiger Kleidung auf dem Vordeck des Segelbootes in der Sonne liegen sah, nagte in ihrem Hinterkopf die Sorge, wie es wohl um Konrad Röverkamp bestellt war. Er hatte blass ausgesehen, sich vorsichtig bewegt und war sichtlich bemüht gewesen, entspannt zu wirken. Aber sie hatte ihm angesehen, dass er sich nicht besonders gut fühlte. Sie war froh gewesen, dass er sich gegen Mittag verabschiedet hatte.

Hätte sie noch einmal nach ihm sehen sollen? Die Frage verdrängte die Bilder vom Segel-Ausflug aus ihrem Kopf. Marie spürte so etwas wie ein schlechtes Gewissen. Konrad Röverkamp hatte niemanden, der sich um ihn kümmerte. Sie wusste schließlich, wie es Patienten nach einer solchen Operation ging. Sie erwog umzukehren. Doch dann fiel ihr ein, wie ihr Vater auf fürsorgliche Fragen aus der Familie reagiert hatte. Männer mochten es nicht, wenn man sie auf ihre Leiden ansprach. *Vielleicht ist es besser, wenn ich morgen anrufe. Ich kann ihn ja fragen, ob er in den Akten noch etwas entdeckt hat.*

Die Aufzeichnung vom Abend erschien viel versprechend. Während das Material der anderen Tage fast nur Bilder aus dem leeren Badezimmer enthielt, erschien sie heute im Abstand weniger Minuten auf dem Monitor – jeweils in neuer Garderobe.

Erstaunlich, wie viele Kombinationen sich aus zwei Röcken und einer Hand voll Oberteile ergaben, wenn man auch noch den einen oder anderen Bikini einbezog.

Sie drehte sich in jeder neuen Variante vor dem Spiegel, griff sich in die Haare, hob sie über den Kopf, ließ sie wieder fallen.

Bei jeder Drehung stellte sie sich auf die Zehenspitzen und federte auf und ab, wobei ihre kleinen Brüste wippten.

In seiner Fantasie vollführte sie alle diese unbefangenen Bewegungen auf der kleinen Insel im Wattenmeer. Auf jener Insel, die nur von Wasservögeln bewohnt war, von Seehunden gelegentlich besucht, aber von Menschen schon lange nicht mehr betreten wurde.

Nur von ihm.

Bis vor hundert Jahren hatte ein Leuchtfeuer auf der Insel den Seefahrern zur Orientierung gedient. Irgendwann war der Leuchtturm abmontiert und auf dem Sockel ein überdachter Wetterschutz für Naturschützer errichtet worden. Aber auch dieser war schon lange verlassen und dem Verfall preisgegeben worden.

Ein glücklicher Zufall hatte ihn die Insel entdecken lassen – kurz nachdem diese Sache passiert war. Seitdem hatte er sich immer wieder auf die Insel geflüchtet, wenn diese unbändige Wut in seinem Körper aufstieg und seinen Kopf zerspringen lassen wollte.

Weil das winzige Eiland laut Seekarte in einer Schutzzone lag und nicht betreten werden durfte, hatte er es stets in der Abenddämmerung angesteuert, die Nacht dort verbracht, tagsüber an der Hütte gearbeitet und die Insel am nächsten Abend wieder verlassen. Nach und nach hatte er sich die zerfallene Bretterbude hergerichtet. Hatte sie mit einem Fenster und einer Tür versehen und mit Bett und Gaskocher ausgestattet. An der Außenwand hatte er sogar eine Dusche eingerichtet, die von einem Behälter gespeist wurde, den er regelmäßig aus Kanistern auffüllte.

Die schönsten Stunden seines Lebens hatte er auf dieser Insel verbracht. Zuerst hatte er sich als eine Art Robinson gefühlt, hatte am Tag die Tiere und nachts die Sterne beobachtet, gelegentlich in einer Mulde ein kleines Feuer entzündet und sich ganz der Illusion eines Herrschers über das eigene Reich hingegeben.

Das Bewusstsein, etwas Verbotenes zu tun, etwas, von dem niemand auch nur eine Ahnung haben konnte, hatte ihn erregt und zutiefst befriedigt und zugleich seine wilde Wut besänftigt. Mit den Jahren hatte er gelernt, die Raserei in seinem Kopf zu steuern und seinen Körper zu beherrschen.

Irgendwann hatte in ihm der Wunsch zu wachsen begonnen, das Erlebnis des Verbotenen zu teilen.

Mit einer Frau.

Und er hatte begonnen, sie zu suchen.

Ein schwieriges Unterfangen. Denn nur sehr wenige Frauen kamen dafür in Frage. Die meisten konnten nicht sein Interesse wecken.

Eine hatte es gegeben, die er gewollt hatte. Aber damals war er dumm und blind gewesen. Hatte alles falsch gemacht. Und sie verloren.

Wenn er einer erlaubte, seine Insel zu betreten, sollte sie sein wie sie.

Darum musste er sie vorher prüfen. Das Erbe seines Vaters, den er nie kennen gelernt hatte, war ein Geschenk des Schicksals gewesen. Mit dem Apartment für Feriengäste in dem kleinen Haus hatte er einen Weg gefunden, sich geeignete Bewerberinnen auszusuchen.

Für die Frau auf dem Monitor war der Aufwand etwas größer gewesen, aber die Investition hatte sich gelohnt.

Sie würde seine Inselkönigin werden.

Eine Art wohlige Vorfreude ließ ihn seufzen.

Inzwischen war die Modenschau anscheinend beendet. Zur Kontrolle ließ er das Video vorlaufen. Nur einmal noch erschien sie kurz vor dem Badezimmerspiegel. Beugte sich dicht vor das Glas und begann, einen Pickel oder Mitesser auszudrücken. Rasch beendete er die Wiedergabe und speicherte die Datei.

Konrad Röverkamp hatte tief und traumlos geschlafen. Als er gegen zehn Uhr erwachte, fühlte er sich frisch und ausgeruht. Vorsichtig verließ er das Bett und tappte zum Fenster, um frische Luft hereinzulassen. Während er die Vorhänge zur Seite zog und die Fensterflügel öffnete, lauschte er in sich hinein. Kein Schmerz. Kein Ziehen. Kein Druckgefühl. Plötzlich wurde ihm klar, dass er die Nacht durchgeschlafen hatte – zehn oder elf Stunden – , ohne zwei oder drei Mal aufstehen zu müssen. Ein Gefühl unendlicher Erleichterung erfasste ihn. Ihm war, als wäre er in diesem Augenblick ins Leben zurückgekehrt. Röverkamp atmete tief durch.

Die hereinströmende Luft roch nach Sommer und Meer. Sie war noch kühl, aber der tiefblaue und wolkenlose Himmel versprach einen schönen Tag.

Ich sollte die Gelegenheit nutzen und ein paar Stunden an der frischen Luft verbringen. Wenn schon nicht auf dem Fahrrad, dann eben zu Fuß. Wenigstens ein Stück.

Vor seinem inneren Auge sah er sich zwischen Rentnern und Familien mit Kindern im Jan-Cux-Express nach Döse, Duhnen oder Sahlenburg gondeln. Sah sich in einem gelben Strandkorb sitzen, mit geschlossenen Augen das Gesicht in die Sonne haltend und die wärmenden Strahlen genießen. Ein Bild, das ihn zum Lachen reizte.

Hätte ihm jemals jemand vorgeschlagen, einen Tag auf diese Weise zu verbringen, hätte er nur den Kopf schütteln können. Doch heute erschien ihm die stundenweise Erprobung des Rentnerdaseins als erstrebenswert. Er würde mit der Seele baumeln, an Sabine Cordes denken, sich den gemeinsamen Abend ausmalen und alle Fragen und Gedanken zum Fall der Wasserleiche, die sich ins Bewusstsein bohren wollten, verdrängen.

Die Akten kann ich heute Abend lesen. Zur Not auch morgen.
Auf dem Weg ins Badezimmer stieg ihm der Duft frischen Kaffees in die Nase. Plötzlich spürte Röverkamp auch seinen Magen. Am Abend hatte er nichts mehr gegessen, sein Appetit auf frische Brötchen zu Witwe Karstens Kaffee wuchs ins Unermessliche.
Auch nach dem ausgiebigen Frühstück blieb die neue Lebensfreude erhalten. Selbst die inquisitorischen Fragen der Wirtin zu seinem Befinden konnten ihm nicht die Laune verderben. Er beantwortete sie geduldig, bis Amelie Karstens zufrieden feststellte, dass ihm „der Aufenthalt im Sanatorium offenbar gut bekommen" wäre, und ihn in Ruhe ließ. Er widmete sich der Lektüre der Cuxhavener Nachrichten, die ausführlich über einen Grundstücksskandal berichtete, den die politischen Parteien im Rathaus ausnahmsweise einmal gemeinsam zu verantworten hatten. Mit innerer Genugtuung stellte er fest, dass die rasche Aufklärung des Falles Theda Lührs offenbar dazu beigetragen hatte, einen Freizeitpark in der Landschaft am Gudendorfer See zu verhindern.

CaribicWorld-Center nicht nach Cuxhaven
Investor aus Hessen zieht sich zurück
Von Felix Dorn

Was die Spatzen schon seit einiger Zeit von den Dächern gepfiffen haben, wurde gestern offiziell bestätigt: Das Freizeitzentrum mit dem „karibischen Flair" wird nicht gebaut. Weil ein für die Errichtung des Vergnügungsparks benötigtes Grundstück – wie berichtet – nicht erworben werden konnte, hat der Bollmann-Konzern seine Zusage zurückgezogen.Investitionen von mehreren hundert Millionen Euro in der Region Cuxhaven bleiben nun aus. Zugleich bleibt die Stadt auf Grundstücken sitzen, die sie in aller Eile und unter strenger Geheimhaltung zu überhöhten Preisen erworben hatte. Angesichts der desolaten finanziellen Situation der Stadt stellt sich die Frage nach der politischen Verantwortung für das Desaster.

Investitionen hin oder her, Das Ding wäre ein Schandfleck in der unberührten Natur des Sees gewesen, fand Röverkamp. Er legte die Zeitungen erst beiseite, als er eine leichte Unruhe bei Amelie Karstens bemerkte. Als er auf die Uhr sah, verstand er, warum seine Wirtin begonnen hatte, Teile des Frühstücksgeschirrs mehr oder weniger unauffällig abzuräumen. Es wurde Zeit für das Mittagessen. Zumindest erwartete sie eine Entscheidung.

Gut gelaunt bedankte sich der Hauptkommissar für das üppige Frühstück und verzichtete auf die Mittagsmahlzeit.

Noch immer geisterte die Vision von einem Tag des Müßiggangs in seinem Kopf herum, und er nahm sich vor, sich selbst beim Wort zu nehmen.

Als er sein Zimmer verließ, fiel sein Blick auf die Aktentasche mit den Unterlagen. Er zögerte eine Sekunde. Auf den Inhalt der Personalakte war er schon neugierig. Dieser Kollege, der sich so sehr für Marie interessierte, erschien ihm nicht geheuer. Einer, der es mit Ende Dreißig nicht weiter als zum Polizeikommissar gebracht hatte, konnte nicht der Richtige für sie sein. Er wollte einfach mehr über ihn erfahren. Wenn der Kollege ein Windhund war, musste er Marie vor ihm warnen.

Aber das herauszufinden, hatte Zeit bis zum Abend.

19

Er war dann doch nicht mit dem Jan-Cux-Express zum Sandstrand gefahren, sondern hatte sich ins Auto gesetzt und sich auf den Weg nach Spieka-Neufeld gemacht. Am Grünstrand in der Nähe des kleinen Kutterhafens war es deutlich ruhiger als in Duhnen oder Döse, und wie ein richtiger Tourist hatte er einen Strandkorb gemietet und es sich mit einer Wolldecke und einem Nackenkissen darin gemütlich gemacht.

Er hatte den Blick über das Deichvorland schweifen lassen und beobachtet, wie sich die Marschwiesen mit Kühen, Schafen und Campern bevölkerten.

Irgendwann hatte er das Buch aufgeschlagen, das er in der Klinik zu lesen begonnen hatte.

Der Roman von John Grisham entführte ihn in eine amerikanische Südstaaten-Kleinstadt der siebziger Jahre. Frömmigkeit, Korruption und Rassismus bildeten den Hintergrund eines scheußlichen Verbrechens, das die Stadt erschütterte. Weil fast jeder Mann bewaffnet war, drohte die Situation immer wieder außer Kontrolle zu geraten. Röverkamp fragte sich, wie er wohl in einer solchen Umgebung gehandelt hätte.

Obwohl ihn die Geschichte zunehmend fesselte und er sich ausgeruht fühlte, überfiel ihn schon bald die Müdigkeit. Nach einigen Kapiteln legte er das Buch zur Seite und schloss die Augen. Die Wärme der Sonnenstrahlen auf der Haut und das gleichmäßige Rauschen des Meeres trugen dazu bei, dass er kurz einnickte. Er schrak auf, als sein Kopf auf die Brust sackte.

Der zweite Versuch, in die Welt des Romans einzutauchen, endete ähnlich, nur dass ihn diesmal der Klingelton seines Handys weckte.

Verwirrt tastete er nach dem Telefon. Als er es schließlich in der Hand hielt und versuchte, trotz der Helligkeit das Display abzulesen, hatte der Anrufer schon aufgegeben.

Die angezeigte Nummer kam ihm bekannt vor. Aber er konnte sie im Augenblick nicht zuordnen. Während er noch überlegte, ob er zurückrufen sollte, klingelte es erneut. Diesmal zeigte das Handy einen Namen an.

Iris.

Röverkamp zögerte. Er hatte sie bisher nicht angerufen. Sollte er ihr jetzt von der Operation erzählen?

Er drückte die Annahmetaste und meldete sich betont fröhlich. „Schön, dass du anrufst, Iris. Ich wollte es auch gerade bei dir versuchen."

Marie Janssen starrte auf ihr Mobiltelefon. Konrad Röverkamp hatte sich nicht gemeldet. Sie spürte eine leichte Unruhe. Konnte sich aber nicht entscheiden, noch einmal zu wählen. Etwas in ihr drängte sie. Andererseits wollte sie nicht aufdringlich erscheinen. Sie war nicht seine Krankenpflegerin.

Aber vielleicht geht es ihm nicht gut.
Sie drückte die Wahlwiederholung. Diesmal war der Anschluss besetzt. Wenn er telefonierte, konnte nichts Schlimmes passiert sein. Trotzdem: Bevor sie mit Jens aufs Meer hinausfuhr, musste sie Gewissheit haben. Sie würde den Segelausflug nicht genießen können, wenn sie nicht wusste, ob Konrad Hilfe brauchte. Marie hatte keine Vorstellung darüber, ob man auf See mit dem Handy telefonieren konnte. Darum würde sie es weiter versuchen. Sicherheitshalber hatte sie das Ladegerät eingepackt.

Röverkamp hatte sich nicht dazu durchringen können, seiner Tochter von der überstandenen Operation zu berichten. Stattdessen hatte er seine Entscheidung, ganz in Cuxhaven zu bleiben, als bedeutendstes aktuelles Ereignis ausgegeben und behauptet, dass ihn derzeit hauptsächlich die damit verbundene Wohnungssuche und die Organisation des Umzugs beschäftigten.

In groben Zügen hatte er ihr seinen aktuellen Fall geschildert und sich mit ihr über die juristischen Aspekte des Verfahrens gegen einen Kinderschänder ausgetauscht. Iris hatte die Auffassung vertreten, dass man Männer, die des Sexualmordes an Kindern überführt wurden, nach der Verbüßung der Strafe in Sicherungsverwahrung nehmen oder für den Rest ihres Lebens auf andere Weise überwachen müsse.

Sie hatte von ihrer Arbeit in der Kanzlei berichtet und – eher beiläufig – erwähnt, dass der Seniorchef ihr eine Partnerschaft in Aussicht gestellt hatte. Sie würde mehr Verantwortung übernehmen und – natürlich – mehr verdienen. Ihr Erfolg hatte ihn mit Stolz erfüllt. Zugleich aber auch die Sorge geweckt, sie könnte sich im Beruf aufreiben und darüber ihr Privatleben vernachlässigen. Röverkamp wusste, welche Folgen das haben konnte. Trotzdem hatte er sich die Frage nach ihren privaten Plänen verkniffen.

Während er sich ausmalte, wie das Gespräch wohl verlaufen wäre, wenn er seine Tochter gefragt hätte, ob sie an Kinder denke, meldete sich das Telefon erneut.

Diesmal war es Marie. Sie klang ein wenig besorgt, als sie sich nach seinem Befinden erkundigte. Konrad Röverkamp gab ihr zwar zu verstehen, dass sie sich um ihn keine Gedanken machen müsste, empfand ihre Fürsorge aber durchaus als wohltuend – und war insgeheim dankbar.

„Du solltest", schlug er vor, „lieber das freie Wochenende genießen, als dich um ältere Kollegen zu kümmern."

„Das eine schließt das andere nicht aus", antwortete Marie fröhlich. „Außerdem mache ich mir Gedanken nur über einen Kollegen. Und der ist längst nicht so alt wie er tut. Jedenfalls bin ich froh, dich noch erreicht zu haben. Ich gehe jetzt nämlich aufs Wasser. Wir machen einen Segeltörn. Nach Neuwerk."

„Dann können wir uns ja zuwinken. Ich kann die Insel sehen."

„Du kannst die Insel sehen? Wo bist du?"

„In Spieka-Neufeld. Und ob du es glaubst oder nicht – ich sitze in einem Strandkorb."

„Das gefällt mir", lachte Marie Janssen. „Dann geht es dir also besser?"

„Mir geht es ausgezeichnet", bestätigte Röverkamp. „Mach dich darauf gefasst, dass wir am Montag wieder mit vollem Einsatz loslegen."

„Soll mir recht sein, Konrad. Ich freue mich darauf."

„Dann lass dich jetzt nicht länger von deiner Seereise abhalten. Ich wünsche dir viel Vergnügen, Marie. Und pass gut auf dich auf."

Nachdem das Gespräch beendet war, wurde Röverkamp bewusst, dass er eine Frage nicht gestellt hatte. Obwohl ihn die Antwort brennend interessiert hätte. Natürlich ging es ihn nichts an, mit wem seine Kollegin ihre Freizeit verbrachte. Doch die Ahnung, sie könnte mit Kommissar Kienast unterwegs sein, beunruhigte ihn ein wenig. Außer seinem ungutem Gefühl gab es nichts, was gegen gemeinsame Unternehmungen der jungen Leute sprach. Er hätte Marie auch keinen Grund nennen können, weshalb sie nicht mit dem Kollegen zusammen sein sollte. Trotzdem machte er sich Gedanken. Warum? War er im Grunde seines Herzens doch eifersüchtig? Hatte er in der kurzen Zeit ihrer Zusammenarbeit seine Vatergefühle, mit denen er Iris gegenüber stets Probleme gehabt hatte, auf Marie Janssen übertragen?

Unbewusst schüttelte Konrad Röverkamp über sich selbst den Kopf. Woher nahm er das Recht, seiner jungen Kollegin in ihr Privatleben hineinreden zu wollen?

Sie verhielt sich ganz anders. Er hatte gespürt, wie sehr sie ihm in dieser Beziehung Erfolg wünschte.

Röverkamp seufzte. *Ich bin ein selbstgerechter alter Esel mit sentimentalen Anwandlungen. Es wird Zeit, dass der Arbeitsalltag wieder normal läuft. Dann funktionieren die grauen Zellen auch wieder besser.*

Er schob die Gedanken beiseite und nahm sich vor, den Rest des Tages sein unerwartetes Wohlbefinden zu genießen. Er schlug den Roman auf, um wieder in eine andere Welt zu entfliehen.

Marie Janssen war lange nicht mehr auf See gewesen. Schon gar nicht auf einer Segelyacht. Das schmucke Boot wirkte stabil und solide, und sie fasste sofort Vertrauen zu seiner Seetüchtigkeit.

„Ich wusste gar nicht", sagte sie und deutete auf das Boot, „dass man bei uns so viel verdienen kann."

„Kann man wohl auch nicht", bestätigte ihr Kollege. „Aber ich habe Glück gehabt und von meinem Vater ein kleines Haus geerbt. Mit Einliegerwohnung. Die vermiete ich an Feriengäste. Sonst könnte ich mir das auch nicht leisten." Er streckte die Hand aus. „Willkommen an Bord."

Marie versuchte, den Zipfel des Gedankens zu fassen, der in ihrem Unterbewusstsein bei dieser Erklärung aufgeblitzt war. Doch schon wurde ihre Aufmerksamkeit vom ungewohnten Gefühl schwankenden Bodens in Anspruch genommen.

Jens erklärte ihr, was man beim Segeln bedenken musste und worauf sie achten sollte, wenn sie sich auf dem Boot bewegte. Und wie sie sich bewegen musste, wenn er wenden würde. Schließlich bestand er darauf, dass sie eine Schwimmweste anlegte. Obwohl es ihr übertrieben erschien und sie vorsichtig widersprach, musste sie seine Fürsorge innerlich doch anerkennen und streifte die Weste schließlich über.

Während das Boot Kurs auf das offene Meer nahm, spürte Marie zunehmend die Kraft der Elemente. Hier draußen waren die Wellen höher, und der Wind war stärker als an Land. Je weiter sie sich von der Küste entfernten, desto härter schlug das Wasser gegen Kiel und Bordwände, manchmal spritzte die Gischt über das Boot, das sich unter dem Wind bedrohlich zur Seite neigte.

Jens Kienast hantierte routiniert mit Ruder und Segeln, lachte, wenn eine besonders heftige Welle das Schiff ächzen oder einen Sprühregen über Marie niedergehen ließ. Er strahlte Ruhe und Sicherheit aus, und mit jeder Minute, die sie unterwegs waren, verlor Marie ein Stück ihrer Unsicherheit.

Schon bald begann sie, die schnelle Fahrt über das Wasser zu genießen. Sie wandte ihr Gesicht der Sonne zu, schloss die Augen und lauschte auf die Geräusche des Meeres unter den Planken des Bootes und die Töne des Windes in der Takelage. Sie fühlte den Fahrtwind auf ihrer Haut, schmeckte das Salz auf ihren Lippen und spürte so etwas wie die Freiheit des Meeres.

Irgendwann hatte er das Buch zugeklappt, seine Decke eingerollt und war zum Hafen hinübergeschlendert. Dort lief gerade ein Krabbenkutter ein. Röverkamp blieb stehen und beobachtete das Anlegemanöver. Mit der Muße eines unbeteiligten Touristen verfolgte er die Handgriffe der Fischer und das Ausladen der gefüllten Krabbenkisten. Inzwischen hatten sich einige Zuschauer versammelt, und die ersten Plastiktüten wurden mit Hilfe einer Konservendose pfundweise mit frischem Granat gefüllt. Eine Dame neben ihm versorgte sich mit kleinen Plattfischen aus dem Beifang der Fischer, und ein paar Kinder erwarben Seesterne, die sie stolz ihren Familien präsentierten.

Der Anblick der Krabben löste bei Röverkamp Appetit auf Meeresfrüchte aus. Für einen Moment erwog er, ein Pfund oder zwei zu erstehen, um sie zu Hause bei einer Flasche Weißwein auszuschälen. Aber dann entschied er sich anders. In einer Woche war er mit Sabine Cordes im Friesenhof verabredet, und er kannte das Restaurant noch nicht. Also würde er sich dort zumindest die Speisekarte ansehen und einen Blick in die Gaststube werfen. Vielleicht konnte er einen besonders schönen Tisch aussuchen und gleich vorbestellen.

Irgendwann brachen die Erschütterungen ab, legte sich das Zerren der Elemente, verstummten die Geräusche der raschen Fahrt.

Das Boot richtete sich auf, und der Spinnaker fiel in sich zusammen. Rasch packte Jens das Segel zusammen und holte auch die Vorschot ein.

Marie sah sich um.

Mit geringer Fahrt glitten sie durch ruhiges Wasser auf einen Strand zu. Der Bug zielte auf eine schmale, von Silbergras, Stranddisteln und Sanddorn umgebene Bucht, die gerade so breit zu sein schien, dass sie die Segelyacht aufnehmen konnte.

In der plötzlichen Stille hatte Marie das Gefühl, dass in ihren Ohren die Geräusche der Fahrt nachklangen. Als würde sie vor jedes Ohr eine Rauschmuschel halten.

Sie sah sich um. „Das ist doch nicht Neuwerk."

Jens schüttelte den Kopf und steuerte in die schmale Bucht, die von Sanddünen begrenzt wurde. Geschickt nutzte er den Schwung, um das Boot auf den Sand gleiten zu lassen.

„Nur eine Zwischenstation. Wenn es dir hier nicht gefällt, fahren wir nach einer Pause weiter. Neuwerk kennst du bestimmt schon, aber diese Insel nicht. Sie heißt Söderland. Man hat sie vergessen. Wir können sie umtaufen. Zum Beispiel in Mariensand. Schau sie dir an. Sie wird dir gefallen."

Teils skeptisch, teils neugierig sprang Marie über Bord. Einige Sekunden lang schien ihr der sandige Boden zu schwanken. Mit wenigen Schritten erreichte sie eine kleine Anhöhe, von der aus sie die Insel überblicken konnte. Sie war nur wenige hundert Meter breit und nicht viel mehr als einen Kilometer lang. Bewuchs gab es nur auf der Ostseite, wo sie gelandet waren, und auf einer Reihe niedriger Dünen, zwischen denen sie so etwas wie eine Hütte zu erkennen glaubte.

Unzählige Wasservögel übertönten mit Rufen und Gesängen, mit Geschnatter und Geschrei das Rauschen des Meeres. Fasziniert betrachtete Marie die Vielfalt der Vogelwelt. Eine Hand voll Möwen umkreiste keckernd die Eindringlinge, während sich die übrigen gefiederten Inselbewohner nicht von den Besuchern stören ließen.

„Manchmal liegen dort drüben Seehunde in der Sonne." Jens stand plötzlich hinter ihr und deutete mit dem Kopf zum gegenüberliegenden Ufer. In den Händen hielt er zwei große, prall gefüllte Taschen. „Wie ist es? Machen wir erst mal Picknick?"

Marie nickte. „Gern. Das ist ja paradiesisch hier. Darf man denn hier überhaupt ...? Ist das kein Vogelschutzgebiet?"

„Nicht, dass ich wüsste." Kienast stellte die Taschen ab und wies auf die Dünen. „Siehst du das Dach dort? Das ist eine kleine Hütte. Da können wir es uns gemütlich machen. Es gibt sogar einen Liegestuhl. „Du kannst ja schon mal schauen. Ich muss mich noch um das Boot kümmern."

„Soll ich dir helfen?"

Jens schüttelte den Kopf. „Du kannst diese Taschen nehmen und vorgehen. Ich komme gleich nach."

Aus der Ferne hatte die Hütte einen baufälligen Eindruck gemacht, aber als Marie näher kam, stellte sie fest, dass das Holz zwar verwittert, aber zu einer stabilen Konstruktion zusammengefügt war. Es gab eine solide Tür und verschlossene Fensterläden. Auf der Südseite schloss sich eine Terrasse aus verwitterten Steinen an, die zur Wetterseite hin mit einem Windschutz versehen war.

Das Dach bestand aus einer mit Teerpappe bezogenen Holzkonstruktion, auf der zusätzlich Dachpfannen in unterschiedlichen Rottönen aufgereiht waren. Sie gaben der schlichten Hütte einen anheimelnden Charakter. In Gedanken stellte Marie eine Reihe von Geranientöpfen um die Terrasse herum auf und hängte Blumenkästen vor das Fenster. *Was für eine Idylle! Und kein Mensch in der Nähe. Ein kleines Paradies.*

Sie stellte die Taschen ab und sah sich neugierig um. Etwas abseits, in einer Mulde, entdeckte sie eine Feuerstelle mit einem eisernen Gestell, an dem anscheinend Töpfe oder Pfannen befestigt werden konnten, um sie über offener Flamme zu erhitzen.

Vor ihrem inneren Auge brutzelte frischer Fisch über dem Feuer, und plötzlich spürte sie ihren Magen.

„Wie wär's mit einem kleinen Imbiss?" Jens Kienast tauchte neben der Hütte auf und ließ einen Seesack auf den Boden gleiten. In der anderen Hand hielt er den Tragegriff einer Kühlbox.

„Wir haben alles dabei. Fisch, Brot, Wasser, Wein und Bier."

Marie machte große Augen. „Und ich dachte, wir müssten jetzt erst angeln gehen, um an etwas Essbares zu kommen."

Kienast lachte und tastete den Balken über der Tür ab. „Das wäre vielleicht eine Möglichkeit, könnte aber so lange dauern, bis wir verhungert wären."

Er fand den Schlüssel, löste ein Vorhängeschloss, schob den Riegel zur Seite und öffnete die Tür. Knarrend schwang sie auf.

Neugierig trat Marie näher, um einen Blick ins Innere der Hütte zu werfen.

Konrad Röverkamp hielt es für ein gutes Zeichen, dass er bis zur Rückkehr in sein Zimmer bei der Witwe Karstens nicht an den Fall gedacht hatte. Das außergewöhnliche Restaurant in dem reetgedeckten Friesenhaus hatte ihm sehr gefallen, und in Gedanken hatte er sich mit einer außergewöhnlichen Frau auf einem der alten Sofas sitzen und mit Hilfe des Küchenchefs ein außergewöhnliches Menü zusammenstellen sehen. Um dieses Bild nicht ins Wanken zu bringen, hatte er darauf verzichtet, allein dort zu essen, und war stattdessen nach Spieka-Neufeld zurückgefahren, um im Containerrestaurant *Ebbe und Flut* einzukehren.

Während er mit Genuss eine Seezunge – dazu Bratkartoffeln – verspeist hatte, war ihm Maries Anruf in den Sinn gekommen, und erneut hatte er sich sagen müssen, dass ihn ihre Freizeitbeschäftigungen nichts angingen. Erst recht nicht, mit wem sie ihnen nachging.

Amelie Karstens hielt glücklicherweise stets Bier im Kühlschrank für ihn bereit. Und im Eisfach fand er eine Flasche Aquavit und tiefgekühlte Gläser. Mit seiner Beute zog er sich ins Zimmer zurück.

Das üppige Mahl lag schwer im Magen und verlangte nach einem Schnaps, und sein Durst nach einem Bier. Während der Schaum im Glas nach oben perlte, kippte Röverkamp den ersten Aquavit. Einen zweiten sparte er sich auf.

Dann fiel sein Blick auf die Personalakte Kienast.

„Ich habe uns Maischollen mitgebracht", rief Jens, während Maries Augen sich an das Dämmerlicht im Inneren der Hütte zu gewöhnen suchten.

„Fisch finde ich super", antwortete sie. „Am besten über offenem Feuer gegrillt."

Der Innenraum wirkte eng. Möbelstücke unterschiedlichster Art waren dort gestapelt. Es roch nach feuchtem Holz. Im Hintergrund erkannte sie ein Bett. Die Frage, wie es wohl wäre, wenn sie hier die Nacht verbringen würden, durchzuckte sie. *Adam und Eva und der Sündenfall im Paradies.*

Was für ein idiotischer Gedanke! Marie schüttelte den Kopf und trat aus der Hütte. „Wem gehört das eigentlich alles?"

Jens Kienast hob die Schultern. „Keine Ahnung. Wahrscheinlich niemandem. Die Hütte war total verfallen. Ich habe sie wieder hergerichtet. Und nach und nach ein paar Möbel hergebracht." Er grinste verhalten und deutete mit dem Daumen zur Rückseite. „Hinten gibt's sogar eine Dusche."

Marie stieß mit der Schuhspitze auf den steinigen Untergrund. „Aber irgendjemand muss doch mal versucht haben, hier etwas Größeres zu bauen."

Kienast nickte. „Gut kombiniert, Frau Kommissarin. Früher stand hier ein Leuchtturm. Später nur noch die Hütte. Allerdings ohne Tür und Fenster. Irgendwann muss sie aufgegeben worden sein. Mir ist hier jedenfalls noch nie jemand begegnet."

„Kommst du öfter her?" Marie sah ihren Kollegen an und fragte sich in diesem Augenblick zum ersten Mal, warum er weder eine Frau noch eine Freundin hatte.

Jens hob die Schultern. „Unterschiedlich. Im Sommer öfter, sonst weniger. – Hilfst du mir, die Möbel rauszutragen?"

Eine halbe Stunde später hatten sie das Fenster geöffnet, einen Tisch, zwei Stühle und einen Liegestuhl auf der Terrasse aufgestellt, den Sand aus der Hütte gefegt, und Jens hatte Marie die Dusche erklärt, die sie aber vorerst nicht zu benutzen gedachte. Sie hatte ihre Reisetasche ungeöffnet in der Hütte abgestellt und nur das Handy herausgenommen.

Jens hatte eine Flasche Wein geöffnet, während Marie sich auf dem Liegestuhl ausgestreckt hatte. In der Mulde knisterte ein Feuer, und sie nippte hin und wieder an ihrem Glas. Sie beobachtete Jens, der die Schollen auf einem Spieß aufgereiht hatte und nun über der Glut des Feuers garen ließ.

Während in ihr eine angenehme Schläfrigkeit mit steigendem Hungergefühl um die Vorherrschaft rang, fragte sie sich, wie dieser Abend wohl enden würde.

Mit zunehmendem Interesse blätterte Konrad Röverkamp die Seiten der Personalakte durch. Jens Kienast war mehrere Male mit dem Disziplinarrecht in Konflikt gekommen. Die schwerste Maßnahme war eine mehrjährige Beförderungssperre. Schon in der Ausbildung war er aufgefallen, weil er eine Polizeischülerin bedrängt haben sollte. Später hatte es Unstimmigkeiten bei der Rückgabe von Magazinen während der Schießausbildung gegeben. Ein anderes Mal war er in Verdacht geraten, Beweismaterial unterschlagen zu haben. Doch in den meisten Fällen war die Beweislage so schwierig gewesen, dass weder eine Disziplinarstrafe noch die Entfernung aus dem Dienst in Frage gekommen war.

Röverkamp fühlte sich in seinen Vorbehalten bestätigt und fragte sich, wie er Marie vor den Nachstellungen dieses Kollegen warnen konnte. Seine Kenntnisse aus der Personalakte durfte er nicht verwenden. Also musste er einen anderen Weg finden.

Nachdem er die letzte Seite erreicht hatte, die nur noch den Lebenslauf enthielt, klappte er den Aktendeckel zu.

Als er die Akte in seiner Tasche verstauen wollte, signalisierte ihm sein Gehirn eine Wahrnehmung, die ihn veranlasste, sie noch einmal aufzuschlagen. Im Zuklappen war sein Blick über einen Eintrag geglitten, der sein Unterbewusstsein alarmiert hatte. Rasch überflog er noch einmal die Daten.

Der Name. Er sprang ihn förmlich an.

Und dann drängte sich die Erkenntnis in sein von Schnaps und Bier schon leicht ermüdetes Gehirn und explodierte dort.

Plötzlich war Konrad Röverkamp hellwach.

Marie hätte nicht entscheiden können, ob der Fisch gegrillt, geräuchert oder im eigenen Saft gegart war. Aber er hatte geschmeckt. Dazu hatte es Ciabattabrot gegeben, das Jens aus einer seiner Vorratstaschen gezaubert und über dem Feuer aufgebacken hatte. Der Wein war trotz der Seereise kühl geblieben, und sie hatte ihm – ganz gegen ihren Vorsatz – gut zugesprochen. Sie fühlte sich satt und träge und blinzelte in die tief stehende Sonne. Der Wind hatte sich gelegt, und noch war von Abendkühle nichts zu spüren.

„Wie wär's mit einem Strandspaziergang?", fragte Jens. „Einmal rund um die Insel."

„Müssen wir nicht aufbrechen?" Marie war nicht sicher, ob sie ihre Gegenfrage ernst meinte.

„Wenn du willst", antwortete er, „brechen wir jetzt auf. Dann müssen wir uns aber beeilen, damit wir nicht in die Dunkelheit geraten. Wir können aber auch hier übernachten und morgen früh weitersegeln."

Marie wusste nicht, was sie wollte.

Einerseits sehnte sie sich danach, die Ruhe und Einsamkeit der Insel auszukosten. Andererseits beunruhigte sie die Vorstellung, hier die Nacht allein mit Jens zu verbringen. Würde er ihre Zustimmung nicht als Einverständnis zu mehr als nur zum gemeinsamen Nächtigen verstehen? Und wenn – wie würde sie reagieren? Marie lauschte in sich hinein. Obwohl sie gegessen hatte, nagte noch so etwas wie ein Hungergefühl in ihr. War es die Lust auf etwas Süßes nach dem üppigen Essen? Oder verlangte ihr Körper nach etwas ganz Anderem? Jens war ein attraktiver Mann.

Er sah sie an, als hätte er ihre Gedanken gelesen. „Du kannst drinnen schlafen. Im Bett. Ich nehme meinen alten Schlafsack und kampiere draußen. Das habe ich früher auch gemacht, als die Hütte noch nicht fertig war." Während er sprach, war er neben den Liegestuhl getreten. Ganz dicht. Aber er berührte sie nicht. Marie war versucht, die Hand nach ihm auszustrecken.

„Gut", sagte sie schließlich. „Lass uns einen Inselrundgang machen."

Während auf der Ostseite, wo die Insel sanft ins Watt überging, sich die Vogelwelt zu einem Abendkonzert versammelt zu haben schien, herrschte auf der Westseite das Rauschen der Wellen vor, die sich an dem steiler abfallenden Sandstrand brachen.

Die letzten hundert Meter waren sie gerannt, um den Sonnenuntergang nicht zu verpassen. Der Feuerball der Sonne näherte sich dem Horizont und tauchte Himmel und Meer in unwirkliche Farben von leuchtendem Rot bis zu tiefem Blau. Wie auf einer Postkarte.

Atemlos ließen sie sich nebeneinander in den Sand fallen und warteten darauf, dass die Sonne das Meer berührte. Und Marie wartete darauf, dass Jens seinen Arm um ihre Schultern legte. So fing es doch immer an.

Als die glühende Scheibe ins Wasser tauchte, spürte Marie plötzlich seinen Atem an ihrem Ohr. „Lass uns auch baden gehen. Wie die Sonne."

„Mein Bikini ist noch in der Tasche", wandte sie ein.

Jens lachte. „Hier brauchst du keinen. Hier sieht dich keine Menschenseele."

Marie zögerte.

Dann sprang sie auf, schlüpfte aus den Kleidern, ließ alles fallen und rannte zum Wasser. Jens Kienast folgte ihrem Beispiel.

Marie schnappte nach Luft, als sie in das eiskalte Wasser stürzte. Das Gefühl, vor Kälte erstarren zu müssen, trieb sie zu heftigen Schwimmbewegungen. Neben ihr tauchte Jens aus den Wellen auf.

„Ganz schön kalt", lachte er.

Marie nickte heftig und richtete sich auf. „Ich muss wieder raus", rief sie, „das ist ja eisig", und sie beeilte sich, den Strand zu erreichen.

Als sie keuchend ihre Sachen aufhob, war Jens neben ihr. „Komm", rief er, „wir laufen gleich zurück."

Nackt und atemlos, ihre Kleidungsstücke in den Händen, erreichten sie die Hütte. Während Marie sich unter der lauen Dusche hastig das Salz von der Haut spülte, fachte Jens die Glut in der Feuerstelle wieder an und legte Holzscheite nach.

Wenig später hockten sie – mit feuchten Haaren und vom eiligen Abtrocknen geröteter Haut – vor den Flammen, um die Wärme des Feuers einzufangen. Marie hatte sich ein Badehandtuch um den Körper gewickelt, und Jens war in einen alten Pullover geschlüpft, den er bis über die Knie gezogen hatte.

„Ich hätte nicht gedacht", sagte Marie und streckte Hände und Füße näher an die Flammen, „dass das Wasser noch so kalt ist."

Jens nickte. „Im Mai ist es meistens noch ziemlich frisch. Aber in diesem Jahr scheint die Nordsee besonders lange zu brauchen, um sich zu erwärmen."

Für eine Weile herrschte Schweigen. Marie lauschte auf das Knacken des Holzes in der Feuerstelle und das vielstimmige Konzert der Seevögel, das sich weiter entfernt zu haben schien. Über allem lag das gleichmäßig rhythmische Rauschen der Wellen.

Marie spürte plötzlich den ungewohnten Einklang ihres Körpers mit der Natur. Und sie sehnte sich nach Berührung, nach Haut auf ihrer Haut und nach der Wärme, die dadurch in ihr ausgelöst würde. In ihr schien etwas zu glimmen, das – wie die Glut des Feuers – darauf wartete, entfacht zu werden.

Vorsichtig wanderten ihre Augen zu dem Mann neben ihr.

„Jetzt", sagte Jens laut, so dass Marie zusammenzuckte.

Er wandte sich zu ihr um. „Jetzt ist der richtige Zeitpunkt."

„Zeitpunkt? Jetzt?" Marie sah ihn fragend an. „Was meinst du damit?"

20

Der Aktenordner rutschte Röverkamp aus der Hand und klatschte auf den Boden.

Kienast, Jens-Ole. Verheiratet. Mit Susanne Kienast. Geschieden. Keine Kinder. Geburtsname Stichling.

Jens-Ole Stichling. Genannt Jenno.

In seinem Kopf begannen Bilder zu kreisen. Marie auf dem Segelboot mit Kienast. Sie lag gefesselt in der Kajüte. Er beugte sich über sie, seine Hände näherten sich ihrem Hals. Dann Bilder eines Großeinsatzes. Schiffe der Wasserschutzpolizei durchpflügten die Nordsee, Hubschrauber kreisten knatternd über dem Wattenmeer, nahmen Kurs auf Neuwerk, Beamte des SEK suchten mit Ferngläsern die Küstenlinien ab. Dazwischen Gesichter. Marie. Kienast. Und immer wieder Marie.

Neuwerk ist Hamburger Gebiet. Und ist für die Nordsee nicht auch die Waspo Hamburg zuständig? Verdammt. Auch das noch. Länderübergreifende Koordination. Röverkamp schauderte bei dem Gedanken an die bürokratischen Hürden, die zu überwinden waren. *Und das am Samstagabend.* Und bei der Vorstellung, wie lange es dauern konnte, bis die Schnellboote tatsächlich unterwegs und die Helikopter in der Luft sein würden, brach ihm der Schweiß aus.

Marie ist in Lebensgefahr. Und ich weiß nicht, wo sie ist.

Hastig suchte er nach seinem Handy. *Ich muss sie warnen. Wenigstens das. Und herausfinden, wo sie sich befindet. Vielleicht kann ich mit ihr sprechen. Sonst müssen wir ihr Handy orten lassen. Hoffentlich hat sie es eingeschaltet.*

Röverkamp trat der Schweiß auf die Stirn, und fast wäre das Telefon seinen feuchten Händen entglitten.

Er fand die Nummer in der Anruferliste und drückte die Wähltaste.

Mit zunehmender Erregung lauschte er auf den Rufton. *Bitte geh ran. Melde dich, Marie.*

Nach zwanzig oder dreißig Sekunden, die ihm wie Minuten vorkamen, meldete sich die Mailbox. Röverkamp musste sich zwingen, seine Sorge um die junge Kollegin nicht ins Telefon zu schreien. Er ließ seine Stimme so ruhig und beiläufig wie möglich klingen. „Hallo, Marie. Hier spricht Konrad Röverkamp. Ich hätte noch eine Frage zum Fall Lührs. Könntest du mich bitte gleich mal zurückrufen? Danke."

Dann wählte er erneut. Er hatte Glück. Kriminaloberrat Christiansen meldete sich sofort.

„Wir brauchen das ganz große Besteck", sagte Röverkamp. „Unser Frauenmörder heißt Jens-Ole Kienast. Er hat Marie Janssen in seiner Gewalt. Sie befinden sich wahrscheinlich auf einem Segelboot. Irgendwo zwischen Cuxhaven und Neuwerk."

Christiansen schwieg.

„Haben Sie gehört, Herr Christiansen?"

„Ja, ja, Röverkamp. Ich habe Sie gehört. Ich frage mich nur ... Woher wissen Sie ...?"

„Aus der Personalakte. Kienast hieß früher Stichling. Und Jens-Ole Stichling ist der Mann, den wir suchen."

„Ich bin nicht sicher, ob ich Sie richtig verstehe, Röverkamp. Aber Sie werden es mir erklären. Wir treffen uns in der Inspektion. In meinem Büro. Ich bin in zwanzig Minuten dort."

Christiansen hatte aufgelegt.

Konrad Röverkamp hastete ins Bad, wusch sich mit eiskaltem Wasser das Gesicht, gurgelte kräftig mit Mundwasser und schob sich ein Pfefferminzbonbon in den Mund.

Während er die Treppe hinunter auf die Straße eilte, wählte er noch einmal Maries Nummer.

„Ich glaube, mein Handy klingelt." Sie versuchte aufzustehen.

„Lass es", sagte Jens Kienast. „Es stört."

Plötzlich drohten alle Stimmungen und Gefühle zu verfliegen. Etwas in seinem Ton hatte sie irritiert.

Marie seufzte. „Vielleicht hast du Recht. Aber wenn mich um diese Zeit jemand anruft, muss es dringend sein."

Sie war fast auf die Beine gekommen, als er ihr Handgelenk packte und sie nach unten zog. Das Badetuch löste sich, und Marie fiel auf die Knie.

Er starrte sie an.

Verwirrt tastete sie nach dem Handtuch. Widerstreitende Empfindungen tobten in ihrem Inneren. Sie wollte die Sehnsucht nicht aufgeben, der Empörung keinen Raum lassen, nicht wahrnehmen, was ihr Verstand signalisierte. Die Situation war grotesk. Und sie wusste für einen Augenblick weder, wie sie ihr entfliehen, noch wie sie sie meistern konnte.

Ein hysterisches Kichern brach aus ihr heraus.

„Lass das", sagte Jens. „Das passt nicht zu dir."

Marie verstummte abrupt.

Sie hockte noch immer auf den Knien vor Kienast. Er zog den Pullover über den Kopf und warf ihn zur Seite. Als er seine Hände nach ihr ausstreckte, zuckte sie zurück. Sie wurde sich ihrer Nacktheit bewusst und zerrte an dem Handtuch unter ihren Knien.

Mit festem Griff packte er ihre Handgelenke. „Du kannst dich drauflegen", sagte er und versuchte, sie an sich zu ziehen.

In diesem Augenblick setzte ihr Verstand wieder ein. Oder der Instinkt.

Ruckartig riss sie die Arme hoch und entwand sich so seinem Griff. Dann sprang sie auf und stürzte davon.

Sie erreichte die Hütte nur wenige Schritte vor ihm, aber der Vorsprung reichte, um die Tür ins Schloss zu werfen und den Riegel vorzulegen.

Während er gegen die Tür hämmerte und ihren Namen rief, hetzte ihr Blick durch den Raum.

Die Reisetasche! Hastig zerrte sie Kleidungsstücke hervor und zog über, was ihr in die Hände kam. Jeans, Bluse, Pullover, Schuhe.

Ich muss Konrad anrufen.

Sie suchte nach dem Mobiltelefon. Stülpte schließlich die Tasche um und verteilte den Inhalt auf dem Bett. Das Ladegerät fiel heraus. Aber wo war das verdammte Handy? Es hatte doch vorhin geklingelt. Dann fiel es ihr ein. Es lag neben dem Liegestuhl auf der Terrasse.

„Marie", schrie Kienast vor der Hütte. „Ich kriege dich. So oder so."

Erst jetzt wurde Marie sich ihrer Lage bewusst. Sie befand sich in der Gewalt eines durchdrehenden Mannes. Auf einer Insel. Ohne Kontakt zur Außenwelt. Und dieser Mann war nicht der, den sie in der Polizeiinspektion kennen gelernt hatte. Eine furchtbare Ahnung überfiel sie.

Und dann stieg Panik in ihr auf.

In Christiansens Büro war innerhalb einer knappen Stunde eine Art Einsatzzentrale entstanden. Zusätzliche Telefone und

Computer waren angeschlossen worden, und zwei Beamte vom Kriminaldauerdienst hatten das Team verstärkt.

Röverkamp hatte veranlasst, dass bei Maries Mobilfunkbetreiber die Funkzelle ausfindig gemacht wurde, in der sich ihr Handy befand.

Während die Kollegen mit den zuständigen Hamburger Stellen Kontakt aufnahmen und die Wasserschutzpolizei informierten, versuchten Röverkamp und sein Chef, sich über die geografische Lage Klarheit zu verschaffen. Jemand hatte eine große Karte der Küstenregion an die Wand gehängt. Keiner von ihnen hatte eine Vorstellung davon, in welchem Radius sie nach dem Boot zu suchen hatten. Christiansen hatte darum einen Freund herantelefoniert, der sich als Segler in den Revieren vor Cuxhaven auskannte.

So erfuhren sie zuerst, dass mit Einbruch der Dunkelheit die Beweglichkeit eines Segelbootes sehr eingeschränkt war. Inzwischen hatten sie bereits herausgefunden, welchen Bootstyp Jens Kienast besaß und wie seine Yacht ausgestattet war.

„Damit ist so gut wie sicher", erklärte der Segler, „dass er irgendwo festgemacht hat oder vor Anker liegt. Oder dies in Kürze tut."

Für eine weitere Stunde konzentrierten sich die Nachforschungen auf die Insel Neuwerk. Doch ein Schiff, auf das die Beschreibung der Yacht gepasst hätte, war dort nicht eingelaufen oder gesehen worden.

„Er könnte natürlich", mutmaßte der Segler, „irgendwo abseits an der Küstenlinie festgemacht haben. Wir haben auflaufendes Wasser, und dann kommt man mit dem Boot fast überall an die Insel heran. Oder er ist auf Scharhörn oder Nigehörn gelandet. Ist zwar verboten, aber ich nehme an, das spielt in diesem Fall keine Rolle."

Christiansen und Röverkamp nickten stumm.

„Ich fürchte", murmelte der Hauptkommissar, „dass sie ganz woanders sind. „Wahrscheinlich hat Kienast Neuwerk nur deshalb erwähnt, weil er genau wusste, dass er die Insel nicht ansteuern würde. Ich vermute ihn an einer Stelle, an der man normalerweise keine Menschenseele trifft."

Er erhob sich und starrte auf die Karte.

Dann drehte er sich um. „Hier in der Elbmündung gibt es ein paar Stellen, die wie Inseln aussehen. Könnte man dort mit dem Boot landen?"

„Schon möglich", erwiderte der Segler. „Medemsand zum Beispiel. Oder Söderland."

Er hatte aufgehört, gegen die Tür zu schlagen. Die plötzliche Stille erschien Marie gespenstisch. Ihre Gedanken rasten. Sie saß in der Falle. Hatte keine Chance zu entkommen. Aus der Hütte nicht und erst recht nicht von der Insel. Wenn sie wenigstens an ihr Handy käme!

Verwegene Ideen schossen durch ihren Kopf. Sie musste ihn ablenken, ihn irgendwie festhalten. Dann – zwei, drei Schritte aus der Tür, das Telefon greifen, weglaufen. Sich in den Dünen verstecken.

Inzwischen war die Dämmerung hereingebrochen. Ein schwacher rötlicher Lichtschein fiel noch durch die Scheiben des Fensters. Bald würde es dunkel sein.

Vielleicht gelang es ihr, das Boot zu erreichen, vielleicht konnte sie es losmachen, vielleicht würde der Wind es aufs Meer hinaustreiben. Vielleicht, vielleicht, vielleicht. Gab es überhaupt noch Wind?

Marie spürte, wie die Verzweiflung von ihr Besitz ergriff und ihr die Tränen in die Augen trieb.

Klirrend zerbarst eine der kleinen Scheiben im Fenster der Hütte. Glassplitter landeten vor ihren Füßen.

Gebannt starrte sie auf die Hand, die in der Öffnung erschien und Stück für Stück die Reste der Scheibe herausbrach.

Eine Hand, die getötet hatte?

Sie sah den Griff zum Öffnen des Fensters und wusste, was passieren würde. Sobald er seinen Arm durch die Öffnung stecken konnte, würde er den Knauf erreichen, ihn drehen und das Fenster aufdrücken.

Ohne zu überlegen, packte sie einen hölzernen Schemel, der unter dem Küchentisch stand, und schlug mit aller Kraft zu.

Die Wucht des Aufpralls ließ die Knochen knacken und schlug die Hand in die Glasscherben, die spitz und scharf aus dem Rahmen ragten.

Aufheulend zog Kienast seinen Arm zurück. Blut spritzte gegen das Fenster, und Marie beobachtete gleichermaßen entsetzt und erleichtert, wie er rückwärts taumelte und seinen blutenden Handballen gegen die Brust presste.

Vorsichtig näherte sie sich dem Fenster und sah hinaus. Kienast, der wieder seinen Pullover und seine Jeans trug, wickelte ein Handtuch um seine Faust und verschwand aus ihrem Blickfeld.

Was hatte er vor?

Der kurzfristige Erfolg hatte Maries Kampfeswillen gestärkt. Sie musste verhindern, dass er das Fenster öffnete. Bis er wiederkommen und nach dem Fensterknauf tasten würde, konnten etliche Sekunden vergehen.

Blitzschnell öffnete sie das Fenster, lehnte sich hinaus, zog die Fensterläden zu und verriegelte sie.

Dieser Zugang war versperrt.

Dafür stand sie jetzt im Dunkeln.

Vorsichtig tastete sie sich zum Bett und ließ sich auf der Kante nieder. Alle Fasern ihres Körpers waren gespannt und alle Sinne auf das Geschehen außerhalb der Hütte konzentriert. Marie versuchte Geräusche aufzufangen, die ihr verrieten, was Kienast vorhatte.

Doch sie hörte nichts als ihren eigenen Atem.

Gewöhnlich legte sich die Nervosität ein wenig, wenn alle Schritte zu einer Fahndung oder zur Vorbereitung einer Festnahme eingeleitet waren. Diesmal war eher das Gegenteil der Fall. Konrad Röverkamp wurde von zunehmender Unruhe erfasst. Das Gefühl, nicht voranzukommen, weil er auf die Erkenntnisse der Hamburger Wasserschutzpolizei und das Ergebnis der Standortbestimmung von Maries Handy warten musste, steigerte sich bis zur Unerträglichkeit.

Kriminaloberrat Christiansen versuchte, ihn zu beruhigen. „Wenn Kienast unserer jungen Kollegin etwas hätte antun wollen – hätte er das nicht längst getan? Vielleicht sollten wir diesen Ausflug als Versuch deuten, ihr näher zu kommen. Vielleicht machen sich die beiden einen schönen Abend. Und Ihre Sorge, mein lieber Röverkamp, ist gänzlich unberechtigt."

Der Hauptkommissar schüttelte den Kopf. „Ich habe Marie in der kurzen Zeit recht gut kennen gelernt. Sie ist außerordentlich sensibel. Und aufmerksam. Sie hat eine Antenne für Menschen. Sie wird sich mit Kienast nicht einlassen. Jedenfalls nicht sexuell. Das könnte ihn provozieren."

Vor den Computern entstand Unruhe. Einer der Beamten drehte sich um. „Wir haben die Koordinaten der Funkzelle. Warten Sie, ich drucke die Nachricht aus."

Röverkamp hielt es nicht auf dem Sitz. Eilig durchquerte er den Raum und versuchte, die Zahlen vom Bildschirm abzulesen. Doch bevor er sich im Gewirr der Zeichen zurechtgefunden hatte, warf der Drucker das Blatt aus.

Röverkamp griff zu und stürzte zur Landkarte.

„Ich wusste es", rief er. „Sie sind auf einer der Inseln." Er drehte sich zu Christiansen um. „Wir brauchen einen Hubschrauber."

Marie hätte nicht sagen können, wie lange sie auf dem Bett gesessen und in die Finsternis gestarrt hatte. Sie schrak auf, als über ihr ein leises Scharren begann, das rasch lauter wurde. Dann hörte sie Dachziegel klappern, kurz darauf einen dumpfen Aufschlag im Sand neben der Hütte.

Er kommt durchs Dach.

Entsetzt starrte sie nach oben.

Während der nächsten Minuten ließen die Geräusche ein Bild vor ihrem inneren Auge entstehen. Kienast löste eine Dachpfanne nach der anderen und warf sie nach unten. Sobald die Öffnung groß genug war, würde er die Teerpappe aufschneiden und Latten herausbrechen. Bis ein Durchlass geschaffen war, durch den er sein Ziel erreichen konnte.

Marie begann zu zittern. *Sein Ziel bin ich. Er wird mich umbringen. Oder vergewaltigen. Oder erst ... und dann ...* Ihr Gehirn weigerte sich, weiterzudenken.

Während ihre Augen nach Anzeichen für einen Durchbruch suchten, erkannte sie ihre Chance. Sie lag in dem Augenblick, in dem er durch das Loch kriechen würde.

Vorsichtig tastete sie sich zur Tür, befühlte den Riegel und vergewisserte sich, in welche Richtung er bewegt werden musste.

Auf dem Dach war es ruhiger geworden. Statt des Polterns vernahm sie ein kratzendes Geräusch. Kurz darauf schrappte etwas über die Holzlatten der Dachkonstruktion, und wenig später brach das erste Brett. Sie hörte ihn stöhnen und fluchen und dann das Splittern der nächsten Latte.

Marie presste sich gegen die Tür und umklammerte den Riegel.

Irgendwann erschien ein Lichtstrahl von dort, wo Kienast die Öffnung brach. Der Schein einer Taschenlampe tanzte zitternd durch den Raum, verharrte kurz auf dem Bett und erfasste schließlich Maries Füße. Unwillkürlich hielt sie den Atem an, während der Lichtfleck an ihrem Körper aufwärts wanderte. Als er ihr Gesicht erreichte, hob sie die Hand vor die Augen.

Kienast lachte verächtlich. „Gleich habe ich dich, du falsches Stück!"

Als er begann, sich mit den Füßen voran durch die Öffnung zu zwängen, verschob Marie millimeterweise den Riegel der Tür. Sie wartete, bis seine Beine in den Raum ragten, dann stieß sie die Tür auf, sprang hinaus und schlug sie hinter sich zu. Obwohl alle Instinkte sie trieben, sich so schnell wie möglich von der Hütte zu entfernen, zwang sie sich, den eisernen Riegel umzulegen, der die Tür von außen zuhielt. Obwohl sie wusste, dass Kienast durch das Loch im Dach die Hütte wieder verlassen konnte, hängte sie auch noch das Schloss ein, mit dem der Riegel gesichert wurde. *Mit seiner verletzten Hand wird er so schnell nicht herausklettern können.*

Inzwischen hatten sich ihre Augen so an die Dunkelheit gewöhnt, dass ihr die Nacht draußen geradezu hell erschien. Sie fand ihr Handy unter dem Liegestuhl auf der Terrasse und stürzte davon.

Ungewohnt energisch hatte Kriminaloberrat Christiansen darauf bestanden, dass der Hubschrauber sofort in Bewegung gesetzt wurde. Einwände, es gäbe nur wenige Helikopter, die auch für Nachtflüge eingesetzt werden konnten, und nicht alle Piloten verfügten über eine Nachtflugberechtigung, hatte er mit dem Hinweis vom Tisch gewischt, dass es um ein Menschenleben ging. Und zwar um das einer Kollegin. Letzteres sollte zwar nicht ausschlaggebend sein, verfehlte aber seine Wirkung nicht.

„Die Hamburger Kollegen kommen mit einem ihrer neuen Eurocopter. Sie brauchen alles in allem eine Dreiviertelstunde", sagte er, nachdem er den Telefonhörer aufgelegt hatte. „Neben dem Piloten werden drei Beamte eines SEK und ein Arzt an Bord sein. Von uns kann einer mitfliegen." Er sah Röverkamp fragend an.

Der Hauptkommissar nickte. „Ich mache das. Wo können die mich aufnehmen?"

„In Nordholz. Wegen der Dunkelheit wollen sie lieber auf einem Flugplatz landen. Nachtflugverbot hin oder her. Wir verlieren dadurch aber keine Zeit. Bis der dort ankommt, sind Sie längst da."

Röverkamp erhob sich. „Ich fahre sofort los. Melde mich über Funk, sobald wir in der Luft sind."

Christiansen legte seine Hand auf Röverkamps Unterarm. „Bringen Sie die Kollegin Janssen heil nach Hause."

„Ja", antwortete der Hauptkommissar nur und verließ ohne weitere Worte den Raum.

Marie rannte, stolperte, fing sich, erklomm auf allen Vieren eine Düne, rutschte auf der anderen Seite hinab, stürzte in den Sand. Richtete sich auf, lief einfach geradeaus, ohne Ziel, irgendwo hin, nur weg.

Der Himmel war jetzt fast schwarz, doch das Licht der Sterne und des Mondes reichte aus, um den hellen Sand in der näheren Umgebung und die Konturen der Insel erkennen zu lassen.

Irgendwann hielt sie inne. Sie sah sich keuchend um, immer darauf gefasst, den Lichtschein einer Taschenlampe oder eine dunkle Gestalt auf sich zukommen zu sehen.

Langsam beruhigte sich ihr Atem und ihr wurde bewusst, dass sie noch immer ihr Handy umklammert hielt.

Rasch drückte sie eine Taste, das Display leuchtete auf. Sie fand Röverkamps Nummer in der Liste und drückte erneut. Das Telefon piepte unwillig.

Ungläubig starrte sie auf die Anzeige. *Kein Netz.*
Wieso bekomme ich keine Verbindung? Es hat doch vorhin geklingelt.
Verzweifelt hob sie das Mobiltelefon über den Kopf und heftete den Blick erwartungsvoll auf das Display. Doch das Symbol für das Funknetz zeigte keinen Empfang.

Ihre Gedanken überschlugen sich. Sollte sie zur Hütte zurückschleichen? Nein. Dort wartete Jens Kienast auf sie. Oder suchte er die Insel nach ihr ab? Dann konnte sie Glück haben und von dort aus telefonieren.

Das Boot fiel ihr ein. Wenn sie sich zum Segelboot schlich, konnte sie es losmachen und sich ein Stück aufs Meer hinaustreiben lassen. Von dort würde sie Konrad bestimmt erreichen. Er würde einen Seenotkreuzer losschicken. Und der würde sie finden.

Erneut spähte sie in Richtung Hütte.

Nichts.

Marie schob das Handy in die Hosentasche und machte sich auf den Weg. In die Richtung, in der sie die Bucht vermutete. Sie lief jetzt nicht, setzte vorsichtig einen Fuß vor den anderen, und hielt immer wieder inne, um nach Kienast Ausschau zu halten. Schließlich erreichte sie den Liegeplatz.

Deutlich hob sich das helle Boot gegen den Nachthimmel ab. Marie musterte die Segelyacht und lauschte auf Geräusche, die ihr verrieten, ob er in der Nähe war. Sekundenlang ängstigte sie die Vorstellung, er könnte ihr zuvorgekommen sein und sie an Bord erwarten.

Nach einer kleinen Ewigkeit, in der nichts als der Singsang der Wasservögel an ihre Ohren gedrungen war, entschloss sie sich zu handeln. Ein schwacher Wind in ihrem Rücken drückte gegen das schaukelnde Boot. Er würde es aus der Bucht hinaus aufs Meer treiben lassen, wenn sie die Seile löste, mit denen es gesichert war. Sie musste nur rechtzeitig an Bord sein.

Rasch öffnete sie die Knoten. Eines der Seile ließ sie einfach fallen, mit dem anderen zog sie das Boot näher heran. Als sie die

Bordwand zu fassen bekam, warf sie das Seil hinüber und kletterte hinterher.

Ungeduldig wartete sie darauf, dass sich die Yacht in Bewegung setzte. Sie erinnerte sich an die Notpaddel, die Kienast ihr gezeigt hatte. Wo waren die jetzt? Hastig sah sie sich um, entdeckte die Halterung und riss eines der Paddel heraus. Sie musste sich sehr weit hinausbeugen, um damit den Grund zu erreichen. Aber es gelang ihr, sich abzustoßen. Das Boot bewegte sich. Unendlich langsam. Aber es driftete – in leichter Schräglage – an den Ufern der Bucht entlang.

Mit klopfendem Herzen beobachtete Marie die Bewegung. Wenige Meter trennten sie noch vom offenen Meer, als ein hässliches Lachen ertönte.

Die Männer an Bord der Maschine hatten nicht viele Worte gemacht. Sofort nachdem Röverkamp in den Hubschrauber gestiegen war, hatte der Pilot die Turbinen beschleunigt und das schwere Fluggerät in die Luft gebracht. Der Hauptkommissar war noch damit beschäftigt, sich anzuschnallen und das Headset für den Bordfunk zurechtzurücken, als sie bereits im flachen Winkel Richtung Elbmündung unterwegs waren. Der Pilot folgte der Autobahn Richtung Norden. Schon tauchten links die Lichter von Cuxhaven auf.

Konrad Röverkamp spürte das Adrenalin in seinen Adern. Endlich geschah etwas. „Wie lange brauchen wir bis zur Insel Söderland?", fragte er.

„Etwa zehn Minuten", antwortete jemand in seinem Kopfhörer, ohne dass er erfuhr, ob diese Information vom Piloten oder von einem anderen Kollegen kam.

„Großartig." Röverkamp war beeindruckt. „Kann ich eine Funkverbindung zur Polizeiinspektion Cuxhaven bekommen?"

„Einen Moment", sagte der Unbekannte. Dann hörte er die vertraute Stimme des Kriminaloberrats. „Hallo, Röverkamp, hier spricht Christiansen. Ich höre, Sie sind schon fast über der Küstenlinie. Jetzt können wir Ihnen und den Hamburger Kollegen nur noch viel Erfolg wünschen. Hoffentlich kommen Sie rechtzeitig. Und melden Sie sich, wenn Sie die Insel erreicht haben."

„Selbstverständlich. Ich halte Sie auf dem Laufenden." Röverkamp beendete die Verbindung und richtete den Blick nach draußen. In wenigen Minuten würde sich entscheiden, ob er Marie Janssen lebend wiedersehen würde. Das flaue Gefühl im Magen, das er zunächst auf die ungewohnte Art der Fortbewegung geschoben hatte, verstärkte sich.

In das Gelächter mischte sich ein Poltern. Dann spürte sie, wie sich das Boot zur anderen Seite neigte. Sie fuhr herum.
Im diesem Augenblick kletterte Jens Kienast über die Bordwand. Marie unterdrückte einen Schrei und starrte auf die Erscheinung.
Sein Pullover war zerrissen, in der Hose klafften Risse und Löcher. Die rechte Hand war mit einem blutgetränkten Lappen umwickelt. Mit der freien Hand tastete er an seinem Gürtel entlang und zog schließlich einen länglichen Gegenstand hervor.
Ein Messer!
Marie umklammerte das Paddel.
Langsam schob Kienast sich näher. „Siehst du, Marie, du entkommst mir nicht. Du hättest nicht weglaufen sollen. Du hast alles kaputtgemacht. Wir hätten eine wunderbare Nacht zusammen haben können. Und einen schönen Tag. Und noch viele Tage und Nächte."
„Das bezweifle ich", entgegnete Marie. Ihre Stimme zitterte, doch sie fuhr fort. „Ich glaube, du bist zu einer normalen Beziehung überhaupt nicht fähig. Du bist krank. Außerdem bist du nicht der, für den du dich ausgibst. Du bist ..."
„Jenno Stichling?" Kienast kicherte. „Meinst du das? Du kommst dir wohl besonders schlau vor, kleine Kommissarin. Aber du weißt nichts. Gar nichts. Was du dir in deinem hübschen Köpfchen zusammengereimt hast, wird nie jemand erfahren. Also kommt es auf dasselbe hinaus, als hättest du es nie gewusst."
Mit einem leichten Ruck kam das Boot zum Stillstand. Kienast schwankte ein wenig und lachte grimmig. „Jemand hat die Leinen gelöst. Sehr leichtsinnig. Musste sie wieder festmachen. Eine war zum Glück noch da."

Er kam weiter auf Marie zu.

Sie hob das Paddel.

Bei seinem nächsten Schritt schlug sie zu.

Kienast wich aus, das Paddel streifte seinen Arm und traf das Messer. Es landete polternd vor Maries Füßen. Blitzschnell griff sie zu, um es über Bord zu werfen. Doch Jens war schneller. Er erwischte ihren Arm und umklammerte ihr Handgelenk. Hielt sie fest und zog sie dicht an sich heran. So dicht, dass sie für das Paddel keine Bewegungsfreiheit mehr hatte. Sie ließ es fallen. Die körperliche Nähe, nach der sie sich vor wenigen Stunden noch gesehnt hatte, löste Ekel und Abscheu in ihr aus. Zwischen ihnen schwebte das Messer, und sie fragte sich, ob sie in der Lage wäre, es Kienast in den Bauch zu rammen. Aber sie konnte den Arm nicht bewegen.

Langsam drehte er ihr Handgelenk nach außen. Als der Schmerz im Unterarm unerträglich wurde, wusste sie, dass sie es fallen lassen würde.

Das ist das Ende. Ich komme nicht gegen ihn an.

Tränen traten ihr in die Augen und verschleierten den Blick auf ihren Peiniger. *Warum ich?*

Plötzlich ließ der Schmerz nach, Kienast hob den Kopf. In dem Augenblick hörte Marie das Geräusch. Es kam rasch näher. Schiffsschrauben. Nein, ein Flugzeug.

Sie sah unwillkürlich nach oben.

Dann ging alles ganz schnell. Der Motorenlärm schwoll orkanartig an, Scheinwerfer flammten auf und tauchten die Szene in grelles Licht. Im nächsten Augenblick schwebte ein Hubschrauber über ihnen, die Rotorblätter peitschten die Luft zu einem Sturm. Das Boot schwankte. Kienast stieß einen Fluch aus und löste für einen Sekundenbruchteil die Umklammerung.

Aus dem Hubschrauber fielen Seile, an denen dunkle Gestalten herabrutschten.

Marie stieß das Messer in Kienasts Unterarm und sprang zurück. Dabei verlor sie das Gleichgewicht, taumelte, stürzte, fiel rückwärts gegen die Bordwand, raffte sich auf und kam erneut ins Wanken. Am Hinterkopf breitete sich ein warmer Strom aus.

Sie sackte auf die Reling und kippte hinüber.
Ihr Bewusstsein nahm die Kälte des Wassers nicht mehr wahr.

Als sie zu sich kam, fand sie sich in einem dröhnenden Fahrzeug wieder. „Wo bin ich", fragte sie. Ein bekanntes Gesicht erschien vor ihren Augen. „In einem Hubschrauber. Wir bringen dich ins Krankenhaus."

Konrad.

Erleichtert schloss Marie die Augen.

Um sie im nächsten Augenblick wieder aufzureißen. „Krankenhaus? Wieso ins Krankenhaus? Ich bin doch ... Was ist passiert?"

„Du hast eine Verletzung am Hinterkopf. Und vielleicht eine Gehirnerschütterung. Das muss untersucht werden. Vielleicht darf ich dann zur Abwechslung mal einen Besuch am Krankenbett machen."

Maries Erinnerung kehrte zurück. Jens Kienast. Die Insel. Die Hütte. Das Boot. Das Messer. Sie schauderte. „Was ist mit Kienast? Ist er ...?"

„Der Arzt hat seine Verletzungen versorgt. Nichts Schwerwiegendes. Er ist noch auf der Insel und wartet darauf, dass wir ihn abholen. In Handschellen."

Marie schloss erneut die Augen und lehnte sich gegen ihren Kollegen. Röverkamp legte den Arm um ihre Schultern und sprach beruhigend auf sie ein.

Wie er es *früher* getan hatte, als Iris noch ein kleines Mädchen gewesen war.